LAST RESORT

Titre de l'édition originale : *Last Resort*
Copyright : © 2022 K. Bromberg
Publié par JKB Publishing, LLC

Ouvrage dirigé par Isabelle Solal
Édition en langue française : *Last Resort (Série S I N Book one)*
Photographies de couverture : © Halayalex / Icemanphotos / Freepik
Conception graphique et réalisation de couverture : Stéphanie Aguado
Collection New Romance® créée par Hugues de Saint Vincent,
dirigée par Arthur de Saint Vincent

34-36, rue La Pérouse
75116 – Paris
www.hugopublishing.fr

ISBN : 9782755663518
Dépôt légal : mars 2023
Imprimé en France par CPI Brodard et Taupin en février 2023
N° d'impression : 3048152

SIN SERIES
BOOK ONE

NEW ROMANCE®

LAST RESORT

K. BROMBERG

AUTEUR DE BEST-SELLERS DU NEW YORK TIMES

Roman

Traduit de l'anglais (États-Unis) par
Marie-Christine Tricottet

Hugo Roman

« K. Bromberg nous offre toujours des romances intelligemment écrites, sensuelles et chargées d'émotions intenses... » *USA Today*

« K.Bromberg vous fait croire au pouvoir du véritable amour. »
Audrey Carlan, auteure à succès numéro 1 du *New York Times*

« Un roman magnifique et poignant qui parle de survie, de seconde chance et du pouvoir de guérison de l'amour. Une lecture incontournable. »
Helena Hunting, auteure à succès du *New York Times*

« Une romance irrésistiblement sexy qui vous poursuit longtemps après avoir refermé le livre. »
Jennifer L. Armentrout, auteure à succès numéro 1 du *New York Times*

« Bromberg est passée maître dans l'art de faire monter la température ! »
Katy Evans, auteure à succès du *New York Times*

« Une histoire sexy, survitaminée et chargée de sentiments. Bromberg fait un carton de la première à la dernière page. »
Kylie Scott, auteure à succès du *New York Times*

DE LA MÊME AUTEURE

Driven Series
Driven
Fueled
Crashed
Raced
Aced

Driven Novels
Slow Burn
Sweet Ache
Hard Beat
Down Shift

The Player Duet
The Player
The Catch

Everyday Heroes
Cuffed
Combust
Cockpit
Control (Novella)

Wicked Ways
Resist
Reveal

Standalone

Faking It

Then You Happened

Flirting with 40

UnRaveled (Novella)

Sweet Cheeks

Sweet Rivalry (Novella)

The Play Hard Series

Hard to Handle

Hard to Hold

Hard to Score

Hard to Lose

Hard to Love

The S.I.N. Series

Last Resort

On One Condition

Final Proposal

Holiday Novellas

The Package

The Detour

1

Sutton

– À QUOI TU PENSES, SUTTON ?

– Pardon ? dis-je à ma cheffe d'un air distrait.

Je suis distraite mais, surtout, je suis passablement nase.

Pas exactement l'état idéal quand on veut impressionner un nouveau client, mais je dois dire que cela en valait *vraiment* la peine.

Roz m'observe d'un air perplexe, puis répète :

– Je t'ai demandé à quoi tu pensais.

Tous les souvenirs de la nuit précédente me reviennent brusquement à l'esprit. Lui, debout entre mes cuisses. La chaleur incroyable ressentie lorsqu'il m'a pénétrée la première fois.

Dis-moi ce qui te ferait plaisir. Ses paroles chuchotées dans le creux de mon épaule.

La pression de ses mains sur mes cuisses.

La caresse de sa langue sur ma peau.

La sensation de sa queue en moi.

Submergée de plaisir comme jamais.

Je gratifie Roz d'un regard de *biche prise dans les phares d'une voiture* tout en bafouillant.

– Je... euh...

– Pas de stress, tout va bien se passer.

Elle me tapote le dos de la main, attribuant mon hésitation à ma nervosité et non aux divagations de ma mémoire.

– Je ne stresse pas.

C'est faux.

Où est-ce que je trouve de la place pour le stress ?

Mais quand je regarde le décor imposant qui m'entoure, comment ne pas être stressée ? Je veux dire, nous sommes au dernier étage d'un gratte-ciel de Manhattan, attendant de rencontrer les personnes qui vont évaluer mes compétences.

Ça en plus du tourbillon de ces vingt-quatre dernières heures, on peut comprendre que je sois l'angoisse personnifiée. L'affrontement avec ma meilleure amie Lizzie. Roz qui contre toute attente me choisit pour me mettre à la tête de ce projet. Ma rupture brutale avec Clint. Mon premier et unique coup d'un soir, dont, pour tout dire, je ressens encore les effets des heures après m'être réveillée seule dans le lit d'une suite d'hôtel.

– Si, je le vois bien.

Elle me sourit tout en m'observant derrière ses lunettes à grosse monture noire.

– Écoute, je sais que c'est un peu précipité et que tu es encore en train d'essayer de digérer toutes les infos que je viens de te balancer, mais je suis sûre que tu vas t'en sortir comme une pro. Et quand tu ne sais pas, eh bien, tu fais semblant, juste le temps de te renseigner. (Elle me fait un clin d'œil.) Quitte à être jetée aux loups, autant faire comme si tu savais hurler avec eux. C'est ce que nous faisons tous.

– Je vais t'épargner mes hurlements pour l'instant.

Je rigole tout en repensant au dossier et au cahier des charges du client que j'ai parcourus ce matin en avalant mon expresso. J'espère seulement que je vais réussir à me rappeler suffisamment d'infos importantes pour avoir l'air cohérente pendant la réunion. Au moins, j'ai encore trois jours et un long voyage en avion pour mémoriser le reste des infos.

– Tu vas très bien t'en sortir. Garde seulement à l'esprit que les associés ne sont pas aussi intimidants qu'ils en ont l'air.

Souris et regarde-moi si jamais tu as besoin que je vienne à la rescousse.

Je présume qu'elle parle des frères Sharpe de chez Sharpe International Network (ou S.I.N., comme la réceptionniste l'a annoncé en répondant au téléphone au moment où nous entrions), mais ce que Roz me dit maintenant, alors que nous nous trouvons dans leurs bureaux, est en complète contradiction avec ce qu'elle disait hier. Hier, elle prétendait que les associés étaient des perfectionnistes absolus, exigeants mais justes. J'acquiesce à contrecœur. De toute façon, il est trop tard pour reculer.

– Oh, et je voulais te prévenir, tous les trois, ils sont...

– Ils sont prêts à vous recevoir, dit une assistante élégamment vêtue qui vient vers nous en faisant claquer ses talons hauts sur le sol de marbre blanc.

– Merci, disons-nous en chœur.

Roz et moi nous levons et la suivons. Les yeux rivés sur l'ourlet de sa jupe droite, je m'efforce de calmer la nervosité qui monte en moi.

Je peux le faire.

Pour une fois, fais quelque chose pour toi, Sutton.

Les mots de Lizzy résonnent dans ma tête, confirmant que j'ai pris la bonne décision alors que l'assistante ouvre la grande porte qui donne sur la salle de conférences. Roz passe en premier et je lui emboîte le pas.

– Messieurs, dit Roz en faisant un pas de côté pour me permettre de voir les occupants de la pièce.

Je marque le pas.

Mon cœur s'arrête.

Je reste bouche bée.

Oh. Merde.

Assis à la table de conférence, en face de nous, je découvre l'homme qui était tout contre moi – qui était en moi, qui était sur moi – la nuit dernière. Puis je jette un coup d'œil au deuxième homme et *oh la vache !* Il y en a deux. *Des jumeaux.* J'hallucine ? *Tu es stressée, c'est tout. Épuisée.* En prenant un souffle hésitant, je regarde le troisième homme qui revient à la table, une tasse de café à la main.

Oh. Putain.

Ce n'est pas possible.

Il y en a *trois*. Des *triplés*, identiques. Tous les trois, d'une beauté à couper le souffle. Tous les trois les yeux rivés sur moi.

Et je jure que je suis totalement incapable de dire lequel des trois dégage le parfum que je garde dans le nez et le goût qui s'attarde sur ma langue.

– Bonjour, dit celui du milieu avec la chemise blanche impeccable et la cravate rouge vif. (Il m'adresse un sourire en coin, néanmoins chaleureux et amusé.) Désolé. Roz ne vous a pas prévenue ? Nous savons que cela peut être un peu déconcertant d'entrer et de nous voir tous les trois ensemble.

– Excusez-moi. Oui. *Ressaisis-toi.* (Je fais un petit signe de tête.) Bonjour. (Je déglutis, la gorge serrée, tout en essayant de contenir le rouge qui me monte aux joues.) Sutton Pierce. (Je les regarde dans les yeux à tour de rôle, la langue collée au palais. Je ne sais pas si je veux *ou* ne veux pas apercevoir une lueur de reconnaissance dans un regard.) Ravie de vous rencontrer.

Celui de droite rigole, ce qui attire mon attention. Il porte une chemise gris foncé, ouverte au col, dont les manches retroussées mettent en valeur des avant-bras toniques et des mains puissantes. Il a les cheveux légèrement plus longs que ses frères. J'observe ses mains et je me demande si ce sont celles qui m'ont transportée, d'un souffle suspendu un moment à un cri l'instant suivant.

– Tout le plaisir est pour nous.

Lorsque je lève les yeux, il croise mon regard. Et le soutient.

Était-ce lui ?

Des flashes de la nuit dernière me traversent l'esprit. *Me paralysent.* Moi à genoux, le regard levé vers ses yeux à la couleur ambrée, avec sa queue épaisse et dure sur mes lèvres. La façon dont ses dents se sont plantées dans sa lèvre inférieure au moment où il m'a pénétrée. Sa chevelure bouclée entre mes cuisses tandis qu'il me léchait. Ce qu'il m'a fait... *ressentir*, alors que je ne savais même pas que de telles sensations existaient.

Ces instantanés tournent comme un carrousel dans ma tête.

Un carrousel que je ne peux pas arrêter.

Je suis excitée. Troublée. Éberluée.

Gravement dans la merde, putain !

Et tout ça se passe alors que je suis là, debout, devant ces hommes qui me jaugent.

– Je vous en prie, asseyez-vous, dit le frère de gauche.

Je remarque sa chemise blanche, son gilet gris anthracite et sa cravate jaune. Mais il a les mêmes yeux. Le même sourire. Les mêmes cheveux.

Et un gobelet Starbucks posé devant lui.

Ça doit être lui. *Non ?*

Arrête d'y penser. Conduis-toi normalement. Fais comme si l'un de ces trois hommes n'avait pas éclipsé définitivement tous les autres hommes à tes yeux.

– Merci.

Je m'assieds à côté de Roz, avec la conscience aiguë que l'un des trois est actuellement en train de me déshabiller du regard. Je fais un effort pour ne pas les dévisager l'un après l'autre et essayer de mémoriser les différences de chacun qui me permettraient de décider avec lequel j'ai passé la nuit. C'est ça ou me faufiler sous la table et mourir de honte.

À la place, je me concentre bien plus qu'il n'est nécessaire pour sortir mon bloc et mon stylo de mon sac afin de prendre des notes.

– Je suis Fordham Sharpe, dit l'homme à la cravate jaune et au gilet. Mais appelez-moi Ford. Voici Ledger. (Il désigne le frère du milieu à la cravate rouge.) Et ça, c'est Callahan.

L'homme à la chemise gris anthracite, sans cravate, lève la main et hoche la tête.

– Il y aura une interro après, dit Callahan, et je tourne les yeux vers lui.

Nos regards se croisent brièvement. *C'est toi, Johnnie Walker ?*

– Ne vous inquiétez pas, dit Ledger, me tirant de mes pensées tourbillonnantes. Plus vous travaillerez avec nous, plus ce sera facile pour vous de nous reconnaître. En réalité, nous sommes très différents.

Callahan pousse un petit grognement.

– C'est lui le plus jeune, explique Ford en souriant tandis que Callahan lève les yeux au ciel. On s'efforce de ne pas lui en tenir rigueur.

Ils sourient tous les trois et je pourrais jurer que même Roz pousse un soupir devant la pure beauté qui s'offre à nos yeux.

– On commence ?

2

Sutton

Vingt-quatre heures plus tôt

– VINGT-DEUX HEURES AU CLUB COQUETTE.

– On fait son entrée dans le grand monde, on dirait ?

Le Club Coquette est « the place to be » en ce moment, mais les cordons de velours ne s'ouvrent que si vous connaissez quelqu'un, ou êtes quelqu'un vous-même.

– Comment t'as dégoté les billets ou les pass ou je ne sais ce qu'il faut avoir pour pouvoir entrer ?

– Il se pourrait que je sorte avec un des managers, ou pas.

Je hausse les sourcils, c'est tellement Lizzy ce genre de truc. Elle trouve toujours le moyen d'être avec les bonnes personnes au bon moment. Elle attire sur elle la bonne fortune et les bons moments comme un aimant.

– Alors... tu viens avec nous ? Ce sera ta première soirée entre filles depuis une éternité.

– Je ne peux pas.

Je chuchote dans mon téléphone en passant la tête par-dessus la cloison de mon box pour m'assurer que personne ne m'entend depuis mon coin au fond du bureau. Ou que personne ne voit la grimace que je fais en réaction à la question de ma meilleure amie.

Je n'aurais jamais dû prendre son appel. Particulièrement avec la tension qui règne entre nous depuis quelques mois.

– J'en étais sûre, murmure Lizzy avec un soupir résigné.

Ce qui est un peu mon état d'esprit ces jours-ci.

– Ça veut dire quoi, ça ?

– Ça veut dire, c'était quand la dernière fois que ce crampon de Clint t'a laissée vivre ta vie ? C'est une soirée entre filles, bon sang. Il n'est pas propriétaire de toi vingt-quatre heures sur vingt-quatre, si ?

– Lizzy... ce n'est pas ça.

– Mais si, justement, Sutton. Ce con peut sortir et s'amuser autant qu'il le veut, mais, et cela n'a rien d'étonnant, toi tu n'y es *pas autorisée* parce qu'il pourrait avoir brusquement besoin de toi. Il peut accepter des promotions et gravir les échelons de l'entreprise, mais si jamais, toi, tu envisages de faire la même chose, il te fait douter de tes capacités au point que tu déclines des opportunités similaires. Purée, il t'aide même à choisir les tenues que tu dois porter pour assister aux événements dans son entreprise et, une fois que tu es là, il t'humilie publiquement en affirmant que tu as fait le mauvais choix.

Elle émet un bruit qui ne peut être que de la frustration alors que les larmes me piquent les yeux.

Je savais que j'allais regretter d'avoir vidé mon sac auprès d'elle, le mois dernier. J'avais passé cet appel dans un moment de faiblesse et de frustration qui, bien sûr, allait maintenant se retourner contre moi.

Cette part de moi-même qui voudrait se raccrocher à elle pour obtenir son soutien cède le pas face à mon besoin de protéger Clint et mon amour-propre.

– Je suis au boulot. Je ne peux pas te parler maintenant.

– Tu as toujours une bonne raison pour éviter cette conversation. Tu lui trouves toujours des excuses.

Il y a une prière dans sa voix que je choisis de ne pas entendre.

– Je veux dire, regarde-toi. Dans ta vie professionnelle tu déchires tous les jours, et si je comprends bien, c'est l'unique partie de ta vie sur laquelle il n'a aucune influence.

– Lizz...

– Je ne veux pas te faire de la peine, mais il est évident que tu ne le vois pas.

Elle pousse un profond soupir lorsque je ne réagis pas.

– Je sais que tu l'aimes, mais ça, ce n'est pas de l'amour. C'est du contrôle mâtiné d'obsession de te démolir, simplement pour se construire, lui.

– Ce n'est pas vrai, je murmure sans conviction.

– Il a sapé la moindre bribe d'étincelle et de personnalité chez ma meilleure amie, et je ne le supporte plus. Depuis deux ans, j'assiste de façon passive à cette disparition tandis qu'il raccourcit de plus en plus les ficelles qui lui permettent de te contrôler, et je ne peux pas continuer comme ça. Quitte à ruiner notre amitié, je préfère te dire la vérité que de te laisser continuer à n'être plus que l'ombre de la personne que tu es en réalité et que je connais.

– Je t'ai dit que je ne pouvais pas parler de cela maintenant.

Et pourtant, je ne raccroche pas.

Je n'essaie même pas. Je sais qu'elle a raison. Rien de ce qu'elle a dit n'est nouveau pour moi. En fait, je me suis déjà répété toutes ces choses des centaines de fois. Des choses auxquelles j'ai pensé le soir quand il était sorti, me laissant seule à la maison. Je suis même allée jusqu'à admettre que notre relation était toxique. Que nos discussions d'avenir et de mariage, ce n'était rien de plus que des mots en l'air. Je sais bien que je ne peux pas continuer comme ça et pourtant... je ne suis pas assez forte pour le quitter, pas encore.

À moins que... ?

Cette idée me frappe comme un coup à l'estomac. C'est tellement vrai que j'en ai le souffle coupé alors que la voix de Lizzy continue de bourdonner à mon oreille.

Est-ce qu'il m'a vraiment démolie à ce point ? Au point que l'idée qu'il ait besoin de moi prend le dessus sur toute considération de mon propre bien-être ? Que son sempiternel refrain comme quoi il s'effondrerait si je n'étais pas là pour m'occuper de lui est devenu plus important que de me demander qui s'occupe de moi ?

Et pourtant, je répète le mantra officiel.

– Lizzy ? Il a besoin de moi...

– Arrête de penser qu'il serait dévasté sans toi. C'est un adulte, il est capable de s'assumer. C'est lui qui t'a fait croire qu'il s'écroulerait si jamais tu le quittais. Mais c'est son problème, *pas le tien.*

– Ce n'est pas aussi simple que tu crois.

Je suis gênée simplement de dire ces mots parce que, à mon âge, ma vie devrait déjà être sur ses rails. Lizzy connaît le montant colossal de mon prêt étudiant, mais ce qu'elle ignore, c'est que je n'ai pratiquement pas d'économies. Je n'ai pas les moyens de vivre seule à New York.

Je fais une grimace.

Ce n'est pas une bonne raison pour vivre avec Clint.

Mon Dieu. C'est pour ça que je reste ?

– Je sais que ce n'est pas facile. En fait, je sais que c'est d'autant plus difficile qu'il t'a pratiquement dépossédée de ta personnalité et t'a conditionnée à croire que tu n'en es pas capable.

– On vit ensemble. Je ne peux pas juste me barrer comme ça...

– Mais si tu peux, Sutt. En vrai, tu peux te barrer comme ça. Je t'ai déjà dit que tu viens chez moi quand tu veux, le temps nécessaire pour t'organiser. Cette offre tient toujours.

– Merci.

J'ai dit ça dans un murmure, parce que ses paroles hurlent dans ma tête et commencent à couvrir la peur paralysante qui me tient depuis plus longtemps que je veux l'admettre.

C'est une chose bizarre de savoir ce qu'il faudrait faire – de vouloir le faire – mais de se laisser submerger par la culpabilité et la honte au point de ne pas pouvoir le faire.

– Je regrette l'amie qui dansait sur les bars avec moi et qui m'appelait à trois heures du matin pour que j'aille lui acheter de la glace parce qu'elle travaillait tard et que je lui manquais. Je regrette ton rire et ton sens de l'humour. Je ne lui pardonnerai jamais de t'avoir enlevé ça. Sutt, tu me manques, c'est tout.

Je tousse pour dissimuler le sanglot qui se coince dans ma gorge et je sors précipitamment de mon bureau pour aller me réfugier dans les toilettes où je vais pouvoir me ressaisir.

– Lizz...

Mes hoquets résonnent sur les murs carrelés de la pièce vide quand je ferme le verrou derrière moi.

– Je suis toujours là. Je suis toujours moi. Je suis...

– Et je t'aime toujours.

Ses mots me font trop mal.

– Il faut que j'y aille.

Le dos appuyé contre la porte, je me laisse glisser au sol, incapable de contrôler les larmes et l'émotion qui me submergent.

Elle a raison.

Elle a raison et je suis terrorisée parce que cet instant – *là, tout de suite* – n'est-il pas la goutte d'eau qui fait déborder le vase, comme dit l'expression ?

La question est, est-ce que je veux qu'il le soit ?

Mes larmes redoublent et je reste assise de façon très peu distinguée sur le sol de marbre luxueux et m'autorise un petit moment d'auto-apitoiement. Suivi de quelques autres pour digérer tout ce que Lizzy vient de poser sur la table.

Mon téléphone me signale un texto.

Lizzy : ÇA VA ?

Moi : ÇA VA ALLER.

Lizzy : JE T'AIME. JE VEUX SEULEMENT CE QU'IL Y A DE MIEUX POUR TOI.

Je renifle, alors que l'écran se brouille à cause de mes larmes. Je les essuie brutalement du revers de la main et je prends une profonde inspiration. Puis je tape la question la plus difficile que j'aie jamais posée.

Moi : COMMENT JE VAIS FAIRE ?

Lizzy : UNE ÉTAPE À LA FOIS. TU N'ES PAS SEULE. COMMENCE PAR FAIRE UNE CHOSE RIEN QUE POUR TOI AUJOURD'HUI. UNE SEULE CHOSE. PROMETS-MOI DE LE FAIRE.

Moi : JE TE LE PROMETS.

Je regarde fixement mon écran, ma promesse, et mes larmes refluent tandis que ma détermination se fortifie.

Une chose.

Je peux faire ça.

Par petites étapes.

Tout en me relevant et en me passant de l'eau froide sur le visage pour effacer mes larmes, je prends conscience qu'une certaine forme de puissance réside dans la notion d'acceptation. Qu'une fois qu'on accepte les vérités qu'on a tenté de fuir, on commence à avoir un certain pouvoir sur elles.

– Tout va bien ?

Je lance un bref coup d'œil à ma collègue, Melissa, et je hoche la tête.

– Oui, oui. C'est encore mes allergies qui me tracassent.

– Tu es sûre ?

Elle me regarde de plus près et je lui souris. Essayer de cacher mes yeux gonflés ne ferait qu'alimenter ses soupçons.

– Oui. Ça m'arrive de temps en temps.

Je hausse les épaules comme si je ne venais pas de pleurer comme une Madeleine en remettant en question toutes les décisions de ma vie.

– Tu voulais me dire quelque chose ?

– En fait, je venais te chercher. Roz veut te voir.

Je la regarde, ébahie.

– Moi ? Pourquoi ?

Elle ne demande jamais à voir les consultants associés à moins qu'ils n'aient un problème ou alors pour les virer. Est-ce que quelqu'un m'a entendue dans les toilettes ? Est-ce qu'on m'a vue prendre un appel privé sur mon temps de travail ? Est-ce que...

– Aucune idée, mais à ta place, je ne la ferais pas attendre.

L'instant d'après, je suis assise dans le palais de verre que Roz, la patronne du cabinet de conseil Resort Transition, appelle un bureau. Ses baies vitrées, qui sont censées donner sur Manhattan, en réalité ne donnent que sur un autre gratte-ciel voisin. Je frotte mes mains moites sur mon pantalon en priant Dieu qu'elle ne remarque pas mes yeux rouges, preuves de mon pétage de plomb émotionnel qu'elle pourrait prendre pour un signe que je bois au travail ou un truc du genre. Assise en face de moi avec son pull noir de marque, ses lunettes à monture noire et ses cheveux noirs coupés court, elle m'observe.

– Un projet de dernière minute vient de nous tomber dessus.

– C'est génial.

Intérieurement je gémis, parce qu'on est déjà surchargés de boulot.

– Oui en effet, d'autant plus que ce client est au-dessus du panier par rapport à notre clientèle habituelle. La commande en elle-même en vaudrait la peine, mais la notoriété et la réputation que cela nous apporterait sont inestimables.

Elle fait une petite grimace et je jurerais que si je n'étais pas en face d'elle, elle se frotterait les mains en comptant l'argent qui rentrera.

– Le seul point noir, c'est que nous sommes censés être sur place, opérationnels et prêts à travailler dans cinq jours.

– D'accord.

Je dis ça uniquement pour participer à la conversation, parce que, s'il est vrai que nous adorons tous travailler pour Roz, elle, elle n'aime rien tant que s'écouter parler.

Mais cinq jours ? C'est quoi, cette dinguerie ?

– Notre client vient de faire l'acquisition d'une affaire située aux îles Vierges et qui bat de l'aile. C'est idéalement situé, dans un décor grandiose, mais il y a quelques problèmes.

– Comme toujours.

– Et c'est là que nous intervenons. (Son sourire s'élargit.) On nous engage pour aller sur place évaluer les problèmes afin que les propriétaires puissent rendre à cet hôtel la splendeur qu'il devrait avoir.

Avec cinq jours de préparation ? Sérieux ?

En même temps, un palace aux îles Vierges. Qu'est-ce que je ne donnerais pas pour partir quelque temps, loin de ma vie normale, et me consacrer à mon travail tout en cherchant une solution à mes problèmes personnels.

– Ça paraît être une opportunité géniale pour RTC.

– Et tu ne sais pas tout. (Elle agite une main dans ma direction pour me faire comprendre qu'elle, si.) Qui refuserait d'aller travailler quelques mois au paradis ? Purée, je le ferais moi-même si je pouvais, mais je ne peux pas partir avec tout ce qu'on a en cours.

– Et du coup... (J'essaie d'évaluer ce qu'elle me demande sans le dire.) Tu veux que j'aide Gwen à monter le dossier parce qu'elle est déjà occupée avec les affaires Rothschild, c'est ça ?

Gwen est la consultante senior que j'assiste sur la plupart des projets. Et quand je dis « assiste », je veux dire que je fais tout le boulot et qu'elle récolte tous les lauriers.

– Pas cette fois.

– Alors qu'attends-tu de moi ?

Elle repousse divers objets sur son bureau avant de relever les yeux pour me regarder.

– Je sais que je perds mon temps à te le demander puisque tu m'as déjà dit que tu ne te sentais pas prête à assumer un poste plus important que simple assistante, mais je te le demande quand même. Est-ce que ce projet t'intéresserait, Sutton ?

– Bien sûr. Comme je te l'ai dit, je peux assister de toutes les façons possibles.

– Ça, je le sais, mais ce n'est pas ce que je te demande. (Elle sourit.) Est-ce que ça te dirait de diriger ce projet ?

Je la regarde, éberluée.

– Diriger, diriger ?

– Oui. Diriger, diriger. Être en charge. La consultante senior, responsable. Celle qui prend toutes les décisions avec les clients.

– Aux îles Vierges ?

– C'est là que ça se passe, oui.

Je me racle la gorge et mes paumes sont de plus en plus moites alors que mon rythme cardiaque s'accélère.

– Tu es consciente que je n'ai jamais travaillé sur un projet de cette envergure, et encore moins dirigé, d'accord ?

Seulement des projets à petit budget et aux enjeux minimes. Des projets qui ne concernent pas un complexe hôtelier dans sa totalité, avec ce qui semble être un financement illimité et qui requiert dix fois plus d'expérience que ce que je possède.

– Je veux dire, je ne doute pas d'en être capable et de réussir à satisfaire nos clients… mais c'est courir un grand risque de m'en confier la direction.

Elle hoche la tête en me décochant un sourire rassurant.

– J'en suis consciente, mais je sais aussi qu'il faudra bien que tu te lances un jour ou l'autre, et peut-être que ce jour est venu. Il n'y a rien de plus formateur que l'expérience sur le terrain. Tout ce que j'ai appris dans ce boulot, je l'ai fait en sortant de ma zone de confort.

Elle semble oublier que mon manque d'expérience pourrait devenir une source d'embarras pour RTC si je foirais et que je nous fasse perdre le marché énorme que nous ouvrirait une collaboration avec ce client.

– Si ce client est si important, pourquoi ne demandes-tu pas à une des consultantes seniors de le gérer ? Je pourrais prendre la suite d'un de leurs projets en cours.

– Parce que notre client a demandé qu'un concepteur soit affecté au projet et se concentre exclusivement sur leur projet et aucun autre.

– En d'autres termes, ils ont des exigences.

– Quand on a réussi comme ils l'ont fait, on a tous les droits. Pourquoi changer quand les gens sont prêts à tuer pour vous avoir comme référence dans leur portefeuille ?

Je regarde ma patronne, et un millier de questions se bousculent dans ma tête. Pourquoi moi ? Et si je me plante ? Et si, et si, et si… et pourtant, je sais qu'elle ne me l'aurait pas demandé si elle n'avait pas confiance en moi et en mes capacités.

– Et la deuxième partie de ma réponse, dit-elle quand mon silence se prolonge, c'est que je crois en toi, Sutton. Non seulement tu apprends vite et tu as de bonnes idées mais j'ai suivi ton travail. Gwen ne tarit pas d'éloges sur ta motivation et tes contributions à ses projets, et je pense qu'il est temps pour toi d'utiliser ton potentiel au maximum. Bien sûr, le projet serait assorti d'une augmentation, d'un logement au palace pendant ton séjour sur place et de la possibilité d'une promotion lorsque le projet sera mené à bien.

Je croise son regard et je ne le lâche pas.

– Je n'essaie pas de te mettre la pression. Je ne voudrais surtout pas que tu te croies obligée d'accepter pour le regretter ensuite parce que cela aurait des répercussions sur ton travail, mais en même temps, si tu continues à refuser les propositions, tu n'auras plus de marge de progression ici à RTC.

Elle m'adresse un doux sourire d'encouragement et l'adrénaline commence à frémir sous ma peau.

– Alors qu'en dis-tu ?

Accomplis juste une chose pour toi aujourd'hui.

Je me souviens de la dernière fois où Roz m'a demandé de gravir un échelon. La montagne de prétextes que j'ai trouvés pour ne pas accepter parce que, Dieu m'en préserve, cela me ferait avancer plus vite que Clint dans sa carrière. Comment il m'a dit que ce serait mieux de ne pas accepter ce projet où je risquais de me ridiculiser, moi, l'agence ou pire encore, lui. Et comment j'ai pleuré sous la douche ce soir-là pour qu'il ne puisse pas m'entendre, avec l'impression de m'être dévalorisée moi-même tout en me trouvant des raisons aussi futiles les unes que les autres.

Je pense qu'il est temps que tu utilises pleinement ton potentiel.

Oh mon Dieu. Comment ai-je pu m'infliger ça ? Je suis vachement bonne dans mon boulot.

Mon sang bat à mes oreilles, mon courage se renforce avec chaque battement de mon cœur et je regarde Roz en souriant.

– Oui, cela m'intéresse... beaucoup...

Roz sursaute, elle ne s'attendait pas à ce que je dise ça.

– C'est vrai ?

Je prends une inspiration hésitante et je hoche la tête.

– Oui, j'adorerais saisir cette opportunité.

Petits pas.

– Ça fait peur, mais je suis partante, à fond.

– Tout dans la vie devrait nous faire un petit peu peur. C'est comme ça qu'on sait qu'on vit vraiment.

Dix-huit heures plus tôt

– Sutton ? Ma puce ? dit Lizzy, ébahie, en me découvrant sur le pas de sa porte, avec mes bagages et l'air totalement paumée.

– Tu avais raison.

Ma voix est tout au plus un murmure alors que je regarde fixement ma meilleure amie. Je ne dis rien de plus et, pourtant, elle sait pourquoi je suis là et exactement ce dont j'ai besoin. Elle me fait entrer chez elle, me prend dans ses bras et me serre fort contre elle.

– Ça va aller, répète-t-elle en boucle d'une voix douce.

J'ai l'impression de respirer vraiment pour la première fois depuis une éternité.

– Raconte ? Qu'est-ce qui s'est passé ?

Alors je lui parle de la proposition de Roz, du fait que j'ai accepté le boulot pour tenter de tenir la promesse que je lui avais faite d'accomplir quelque chose pour moi. Et puis de l'explosion de Clint lorsque je lui ai dit en rentrant que j'avais accepté l'offre. Je lui raconte comment au début ses paroles restaient maîtrisées bien que mordantes. Comment je m'étais dit qu'il avait besoin de temps pour se faire à cette idée. Bon sang, je l'avais même invité à venir avec moi aux îles Vierges et travailler à distance. Mais plus j'insistais sur le fait que j'étais enthousiasmée par cette opportunité, plus il se mettait en colère. Son poing dans la cloison, ses remarques humiliantes, et sa fureur et sa mesquinerie indéniables.

Et le calme qui avait suivi.

– Tu ne seras jamais rien sans moi, Sutton. (Son attitude trop calme est perturbante.) Nous le savons toi et moi.

Mais vas-y, fais-le si tu as tellement envie d'affronter un échec. Mais n'oublie pas que nous dînons avec mon patron vendredi. Alors débrouille-toi pour être revenue à ce moment-là, parce que tu vas le sentir passer si tu me fais honte.

– C'est fini entre nous, Clint, je répète pour la énième fois.

Comment n'ai-je pas entendu plus tôt ces menaces voilées ? Pourquoi est-ce que je me suis toujours laissé faire au lieu de m'opposer à lui ?

Son sourire est moqueur. Le sourcil levé comme pour me défier, il ne prend pas mes paroles au sérieux.

Pour toute réponse, je continue à fourrer tout ce qui est à portée de main dans mon petit sac de voyage. Je suis trop agitée, trop blessée pour réfléchir à ce dont j'ai vraiment besoin, mais je ne dois pas tergiverser. Si je le fais, il va me tomber dessus, avec l'intention de montrer que je ne pense pas ce que j'ai dit.

Que tout n'est pas vraiment fini entre nous.

– Tu vas revenir. Tu es incapable de t'en sortir toute seule, sans moi pour te tenir la main et réparer tes sempiternelles bourdes.

Il me toise de la tête aux pieds et secoue la tête d'un air dégoûté.

– Mais ne t'attends pas à un accueil chaleureux. (Il ricane.) Il y a un prix à payer pour te rendre compte que je suis ce qui t'est arrivé de mieux.

– J'avais l'impression de le voir pour la première fois tel qu'il est vraiment, d'entendre vraiment ce qu'il disait, et que j'étais tellement distanciée par rapport à mes propres sentiments à ce moment-là que, tout à coup, je voyais ce que tu as toujours vu, dis-je finalement en secouant la tête. Son besoin de me contrôler. Son besoin de me rabaisser. Son besoin de me faire entrer dans une boîte destinée exclusivement à son usage personnel.

Elle se contente de serrer ma main et me désigne d'un mouvement de tête le canapé où nous nous asseyons côte à côte.

– Et donc, tu es partie.

Je fais oui de la tête.

– Je lui ai dit que c'était fini. Que je le quittais et (je hausse les épaules) j'ai mis quelques affaires dans des sacs, j'ai roulé au hasard pendant un moment pour finir par me retrouver ici.

– Et comment tu te sens, maintenant que tu as eu un peu de temps pour réfléchir ?

Je fais une grimace en essayant de ressentir quelque chose. Je devrais, non ? Je devrais avoir envie de hurler et de donner des coups de poing après avoir quitté l'homme avec qui je vivais depuis deux ans, mais je ne ressens rien d'autre que de l'épuisement. De l'épuisement, pur et simple.

En réalité, ce n'est pas vrai.

J'éprouve une émotion, une seule, et je peux l'identifier.

– *Du soulagement.*

Je regarde mon amie et lui adresse un petit sourire sans joie.

– Je me sens profondément soulagée, et c'est tout.

– Dans ce cas, j'imagine que tu n'as plus de questions à te poser.

Et c'est vrai.

Je suis sûr qu'il viendra un moment où je serai triste en réalisant la perte d'une chose qui concentrait toute mon attention. Mais laquelle ? Je me le demande en fait, parce que les bons souvenirs de ces deux dernières années sont tellement rares que j'ai du mal à en trouver un seul où je ne finis pas, soit par abandonner quelque chose pour lui, soit par fermer ma gueule pour une raison ou pour une autre.

Je me laisse aller dans le canapé, incline la tête en arrière et je ferme les yeux pour apprécier ce moment.

Un moment que j'ai vu venir depuis quelque temps déjà, mais que je n'ai pas eu le courage de provoquer plus tôt.

Une chose est sûre, ce n'est pas d'aujourd'hui que je me suis détachée de Clint. Parce que mon indifférence ne me surprend pas. Au contraire, je me rends compte qu'il y a bien longtemps que j'aurais dû faire ça. J'ai lu quelque part que les femmes se séparent émotionnellement longtemps avant de partir physiquement. *Et je viens juste de confirmer cette théorie.*

Je suis en train de reprendre possession de moi-même.

Je l'ai fait.

J'ai fini par le faire, enfin.

Et je sais que je me déteste déjà d'avoir mis si longtemps pour en arriver là.

Quinze heures plus tôt

Debout dans la salle de bains, j'observe Lizzy qui s'évertue à poser ses faux cils. Son maquillage est impeccable, sa coiffure est sublime et la robe étroite et scintillante qu'elle va enfiler dans un instant est suspendue dans le coin. Ses paillettes reflètent un prisme de lumière dans toute la pièce.

– J'ai l'impression que c'est un vrai cauchemar à poser, je murmure en montrant les faux cils au bout de ses doigts.

– On prend le coup de main quand on le fait souvent.

Elle se retourne et me tire par la main.

– Viens, je vais t'en poser.

– Ce serait un peu du gâchis, tu ne crois pas ?

– Ben, sors avec nous, comme ça, ils ne seront pas gâchés.

Elle m'attrape les bras et serre.

– Je sais que tu n'es pas très en forme, là tout de suite, mais peut-être qu'une soirée entre copines et une cure de cocktails te remonteront un peu le moral.

– Je ne sais pas. Est-ce que...

– Est-ce que quoi ? Ce serait mal vu de sortir et de te lâcher après t'être retenue si longtemps ? Bien sûr que non. Tout le monde fait ça tout le temps. Allez. Habille-toi et sors avec moi. J'ai une robe qui va t'aller à merveille. Et puis, on rentrera quand tu voudras.

Elle me prend brièvement dans ses bras, un œil avec faux cil et l'autre sans.

– Il n'y a pas de mal à se faire du bien, Sutton.

3

Sutton

Douze heures plus tôt

LE CLUB COQUETTE EST EN TOUS POINTS conforme à sa publicité. Chic. Luxueux. Branché. Énorme. Des gens incroyablement beaux papillonnent de table en table dans le carré VIP où Lizzy tient sa cour. On entend la musique dont les basses résonnent de façon continue mais supportable puisque le dancefloor se trouve dans la zone située de l'autre côté du bar.

Les lumières sont tamisées et la conversation un bourdonnement diffus alors que les clients flirtent, se mélangent, décompressent après leur dure journée de travail.

Et puis, il y a moi. Un peu éméchée, détendue, debout au bout du bar, j'attends le barman pour commander un autre verre.

Mon téléphone vibre dans ma main, je jette un coup d'œil à l'écran et je pousse un soupir résigné. Je ne sais pas trop ce que je préfère, si c'est lui, ça voudrait au moins dire que je vais lui manquer, dans le cas contraire, ça prouverait que j'avais raison, il n'en a rien à faire de moi.

– *À votre place, je ne ferais pas ça,* dit une voix sur ma gauche.

– Vous ne feriez pas quoi ?

J'ai répondu machinalement sans regarder, mais mon attention se détourne du texto que je n'ai pas lu et se porte sur *lui.*

Lui, c'est-à-dire l'homme furieusement beau – furieusement *tout* – qui se tient à quelques pas de moi. Il m'observe de ses yeux couleur d'ambre avec un air amusé. Il a des cils noirs, la mâchoire carrée et une bouche dont je sais immédiatement qu'elle est naturellement faite pour le péché.

Je dois avoir l'air complètement idiote à le dévisager comme ça, bouche ouverte, incapable de dire un mot, tout en notant sa chemise sombre dont les manches retroussées mettent en évidence ses avant-bras sexy et ses mains puissantes.

Mon regard remonte le long de son torse, ses larges épaules, ses lèvres retroussées en un sourire narquois pour s'arrêter de nouveau sur ses yeux. Il hausse les sourcils comme pour me demander si j'aime ce que je vois.

– Je ne répondrais pas à ce texto, répond-il finalement, une fois assuré d'avoir capté toute mon attention.

– Ah bon ? Et pourquoi ça ?

Je me retourne pour lui faire face et je pose une fesse sur le bord d'un tabouret de bar. Il est... *superbe,* à défaut d'un adjectif plus adapté. Superbe, c'est bien la première fois de ma vie que je pense cela d'un homme.

Qu'est-ce qui le pousse à s'adresser à moi ?

– Parce qu'un homme qui vous parle par SMS au lieu d'être présent à vos côtés ne mérite pas que vous perdiez du temps pour lui.

– Et vous êtes qui, si je peux me permettre ?

Il boit une gorgée en gardant les yeux rivés sur les miens par-dessus le bord de son verre.

– Cela reste à déterminer, non ?

Je lève les yeux au ciel.

– Sans vouloir vous vexer, je pense que vous perdez votre temps avec moi.

Je dis ça, mais je dois admettre que je ne suis pas fichue de détacher mon regard de cet homme. Je ne sais pas si c'est dû aux lumières tamisées du club, ou simplement à lui d'une façon générale, mais il émane de lui une vibration qui me donne envie de m'approcher pour tester sa réalité.

– Et pourquoi donc ?

– Qu'est-ce que je vous sers, interrompt le barman.

– Un Tom Collins, s'il vous plaît, dis-je en faisant glisser un billet de dix dollars sur le comptoir.

– Un autre Johnnie Walker bleu, dit l'homme à mes côtés en levant son verre.

– Merci, mais je n'ai pas besoin que vous payiez mon verre.

– Je n'en doute pas, dit-il en reprenant mon billet pour le reposer devant moi et le remplacer par un billet de vingt. Mais vous m'obligeriez en acceptant.

Vous m'obligeriez ? Ce n'est pas une expression que l'on entend tous les jours.

– Merci, dis-je dans un murmure.

– Donc, *Tom Collins.* (Ce sourire !) Pourquoi dites-vous que je perds mon temps avec vous ?

– Eh bien, cher *Johnnie Walker,* je vous assure que quelle que soit la personne que vous recherchez, ce n'est pas moi, vous faites fausse route.

Il parcourt mon corps d'un long regard langoureux dont l'intensité fait monter la température à la surface de ma peau, avant de hocher imperceptiblement la tête.

– C'est là que nos points de vue divergent, donc.

Je secoue la tête avec un petit rire.

– Je suis ravie que vous pensiez cela, mais je suis persuadée que vous avez toutes les femmes à vos pieds et...

– C'est exact. Je veux dire, ce n'est pas facile, mais il faut bien que quelqu'un se dévoue, non ?

Il me décoche un petit sourire narquois, si craquant que j'en ai le souffle coupé.

Nom de Dieu, pourquoi son arrogance est-elle si sexy ? Pourquoi cette expression si sûre de lui et ces paroles produisent-elles cet effet sur mes organes internes ? Mais c'est son petit rire, celui qui se fraie un chemin tout droit entre mes cuisses, qui me fait hausser légèrement les épaules.

– Sympa, mais soyez tranquille, je ne suis pas du genre à quémander, et en plus je ne suis absolument pas intéressée.

Mais, c'est moi cette fille ?

– C'est un défi ?

Son regard me tétanise alors qu'un sourire moqueur effleure ses lèvres.

– C'est un fait.

– Tout le monde quémande. Lorsque c'est suffisamment bon... *on supplie.*

– Beau parleur. Je parie que vous tombez toutes les filles avec ce genre de repartie.

Il rit de nouveau. Prend une nouvelle gorgée de whisky avec un air qui dit clairement que je ne suis pas loin de la vérité.

– Chut !

Il se penche vers moi et en baissant la voix :

– Ne comptez pas sur moi pour raconter mes exploits.

– Pourquoi moi ?

– Pourquoi vous, quoi ?

– Pourquoi vous m'offrez un verre à moi plutôt qu'à l'une ou l'autre de ces jeunes femmes ?

Je regarde les différentes femmes qui sont au bar.

– Est-ce important ?

– Pour moi, oui.

– À cause de Betty Bradshaw.

– Betty qui ? dis-je en pouffant.

– Betty Bradshaw. Elle m'a brisé le cœur en CE2 quand elle m'a largué parce que je lui avais acheté des Twinkies et non pas des Ding Dongs.

– Je peux la comprendre. Tout le monde sait qu'il n'y a rien de meilleur qu'un Ding Dong.

Son regard dédaigneux, quand il se retient de sourire à la sottise que je viens de proférer, me fait sourire moi-même.

Eh oui. Je viens effectivement de dire à un homme sexy qu'il n'y a pas mieux que les Ding Dongs[1].

Johnnie se racle la gorge.

– Pour votre gouverne, Betty m'a brisé le cœur. En plein milieu de la file d'attente. Elle m'a dit qu'elle préférait

1. Ding Dongs : Aux US, friandise qui, en argot, a une connotation sexuelle. (NdT, ainsi que pour les notes suivantes)

Jimmy Rogers parce qu'il lui avait apporté des Ding Dongs et pas des Twinkies.

– Et, si je peux me permettre, quel est le rapport avec le fait que vous proposiez de me payer un verre ?

– Absolument aucun. (Il me décoche un sourire enfantin.) Mais je me suis dit que cela pourrait peut-être vous faire rester un peu plus longtemps et que donc cela valait la peine d'essayer.

– Ah, beau *et* intelligent.

– C'est un combo sacrément difficile à battre. (Il cogne son verre contre le mien.) Vous devriez l'essayer.

Je ne peux rien faire d'autre que secouer la tête en souriant dans mon verre. Est-ce qu'on peut appeler ça flirter ? Est-ce qu'il flirte vraiment avec moi ?

C'est un sentiment étrange et excitant. Mais je viens de rompre avec Clint, juste quelques heures plus tôt. Je ne devrais pas flirter. Je devrais...

– Je réitère ma question, Collins. Pourquoi dites-vous que je me trompe de personne ?

J'observe cet homme qui me met mal à l'aise, mais de façon agréable. Je sais que c'est une mauvaise idée de rester là à flirter avec lui, et que la meilleure façon de couper court, c'est d'être parfaitement honnête. Un joueur comme lui va prendre ses jambes à son cou au premier indice de ce qui est généralement perçu comme une femme émotionnellement instable.

– Parce que je viens juste de rompre avec mon petit ami. S'il devait se passer quelque chose entre nous, ce ne serait qu'un rebond et on sait ce que ça donne en général.

Il ne recule pas.

– Brouillon. Compliqué. Éphémère.

Il sourit et hausse les épaules comme si cela ne lui faisait pas peur.

– Les rebonds, c'est pas si mal.

Bon, ben, c'est raté.

Et pourquoi suis-je contente que ce le soit ?

– Ça peut aussi être catastrophique.

– Pas si vous rebondissez avec la bonne personne.

– Laissez-moi deviner, ce qui vous plaît dans ce scénario, c'est le côté éphémère que vous avez mentionné ? Pas de liens. Pas d'attaches.

– Ça et le côté super-sexe.

– Est-ce que je dois comprendre que c'est vous qui garantissez le côté *super* de cette équation ?

– On va juste dire que j'y contribue de façon indéniable, dit-il sans une once de gêne.

– On peut dire que vous avez une haute opinion de vous-même.

– Ce n'est pas de ma faute si les femmes sont si souvent mal honorées. Je veux dire, si un homme n'est pas capable de trouver son chemin sur le corps d'une femme… est-ce vraiment un homme ?

Je lève les yeux au ciel d'un air dédaigneux.

– Vous êtes en train de me dire que je me trompe ? Vous voulez dire que votre ex se préoccupait autant de vos envies que vous des siennes ? Le sexe, c'était une obligation et pas une chose dont vous aviez envie ?

Oui. Je hurle la réponse dans ma tête en repensant à Clint et à quel point faire l'amour était devenu ennuyeux. S'allonger. Écarter les jambes. Gémir et simuler. Lui qui grogne et roule sur le côté. Et ensuite me demander si ça vaut vraiment la peine de m'embêter à me satisfaire moi-même après que sa respiration est redevenue normale et que ses légers ronflements emplissent la chambre. En gros ? Non.

En même temps, peut-être que ça avait toujours été ennuyeux. Peut-être que je l'aimais tellement au début que j'avais fermé les yeux sur le sexe médiocre. Et le temps passant, et l'animosité s'installant, je ne faisais plus qu'y prendre part sans y prendre plaisir.

– Euh…

C'est tout ce qu'il dit, mais clairement cela signifie *vous savez bien que j'ai raison.*

– Combien de temps êtes-vous restée avec lui ?

– Deux ans.

– Deux ans avec la même personne ? *La vache !*

– La monogamie, c'est pas votre truc ?

– Je n'ai pas dit ça.

Il hausse les épaules sans conviction et danse d'un pied sur l'autre.

– Ce n'était pas nécessaire. C'était sous-entendu.

– Vous faites beaucoup de suppositions.

Il pose un doigt sur la buée qui glisse le long de mon verre, puis le porte à ses lèvres et le lèche.

Mon attention est attirée par sa langue. Bon, toute femme normalement constituée en ferait autant.

– Tout comme je suis sûre que vous en faites à mon sujet.

– Et quelles suppositions croyez-vous que je fais à votre sujet ?

Quelqu'un le bouscule dans le dos et il fait un pas vers moi. Une odeur de frais et de plein air émane de lui. C'est une fragrance ténue, mais qui retient mon attention cependant.

Tout comme lui.

– Hum. Que je suis une femme facile. Que je suis tellement en manque d'attention que je traîne dans ce bar en cherchant par tous les moyens à attirer le premier venu.

Je fais la moue et le scrute du regard en essayant de trouver ce que je pourrais dire d'autre.

– Que vous espérez certainement que j'aime Starbucks pour pouvoir m'y emmener demain matin.

– *Starbucks ?*

Il s'esclaffe d'un air perplexe.

– Là, vous m'avez perdu, Collins.

– C'est pour le cas où vous oublieriez mon nom, puisque je deviendrais probablement une de vos innombrables conquêtes d'une nuit, au point que la partie nom pourrait devenir un peu floue. Cela vous permet de sauver la face. C'est mieux que ce soit la barista qui me demande mon nom pour le noter sur ma commande plutôt que vous.

Johnnie me dévisage, l'air ébahi. Mais son sourire me fascine et son regard amusé me pousse à rechercher encore plus son attention.

– Mais c'est génial, en fait.

– Merci.

– Et donc, *c'est le cas ?*

– Quoi ?

– Vous aimez Starbucks ?

Quelque chose chez lui me rend audacieuse. Sûre de moi. Légèrement différente de ce que je suis. Je me penche vers lui et lui murmure à l'oreille :

– Mon truc, c'est l'Americano avec deux sucres, et je doute que vous puissiez oublier le nom *Collins*.

Arrête tant que tu as une longueur d'avance, Sutton. D'accord, tu prolonges ce mystérieux moment de flirt, mais ça ne va pas durer. Dans quelques secondes, tu vas devenir l'idiote maladroite et hésitante, alors ramasse tes gains et barre-toi tant qu'il en est encore temps.

Au moment où je me dis ça, je fais un premier pas, me prends les pieds dans quelque chose – probablement mes propres pieds, parce que c'est mon destin qui me rappelle que je ne suis pas si cool que ça – et je bascule en avant vers lui. Ma main atterrit sur son entrejambe une seconde avant que mon visage n'entre en contact avec son épaule.

Mais je me rattrape. En prenant plus ou moins appui sur son entrejambe, je réussis à me redresser. Il émet un grognement suivi d'une grimace, et je retrouve mon équilibre, stupéfaite d'avoir réussi à ne pas renverser mon verre tout en prenant note mentalement de la taille exacte de ce que j'ai senti sous son pantalon.

Le rouge me monte aux joues, et je choisis la facilité de boire une gorgée pour éviter de croiser son regard.

Il rigole.

– Seigneur ! Si vous vouliez tâter la marchandise, le plus simple, c'était de demander.

Cela lui vaut un roulement de mes yeux. C'est la seule chose que je peux faire pour ne pas mourir de honte.

– Je vous conseille vraiment de travailler vos reparties.

– Et vous d'améliorer vos suppositions.

Nos regards se croisent, résistent, jaugent.

– Vous êtes en train de me dire que je me trompe ? je demande, soudain sur la défensive. Que vous n'êtes pas ici pour draguer ? Dans l'idée de passer un bon moment avec une femme pas farouche ? En train de vous dire que je suis une cible facile ?

– Une cible facile ? Vous ? Je ne crois pas, non.

Il secoue la tête brièvement, mais son regard me dit qu'il est intéressé.

Un intérêt qu'à la fois je désire et dont je ne sais quoi penser.

Tout ça est nouveau pour moi. Inconnu. Me faire draguer dans une boîte. *Désirant* me faire draguer dans une boîte.

Désirant en général.

Et maintenant, qu'est-ce que je fais ?

Profite un peu de la vie. *Profite de te sentir jolie et désirée.*

J'ai le trac qui monte et mon attitude bravache commence à s'estomper.

– Et pour info, je suis en ville pour mon boulot. Je me suis dit que j'allais boire un verre ou deux et me détendre avant de devoir affronter mes associés demain.

– Vous ne les aimez pas, si je comprends bien ?

Il fait une petite grimace avant de répondre.

– C'est compliqué.

– Comme tout, non ?

Je danse d'un pied sur l'autre.

– Merci pour le verre. Enchantée d'avoir fait votre connaissance, Johnnie. Bonne chance avec vos associés demain et, surtout, dans votre quête pour trouver votre invitée au Starbucks demain matin.

– C'est pas très marrant comme perspective, Collins, si ?

Il avance d'un pas.

– Je sais que vous n'avez pas l'habitude de vous prendre des râteaux, mais oui, je suis venue pour fêter mon nouveau statut de célibataire et ma super promotion au boulot avec une amie. Donc maintenant, je vais aller la retrouver pour continuer à fêter ça.

– Une promotion ? Sympa. Félicitations.

Il tape son verre contre le mien.

– Oui. Merci. Mes amis sont là-bas.

Je désigne de la main la zone délimitée par un cordon de velours violet où Lizzy est assise au centre d'un groupe de gars. Il les regarde, puis tourne de nouveau les yeux vers moi.

– Eh bien, allez les rejoindre, alors.

– J'y vais.

– Allez-y.

– C'est ce que je fais.

– Alors pourquoi restez-vous plantée là ?

Parce que je n'ai pas envie de bouger.

Je devrais. Je devrais avoir envie de fuir tous les hommes. Je devrais être traumatisée après ce que j'ai subi avec Clint, que j'ai laissé faire... mais c'est si bon de flirter. Si bon de voir un homme me regarder avec désir. Si incroyable d'être excitée... que mes pieds refusent de bouger.

– *Eh bien ?*

Je suis frappée de panique.

De panique pure et simple.

« *Qui voudrait de toi si tu me quittais, Sutton ? Personne d'autre ne te trouvera attirante.* »

– J'y vais. Tout de suite.

Maîtrisant ma nervosité, je passe devant lui et je me dirige vers la sortie de secours, espérant à chaque pas que mon cerveau va arrêter de rejouer les paroles mauvaises de Clint. Lorsque je pousse la porte, j'accueille avec plaisir le silence, la fraîcheur de l'air sur mon visage et la distance que je viens de mettre entre moi et un homme qui me trouble d'une façon nouvelle pour moi.

Cela fait deux ans que tu n'as pas flirté, Sutt. C'est normal d'être déconcertée et perturbée et de ne pas savoir comment réagir.

Respire profondément.

Lentement.

Je jette un regard circulaire dans la ruelle mal éclairée où des gens vont et viennent à quelques pas de moi et j'apprécie ce moment de calme qui me permet de rassembler mes idées et de ne plus me sentir idiote d'avoir fui *Johnnie Walker.*

– *Mais qu'est-ce que tu fais ?*

Je me parle à moi-même à voix basse. *Quelle femme fuit un homme comme lui ?* Qu'est-ce qui m'empêche de profiter d'une chose un peu interdite et de me lâcher, après ce que j'ai vécu pendant deux ans, peu importe ce que c'était.

Retourne à l'intérieur, Sutton.

Tu as le droit de prendre du bon temps après avoir reçu une promotion aujourd'hui.

Rentre et tu verras bien où la nuit te mènera.

Tu as le droit de vivre quelque chose d'excitant après t'être sentie engourdie depuis si longtemps.

Fais encore *une chose pour toi-même.*

Je me fais rire, c'est ma nouvelle devise (apparemment) et je prends une profonde inspiration pour me donner du courage avant de faire quelque chose de totalement inhabituel pour moi et absolument inapproprié. *Seulement voilà,* lorsque je vais pour ouvrir la porte, elle est fermée à clé. Visiblement ils ne tiennent pas à ce que des individus venus de l'extérieur entrent sans payer.

Après avoir fait quelques pas en direction de l'entrée principale du Club Coquette, j'entends la porte dans mon dos s'ouvrir brusquement.

– Collins.

Je me retourne et je *le* vois se détachant sur la lumière de la porte qui se referme derrière lui, et des frissons me courent sur la peau.

– Ne partez pas.

Mon aplomb me revient lorsque je le regarde s'approcher et s'arrêter pile devant moi.

– Je croyais que vous ne quémandiez pas.

Il pousse un gémissement incroyablement sexy avant de me plaquer contre le mur et de prendre le baiser qu'il a préparé toute la soirée.

Et, bon sang, je dois admettre que cet homme sait embrasser.

4

Sutton

Neuf heures plus tôt

TOUT MON CORPS S'EMBRASE – chaque muscle, chaque terminaison nerveuse, chaque centimètre de ma peau – alors que nos bouches se pressent, que nos langues se goûtent et que nos dents mordillent.

Si j'avais cru que nos baisers dans la ruelle du club et ensuite sur le siège arrière du taxi qui nous a conduits vers sa suite imposante à l'hôtel Mark étaient prodigieux, je sous-estimais sérieusement le talent de cet homme.

Et je ne vais certainement pas m'en plaindre.

Mais à présent que ses mains glissent le long de mes fesses pour les empoigner alors que nous entrons en titubant dans sa suite, tout ce que j'ai à l'esprit, c'est que j'en veux encore plus. Je le veux nu. Qu'il me pénètre. *Qu'il me baise.*

Un désir d'une telle intensité, c'est totalement nouveau pour moi, et j'ai bien l'intention de m'en délecter sans en perdre une seconde.

L'alcool et l'absence d'inhibition qu'il me procure sont d'une grande aide alors que nous nous débarrassons de nos vêtements avec empressement. Ma robe. Sa chemise.

Mon soutien-gorge. Son pantalon. Nous envoyons tout balader aux quatre coins de la chambre sans y penser tandis que nos lèvres restent soudées et que nos mains partent à la découverte.

Les miennes se portent immédiatement sur ses épaules puissantes, descendent sur des abdos que je ne distingue pas dans la pénombre mais dont je palpe les contours. Impatiente, je glisse la main sous la ceinture de son boxer dont la solidité du tissu est certainement mise à l'épreuve par la taille impressionnante du renflement de son membre. Il est chaud, dur, épais, et son contact rend le supplice de mon désir de le posséder encore plus doux.

Il penche la tête en gardant une distance de telle façon que ses lèvres puissent s'apaiser sur ma poitrine. Mes doigts, cherchant désespérément un point d'ancrage, s'emmêlent dans ses cheveux. Sa langue dessine des cercles autour de mes tétons avant que ses lèvres ne se referment pour les sucer. Un gémissement venu du fond de ma gorge s'étrangle au moment où sa main se faufile sous l'élastique de ma culotte. Ses doigts m'écartèlent pour se glisser entre les plis de ma chair humide et son gémissement est synchrone avec ma brusque inspiration.

– C'est pour moi, tout ça ?

Son murmure effleure ma peau lorsqu'il dépose une dentelle de baisers bouche ouverte en remontant le long de la courbe de mon cou. Je ne réponds pas, incapable de parler, trop absorbée par la sensation que me procurent le contact de ses cheveux entre mes doigts, la chaleur de son souffle dans mon cou et celle délicieuse lorsqu'il pose mon pied sur la chaise la plus proche avant d'enfoncer un doigt en moi.

Ma respiration se fait haletante et je sens mes genoux fléchir lorsqu'il ressort son doigt et le fait glisser sur mon clitoris. Il frotte le nœud de terminaisons nerveuses si doucement que je pousse pratiquement ma chatte dans sa main pour qu'il accentue son geste, pour qu'il me donne encore plus de sensations. À chaque frottement, elles allument des feux d'artifice au cœur de mon intimité.

Sa bouche retrouve la mienne.

– Tu ne m'as pas répondu, Collins, murmure-t-il entre deux baisers. Je t'ai demandé si tout ça c'était pour moi.

Mon cerveau cherche une repartie, mais est bien trop occupé par ses doigts qui retournent se loger entre les plis de ma fente. Qui pénètrent en moi et frappent exactement là où il faut.

Je suis brusquement ramenée à la réalité lorsque Johnnie m'attrape par les cheveux pour tirer ma tête en arrière. Mes lèvres s'écartent, mon cou est exposé et je suis obligée de plonger dans ces yeux ambrés qui ne sont qu'à quelques centimètres des miens.

– Ton ex t'autorisait peut-être à rester silencieuse, mais c'est parce que ce n'était qu'un connard égoïste. Je veux t'entendre dire ce que tu veux. Je veux savoir que je te fais ressentir ce que tu veux ressentir. Je veux que les voisins de part et d'autre de ces murs appellent la réception parce que tu cries trop fort à un moment, pour immédiatement me supplier de recommencer. Je me suis bien fait comprendre ?

La sombre promesse que charrient ses paroles agit comme un roulement dans tout mon corps. Comme un doigt sur un interrupteur. Une trépidation de désir doublé d'adrénaline.

Il tient mes cheveux si serrés que je ne peux pas détourner les yeux comme normalement je l'aurais fait. Je n'ai pas la latitude d'être timide. Pas de moyen de reculer pour me ressaisir. Il n'y a que le halètement de mon souffle et le son humide de mon excitation produit par ses doigts qui continuent d'aller et venir en moi si naturellement. *C'est comme si je lui appartenais.*

Je n'ai jamais été aussi excitée de toute ma vie.

– La femme rencontrée au Club Coquette n'était pas à court de reparties impertinentes et ne s'est pas gênée pour me dire ce qu'elle pensait de moi. Est-ce que cette belle assurance n'était qu'une façade ?

Il donne un autre tour de vis de ses doigts dans mes cheveux, ajoutant une minuscule sensation de douleur. Il soulève un sourcil, me mettant silencieusement au défi de montrer si je peux être aussi insolente ici que je l'étais dans le bar.

– Alors, Collins, maintenant dis-moi, de quoi as-tu envie ?

Mon souffle s'affole et mon corps s'approche dangereusement de l'extase, ses paroles ne faisant qu'accentuer mon excitation.

On ne m'a jamais parlé comme ça. On ne m'a jamais demandé, exigé de moi, cajolée – quel que soit le mot pour le dire – d'exprimer mes envies en matière de sexe. C'étaient toujours les désirs de Clint qui passaient en premier. C'était toujours moi qui étais insatisfaite. Frustrée. *En manque.*

Et c'est à la fois grisant et tellement gratifiant qu'on vous parle comme ça. Qu'on vous demande de formuler vos envies à voix haute.

Je ne reverrai jamais cet homme. Purée, nous n'avons même pas échangé nos prénoms... alors, est-ce que ce n'est pas ma chance de foncer ? De me mettre dans la peau de cette femme inconnue que je suis ce soir et de profiter de l'aventure ?

Alors je prends une longue inspiration revigorante, je le regarde droit dans les yeux et je dis une chose que je n'ai jamais osé prononcer de ma vie.

– J'ai envie que tu me baises. J'ai envie que tu me donnes des sensations. J'ai envie que tu me fasses jouir.

Ses doigts toujours en moi, il émet un petit rire approbateur qui résonne dans la chambre.

– À la bonne heure ! roucoule-t-il avec un sourire. J'adore qu'une femme sache ce qu'elle veut.

Il pose un baiser tentateur sur mes lèvres avant de murmurer.

– Mais pour cela, tu vas devoir mériter ma queue, Collins.

Je suis étonnée par ce qu'il dit et bien qu'il me lâche les cheveux et retire ses doigts, je reste plantée là, bouche bée et insatisfaite.

– Je vais devoir *quoi* ?

C'est le moment qu'il choisit pour baisser son boxer et libérer son sexe bondissant. Et bien sûr, une personne aussi magnifique que lui ne peut qu'avoir une queue parfaite.

Épaisse et tendue et *Seigneur...* il avait raison. *Certaines choses méritent qu'on supplie pour les avoir.*

Et *ça*, ça en fait partie.

– Tu m'as bien entendu, dit-il en recentrant mon attention sur lui tout en faisant un pas vers moi. Tu vas devoir la mériter.

– Je...

– Enlève ta culotte, Collins.

Il suit mon mouvement des yeux lorsque je fais glisser ma culotte trempée le long de mes hanches et que je m'en libère lorsqu'elle atteint mes chevilles. Ma tension monte en le voyant promener sur mon corps un regard de connaisseur. Ce petit sourire narquois revient sur ses lèvres quand nos yeux se croisent de nouveau.

– Mets-toi devant la fenêtre, Collins.

– Mais...

– Fais ce que je te dis, ordonne-t-il d'une voix basse comme pour me faire comprendre que je n'ai pas la possibilité de refuser. C'est le moment de faire ce qu'il faut pour mériter cette baise dont tu as envie.

Il hausse un sourcil.

– Allez, va devant la fenêtre.

J'obéis.

Bon Dieu, je n'aurais jamais cru dire ça un jour, mais *j'obéis, putain.*

Et je le fais avec plus d'empressement que je n'ai montré pour quoi que ce soit depuis longtemps.

Toute pudeur oubliée, je fais ce qu'il me demande. Oubliée lorsqu'il me regarde avec une intensité suffisamment forte pour m'embraser, moi et la chambre tout entière.

– C'est bien, ronronne-t-il en me passant la main sur la joue avant de faire tourner son doigt en l'air. Maintenant retourne-toi et pose les mains sur la vitre. Oui, c'est ça.

Il caresse mes fesses doucement.

– Ça te plaît, hein, Collins ? Qu'on te voie. De savoir que n'importe qui peut lever les yeux à tout moment et te voir là, debout comme ça. De savoir que quelqu'un pourrait se branler en te regardant debout là, toute nue.

Il me passe un doigt doucement entre les cuisses. Sa caresse est si légère que je dois faire un effort pour ne pas pousser mes fesses en arrière pour la sentir mieux.

– Dis-le-moi, Collins. Dis-le, que tu aimes ça.

– J'aime ça.

Dans un souffle désespéré.

– C'est mieux, me complimente-t-il à l'oreille.

– Maintenant, penche-toi, appuie tes seins sur la vitre et montre-moi cette merveilleuse petite chatte.

Je fais ce qu'il me dit, je me penche en relevant les fesses.

Le silence emplit la pièce. Je ne peux que supposer qu'il se tient derrière moi pour regarder, et l'impossibilité où je suis de le voir et de voir ce qu'il fait a pour effet d'augmenter le désir qu'il a suscité progressivement, sensation après sensation.

Ses lèvres se posent soudain sur mes reins et la surprise me fait sursauter.

– Tu as une très belle chatte, Collins. Elle est – il émet un son guttural tout en frottant délicatement du bout des doigts mes replis humides – tellement excitante.

Je tente de reculer pour me repousser sur sa main, crispant mes muscles en le faisant.

Son rire provocant résonne dans la pièce.

– Tu veux quelque chose ? C'est pour moi que ta chatte se contracte ?

Seigneur.

Oui.

S'il te plaît.

– Mm... mmm.

C'est tout ce que je réussis à prononcer.

– Réponds-moi ou j'arrête.

Sa main s'éloigne et tout mon corps se tend en réaction.

– Oui. C'est pour toi.

Prends-la. Putain, prends-la, parce que c'est intenable, je suis trempée et je ne pense qu'à ta prochaine caresse.

Mais le silence revient. L'attente monte.

Sa main glisse sur l'une de mes fesses, passe entre mes cuisses juste assez légèrement pour agacer ma fente avant de passer sur l'autre fesse. Je perçois la chaleur de son corps derrière moi. Je sens son eau de toilette qui se mélange à mon odeur.

– Je devrais te prendre comme ça, juste là, contre la vitre au vu de tout le monde. (Ses doigts s'impriment un peu plus profondément en repassant.) Mais je veux te regarder. Tes seins. Tes lèvres. Ton joli minou. *Toi.* C'est ça que tu veux, Collins ?

– Oui.

Je gémis lorsque ses doigts reviennent là où je les veux. Un sifflement de plaisir s'échappe de mes lèvres lorsque la chaleur, l'humidité de sa bouche se referme sur moi. Le supplice... oh mon Dieu, le supplice que provoque le simple contact de sa langue suffit à me faire relever mes reins contre lui. Je veux qu'il aille plus loin. J'ai besoin qu'il aille plus loin.

Il referme les lèvres sur ma chair la plus intime, l'aspire et la suce. C'est une sensation que je n'avais encore jamais éprouvée et il est clair que je veux l'éprouver encore. La tension monte en moi. La brûlure du désir se change en une félicité qui m'était inconnue jusque-là.

– Ça te plaît ? Tu aimes ça ? Ma bouche sur toi ? Ma langue en toi ?

Il remonte en léchant la ligne de ma colonne vertébrale. Des frissons accompagnent sa langue tout du long, jusqu'à ce que la chaleur de son souffle atteigne ma nuque.

– Ta chatte est superbe, Collins. Sa forme. Son goût. La façon dont elle se contracte sous mes doigts.

Il repousse mes cheveux, dévoilant mon cou.

– C'est le moment d'aller sur le lit. Je te veux sur le dos. Jambes écartées. Tes yeux sur moi. D'accord ?

C'est incroyable ce que qu'on peut faire quand on veut désespérément quelque chose. Des choses qu'on aurait juré ses grands dieux ne jamais faire. Comme obéir à un homme qu'on vient juste de rencontrer.

Pourtant je le fais.

Je vais vers le lit, je m'allonge et j'écarte les jambes.

Toutes les lumières de la ville brillent derrière lui, mais je ne vois que lui. Il m'est impossible de faire autrement. Il concentre toute mon attention.

Il fait quelques pas vers moi, le bout de sa langue pointe pour venir humecter ses lèvres – lèvres qui brillent toujours de ma moiteur – lorsqu'il sort de l'obscurité. Et bien que je sois en train de le regarder, je sursaute lorsqu'il fait courir le bout de son doigt le long de mon mollet. Pas parce que j'ai des hésitations ou des craintes. Non, j'en veux encore, désespérément.

Encore ses lèvres sur moi.

Du contact de ses mains.

De la façon dont il me regarde.

Sa main va et vient sur sa bite. Il arrive même à rendre sexy le geste de son pouce sur les premières gouttes de sperme qui suintent pour les étaler sur son gland. Mon corps tout entier est tendu par l'anticipation alors qu'il m'allume sans le savoir.

– Nom de Dieu, tu es canon. Je crois que je vais devoir revenir goûter encore à tout ça.

Et en même temps que mon cerveau enregistre ses paroles, il s'agenouille entre mes jambes écartées – les mains sur mes cuisses – et plonge la tête en avant. *Oh my God ! C'est si bon.*

Le son guttural qu'il émet m'achève. Sa seule vibration ne fait qu'augmenter l'avalanche de sensations provoquées par sa bouche, et maintenant ses doigts entrent dans la danse en me pénétrant de nouveau. Je suis déjà prête. Déjà chauffée à blanc. Je nage déjà dans un océan de sensations familières et en même temps tellement nouvelles pour moi. Le cunni, c'était pas une priorité pour Clint. Et lorsqu'il le faisait, c'était de manière paresseuse et maladroite.

Johnnie, pour sa part... s'y prend très bien. À tous points de vue. La façon dont il caresse. La façon dont il lèche. Tout.

Je suis à fleur de peau. Le frottement de sa barbe naissante sur l'intérieur de mes cuisses. La chaleur de sa bouche. La pression de ses mains qui écartent mes jambes aussi largement que possible. Le choc lorsque sa langue me pénètre avec force.

Un gémissement étranglé monte du fond de ma gorge alors que mon corps se cambre de plus en plus. Je m'accroche à tout ce qui est à portée de main. Les draps.

Ses cheveux. Mes talons s'enfoncent dans ses épaules lorsque mes jambes se tendent et que mon corps se dresse.

Il accélère le rythme. De ses doigts et de sa langue, de son mouvement et de la pression. Impitoyablement. Je ne pourrais pas y échapper même si je le voulais.

– *Oui, là.*

Ma tête retombe en arrière.

– *Oui, oui, comme ça.*

Je cambre les reins.

– *S'il te plaît.*

Mes hanches se jettent contre son visage.

– *Oh. My. God.*

Toute honte est oubliée quand la tension arrive à son comble. Tout mon corps se met à vibrer. Je répète d'une voix altérée le mot *Oui* alors que je suis précipitée tête la première dans une série de vagues d'extase.

Je suis hors d'haleine, vidée et submergée lorsqu'il rampe sur moi et vient couvrir mes gémissements de ses lèvres. Sa langue a le goût de mon intimité et cela envoie une nouvelle vague de pulsations dans ma chatte.

– Nom de Dieu, meuf.

Il tire doucement sur ma lèvre inférieure et j'ouvre instantanément les yeux. Je lui adresse un sourire comateux tout en reprenant mes esprits.

– Ça, on peut dire que tu sais te servir de ta langue, dis-je en riant, enhardie, et je lève le pouce en signe d'approbation.

– Je suis évalué, c'est ça ?

Il passe le bout de ses dents sur ma clavicule et baisse la tête vers mes seins.

– Dans ce cas, je ferais bien de me remettre au travail. Il reste certains endroits que j'ai prévu d'explorer.

Il prend un de mes seins dans la paume de sa main, effleurant du pouce mon téton dressé tandis que sa bouche se referme sur l'autre. Je me tortille sous cette caresse, le corps encore hypersensible après mon orgasme. Ce faisant, je ne fais que frotter ma cuisse contre sa queue gonflée.

– Petite gourmande, tu en redemandes ? demande-t-il, les lèvres sur ma peau.

– Oui. Tu as un problème avec les gourmandes ?

Je lui souris en me déplaçant de façon à pouvoir prendre sa bite dans ma main. Il a une petite inspiration saccadée et promène sa barbe naissante sur mon ventre avant de s'accroupir pour me fixer du regard.

Cet homme est beau comme un dieu. Point final. Depuis ses yeux, ses cheveux, son corps, jusqu'à sa queue. C'est un véritable Adonis, et allongée là à sourire niaisement dans ma léthargie post-orgasmique, j'ai du mal à croire que j'ai failli me refuser ça.

– Aucun.

Il incline la tête sur le côté.

– J'essaie seulement de décider ce que je vais te faire maintenant.

– Tu pourrais faire usage de ceci, dis-je en essayant d'attraper son engin de nouveau. Ou... (Je passe un doigt le long de sa cuisse, voulant caresser son pieu une nouvelle fois, enivrée par ma toute nouvelle assurance.) Ce ne serait que justice d'inverser les rôles.

Il hausse un sourcil alors qu'un coin de sa bouche se soulève.

– C'est une idée, en effet, non ?

Je me redresse pour imiter sa posture.

– Absolument.

Et cette fois, quand je tends la main vers son sexe, il me laisse faire. Mes doigts n'arrivent pas à en faire le tour, mais à la façon dont il ferme à demi les yeux en gémissant, je ne pense pas que cela le dérange.

Je me penche vers lui et je fais tourner ma langue sur son gland, manifestant mon plaisir de sentir le goût de son sperme qui suinte par un murmure appréciatif.

Il agrippe mes cheveux pour tirer ma tête en arrière.

– Si tu dois me sucer, Collins, je veux te voir tout entière pendant que tu le fais.

Il s'écarte de moi et se lève pour se tenir au bord du lit.

– Viens ici.

Il me déplace de telle manière que je suis allongée sur le dos avec la tête qui pend au bord du lit. Dans cette position je le regarde de bas en haut.

– Je ne comprends p...

– Je suis large, dit-il en haussant les épaules de façon arrogante et sans gêne. Cela va te permettre d'ouvrir la bouche suffisamment pour me prendre au maximum.

Punaise. Je crois bien que j'ai joui encore une fois simplement en entendant ça.

Il se penche et me donne un baiser en arrière, nos visages se trouvant dans des positions opposées, avant de se redresser et, du coup, mes lèvres se retrouvent en contact avec la longueur de son membre.

J'ouvre la bouche et je l'absorbe. Un glissement de ma langue sur son gland en forme de cloche. Un frôlement de mes dents alors qu'il étire mes lèvres. Un mouvement de succion de mes lèvres autour de son engin alors que je lève la main pour saisir la base de son pieu qui autrement risquerait d'être délaissée puisqu'il est absolument impossible que je parvienne à prendre la totalité de son sexe dans ma bouche.

– Oh, putain, gémit-il. (Il entame un mouvement de ses hanches en faisant aller et venir sa queue dans ma bouche pendant que je la suce.) C'est incroyable ce que c'est bon.

Il mesure ses mouvements. Je constate sa retenue à la tension de sa cuisse sur laquelle repose mon autre main. Mais il fait lentement aller et venir sa queue dans ma bouche, un peu plus profondément à chaque glissement.

Il a incontestablement une grosse queue et il me faut plusieurs mouvements pour réguler ma respiration et contrôler mes réflexes de haut-le-cœur et ne pas étouffer lorsqu'il atteint le fond de ma gorge. Mais les gémissements qu'il émet, ceux qui résonnent dans la pièce alors que je le suce, provoquent chez moi encore plus d'envie de lui.

– Je vois quand je touche le fond de ta gorge, Collins. Je vois tes muscles qui se contractent autour de moi quand je vais plus profond.

Il passe le bout de son doigt sur ma joue et mon cou tout en s'enfonçant dans les profondeurs de ma bouche.

– Tes tétons sont durs.

Il prend l'un de mes seins dans sa main et passe le pouce sur mon téton.

– J'adore ta façon de pousser ta chatte en l'air chaque fois que je m'enfonce dans ta bouche, un peu comme si tu faisais semblant que je te fourre là aussi.

Il glisse son doigt dans la fente de mon sexe, mais ne fait rien de plus. Je lève les hanches lorsqu'il le retire.

– Tu en veux à ce point-là ? C'est ça que tu veux (il imprime à ses hanches un mouvement de rotation et sa queue cogne contre l'intérieur de ma joue) que je te baise à en perdre la tête. Tu veux savoir ce que ça fait d'être comblée ?

– S'il te plaît.

Je m'efforce de le dire avec sa queue dans ma bouche, tandis que ma main libre se faufile entre mes cuisses, le supplice devenant si intense que j'ai besoin de le calmer moi-même.

– Qu'est-ce que tu as dit ?

– S'il te plaît.

Je gémis lorsque mes doigts trouvent mon clito.

– Tu vois ? dit-il avec un petit rire douloureux, et il se penche en arrière, exhalant un soupir lorsque sa bite glisse hors de ma bouche pour y être aussitôt remplacée par sa langue.

Le baiser est avide et sous-tendu par un désir violent que, jusqu'à aujourd'hui, je n'aurais probablement pas compris.

Mais maintenant, si.

Ah, bon Dieu, maintenant oui.

– Les bonnes choses méritent que l'on supplie pour les obtenir.

– Oui.

Je lui mordille la lèvre.

– Oh Seigneur, oui.

Ma langue explore sa bouche alors que mes mains l'attrapent par la nuque.

– Baise-moi, maintenant.

Et avant que mes synapses droguées par le sexe ne puissent s'embraser, Johnnie me soulève par les épaules et me plie en deux sur le lit. Ses mains malaxent mes seins alors que son corps se colle contre le mien par-derrière.

Je sens la chaleur de son souffle saccadé contre mon oreille. La sensation de sa verge humide se presse entre mes cuisses. Le grattement de sa barbe naissante excite ma peau quand il passe son menton d'avant en arrière sur mon épaule.

– Comment veux-tu jouir cette fois, Collins ?

Il effleure la courbe de mon cou de ses dents.

– En levrette ? Contre le mur dans la douche ? Toi au-dessus de moi ?

Il glisse les mains le long de mes côtes et s'arrange pour que ses doigts puissent caresser doucement mon clitoris.

– On va peut-être essayer les trois ? Une position pour chaque orgasme.

– Je ne peux pas...

– Oh, mais si, tu peux.

Un petit hoquet de ma part. Un écartement plus grand de mes jambes.

– Mais je n'ai jamais... *réussi à jouir plus d'une fois.*

Je ne prononce pas ces mots parce que j'ai le souffle coupé lorsque son autre main glisse le long de la raie de mes fesses. Personne ne m'a jamais touchée là et tout mon corps se tend quand son autre doigt appuie doucement sur l'auréole de muscles.

Il m'a piégée. Si je me tortille pour atténuer la pression sur mon clitoris, je me pousse contre son autre main sur mon cul. Si je vais dans l'autre sens, mon corps ressent le plaisir mais pas la libération.

– Tu vas jouir au moins deux fois encore, Collins. Peut-être même plus que ça.

L'assurance assumée dans sa voix, la confiance en lui suffisent à intensifier le supplice. Suffisent à me faire croire à ce qu'il promet.

– Je ne peux pas...

Je gémis en secouant la tête, incertaine de vouloir qu'il arrête ou au contraire qu'il n'arrête jamais tandis qu'il augmente l'intensité de sa caresse.

Il agrippe mes cheveux et tire brusquement ma tête en arrière, exposant mon cou.

– Es-tu en train de me dire que tu doutes de mes capacités ? Que tu ne crois pas que je puisse te faire jouir jusqu'à ce que tu demandes grâce ?

Il passe la langue tout le long de mon cou et je jure que tout mon corps est au supplice de peur qu'il arrête de me toucher. Il s'embrase à des endroits que je n'aurais jamais crus possibles. Mes tétons. Ma bouche. Ma chatte. *Ma peau.*

Je n'ai jamais été touchée comme ça. J'ai déjà fait l'amour. Mais rien de comparable à ça.

Rien qui ressemble à ça.

Me sentir à la fois toute puissante et impuissante est une sensation enivrante qui me donne envie de me prélasser dans sa nouveauté.

Avoir un homme si sûr de lui et de ses gestes et si arrogant dans ses exigences est un stimulant érotique dont je n'aurais jamais cru avoir besoin. *Ni même vouloir.*

Un homme qui *tient les rênes* mais qui ne commande pas. Dont les exigences ont pour seul objectif de me donner du plaisir. De me donner envie d'en avoir plus.

Ses doigts m'amènent tout droit jusqu'à cette limite – où mes poings se serrent et mon corps se tend et ma respiration devient saccadée – et c'est alors qu'il recule.

– Dis-moi ce que tu veux, ordonne-t-il.

– Toi, dis-je le souffle court.

J'ai besoin de ses doigts, de sa queue, de son n'importe quoi en moi pour me faire jouir.

– Je te veux.

Mes mots font l'effet d'un interrupteur parce qu'il pousse le grondement le plus sexy que j'aie jamais entendu en me retournant sur le dos, et ce sont mes fesses qui sont au bord du lit. Il se dresse entre mes cuisses, parcourt des yeux toute la longueur de mon corps tout en enfilant un préservatif.

Mais ensuite, ses yeux croisent les miens en même temps qu'il fait glisser la pointe de son sexe de haut en bas sur le mien. Nous prenons tous les deux une inspiration audible en éprouvant cette première sensation – ce moment progressivement préparé depuis une heure.

– Tu crois que tu vas pouvoir m'accueillir en totalité ?

Il hausse un sourcil en me lançant un défi que je suis tout à fait disposée à relever.

– Il n'y a qu'un moyen de le savoir.

Ma voix se transforme en gémissement lorsqu'il me pénètre, oh tellement lentement.

Me yeux se révulsent et mes lèvres s'ouvrent alors que la brûlure du plaisir lorsque mon corps s'étire pour le recevoir s'intensifie. Il me pénètre aussi profondément qu'il peut jusqu'à ce qu'il touche le fond et, à ce moment-là, il reste immobile pour me laisser m'adapter.

– C'est bon ? murmure-t-il, les yeux mi-clos de plaisir et les tendons de son cou serrés alors qu'il s'efforce de garder le contrôle.

– Oui. Oh, Seigneur, oui.

C'est tout ce que j'arrive à dire quand nous baissons tous deux les yeux pour le regarder se retirer pour la première fois. Ma liqueur luit sur sa queue. C'est la chose la plus excitante que j'aie jamais vue, de voir ma peau s'étirer autour de son membre lorsqu'il se retire.

– Tu es incroyablement bonne, murmure-t-il en posant les mains sur mes hanches pour les soulever quand il me pénètre de nouveau.

Je suis à fleur de peau, tous mes sens en éveil. La façon dont son gland frappe la plaque de terminaisons nerveuses. Le frottement de son pouce sur mon clitoris lorsqu'il se retire encore. La façon dont il me comble, comme je n'ai jamais été comblée.

Chaque sensation est nouvelle. Chacune est une chose sur laquelle je me concentre et dans laquelle je me noie simultanément.

– S'il te plaît.

Je l'implore en poussant mes hanches vers le haut, j'ai besoin de plus de friction, de plus de lui, pour atteindre ce sommet vers lequel il me pousse depuis un petit moment.

Il se penche sur moi, m'attrape par la nuque et m'attire vers lui pour que ses lèvres puissent trouver les miennes. Ce mouvement a pour effet de le pousser encore plus profondément en moi, et notre baiser mêlé de gémissements alors qu'il va et vient en moi est d'un érotisme total.

– Je veux plus, dis-je entre nos baisers. Plus.

Son rire est presque totalement couvert par les bruits de ses mouvements en moi.

– Tu es sûre d'être prête ?

J'agrippe son biceps.

– Maintenant. Baise-moi, maintenant.

Et Dieu merci, il fait ce que je lui demande en adoptant un rythme régulier. Un peu plus fort dans la poussée. Un peu plus rapide dans le retrait. J'essaie de l'accompagner dans chacun de ses mouvements, mais mes pensées m'échappent de la même façon que le contrôle de mon corps, à ce moment-là.

Tout ce que je peux faire, c'est me concentrer sur lui.

Sur les claquements lorsque nos pubis se rencontrent.

Sur la façon dont il embrase mes terminaisons nerveuses, une façon si ardente que je jurerais qu'elles sont en feu.

Ses doigts s'enfoncent dans la chair de mes hanches.

Le battement de mon pouls rugit dans mes oreilles et je suis tout entière tendue vers un seul point. Celui qu'il frotte à chaque mouvement. Encore et encore et encore.

L'orgasme me percute comme un train lancé à grande vitesse. Il n'y a pas d'autres mots pour décrire la dévastation qu'il provoque chez moi ou l'impression de félicité qui fait des ricochets dans tout mon corps à chaque vague. Mes orteils se révulsent, mes jambes se tendent, et ma chatte bat autour de sa verge. En fermant les yeux, je pousse le grognement le plus guttural que je n'aie jamais entendu.

– Bordel, grogne-t-il sans ralentir, en continuant de me baiser, jusqu'à ce qu'à son tour il pousse un cri lorsqu'il atteint son plaisir.

Il s'écroule sur le lit à côté de moi et nous cherchons l'un et l'autre à retrouver notre souffle en essayant de réaliser le côté incroyable de ce qui vient de se passer.

– Putain, Collins. (Il se soulève sur un coude et capture mes lèvres dans les siennes.) Tu es fantastique et je sens que je vais être obligé de t'honorer de nouveau.

5

Sutton

Quatre heures plus tôt

– IL FAUT QUE JE TE DÉGUSTE ENCORE UNE FOIS avant de partir.

Je ris à moitié tout en soupirant lorsque je sens la chevelure soyeuse de Johnnie entre mes cuisses et la chaleur de sa langue qui se fraie un chemin entre les plis tout gonflés de ma fente.

Mes jambes sont légèrement douloureuses, mais la tension est vite oubliée lorsque sa langue experte fait disparaître tout le reste.

Arrive-t-il à cet homme d'être fatigué ?

Si je pense à l'orgasme qui monte doucement à la surface, pour mon bien, je suis heureuse que non.

Je ferme les yeux et m'abandonne au plaisir qu'il me procure...

Dring.

Je me redresse d'un bond dans le lit, quelque peu désorientée dans la lumière tamisée de la chambre inconnue, et je m'efforce de contrôler ma respiration saccadée.

Le téléphone.

Décroche le téléphone.

Je regarde la table de nuit à côté de moi où l'écran du téléphone s'allume en même temps qu'il sonne et je me tortille pour l'attraper.

– Allô, dis-je d'une voix ensommeillée.

– Bonjour Madame, dit une voix de femme très professionnelle. C'est pour vous prévenir que nous faisons monter votre commande. Le concierge déposera le plateau devant votre porte.

– Je n'ai rien commandé...

Je parcours brièvement la chambre d'hôtel du regard et je me rends compte qu'il n'y a absolument aucune trace de l'homme avec qui j'ai passé la nuit. Mon sac à main et mon téléphone sont toujours sur la table de l'autre côté de la pièce.

– Une autre personne l'a fait pour vous et a donné des instructions très précises sur l'heure et la manière de la livrer. Merci de nous faire savoir si vous désirez autre chose.

– Merci à vous.

Je me coule hors du lit et m'enroule dans le drap pour me diriger vers la salle de bains. Quelque part mon enthousiasme est douché en constatant qu'il n'y a aucune trace de lui dans cette pièce ni dans le salon de la suite.

Il est parti.

Je fais le tour de la chambre. Les emballages des snacks du minibar que nous avons pillé à trois heures du matin ne jonchent plus la table. Mes vêtements sont soigneusement pliés sur le canapé. Je continue mon exploration et pousse un soupir de soulagement en voyant la poubelle pleine de bouteilles d'eau minérale vides et de papiers froissés.

La nuit dernière a vraiment existé. Je n'ai pas besoin qu'on me pince pour confirmer que je n'ai pas rêvé. Les preuves sont là, sous mes yeux.

Et je me demande pourquoi j'avais si terriblement besoin de les voir pour le croire.

Un peu rassurée, je remarque l'empreinte de mes mains sur la vitre. C'est un souvenir visuel de la nuit dernière, avec le ciel du petit matin qui commence tout juste à blanchir, et je ressens un mélange de reconnaissance, de tristesse, de soulagement et de quelque chose d'autre que je n'arrive pas à identifier.

De la tristesse parce que c'est fini.

D'accord, je savais que c'était un coup d'un soir, et rien de plus, mais je dois avouer que j'en ai apprécié chaque instant. De lui. De ce qu'il m'a révélé de moi. Les choses qu'il m'a montrées qui étaient possibles pendant l'acte sexuel. Les choses dont il m'a fait prendre conscience, dont je m'étais passée jusqu'ici, ce qui maintenant ne sera plus jamais possible

Du soulagement parce que c'est fini.

Le fait qu'il ne soit pas là signifie qu'il n'y a pas la gêne du lendemain matin, aucune démonstration de cet étrange et soudain attachement que j'éprouve pour lui, aucun besoin de présenter des excuses et d'expliquer que ce n'est pas du tout mon genre d'agir comme je l'ai fait hier soir.

Ce n'est pas mon mode opératoire.

Et enfin, il y a cette petite chose en plus.

La sensation de vide ? Admettre que je ne sais pas comment ça marche, un coup d'un soir, et que donc... je me sens un peu perdue.

Il y a nécessairement un peu de légitimité là-dedans, non ?

À moins que ce soit juste les conséquences de tout ce qui s'est passé ces dernières vingt-quatre heures. Peut-être que je repense à cette nuit et à Johnnie Walker en me disant que c'était le coup de pouce dont mon système avait besoin. Une preuve ou une confirmation ou ce je-ne-sais-quoi qui me montre que j'ai eu raison de trouver le courage de finalement quitter Clint. *Et je me sens tellement libre, putain !*

Tout ce que je sais, c'est que son odeur est toujours sur ma peau et que chaque fois que je la remarque, elle me renvoie au peu de sommeil que nous avons pris et au nombre d'orgasmes que j'ai éprouvés.

Aux fous rires et aux gémissements et aux grognements qui ont résonné dans la chambre.

À la façon dont je me suis laissée aller à être une autre femme pendant quelques heures, ce que je ne regrette pas le moins du monde.

Oh. My. God.

Cette nuit a réellement existé.

Vraiment.

Et la Sutton Pierce pragmatique, fiable, soucieuse de bien faire, s'est vraiment fait niquer à mort par un mec – la perfection faite homme – sans éprouver le moindre remords.

Je pousse un cri aigu et couvre mon visage de mes mains comme une ado débile.

Le coup frappé soudain à la porte me fait sursauter alors même que j'aurais dû m'y attendre.

J'attends que les pas dans le couloir se soient éloignés et que le ding de l'ascenseur ait retenti pour ouvrir la porte de la suite. En baissant les yeux, je découvre un sac en papier kraft accompagné d'une tasse de café portant le logo reconnaissable de Starbucks.

Je ramasse la tasse et j'éclate de rire. « Collins » est écrit dessus au feutre noir.

Il n'a pas oublié.

Je m'empare du sac de viennoiseries avec un sourire niais et me dirige vers la table parce que je suis affamée. C'est seulement au moment d'ouvrir le sachet que je remarque le petit mot rédigé à la main :

> *Merci pour cette nuit. J'espère que le rebond en valait la peine.*
>
> *Johnnie*

6

Sutton

IL Y A DES CHOSES QUE L'ON DIT au cours d'une aventure sans lendemain. Des choses que l'on admet. Des libertés que l'on prend. Des inhibitions que l'on oublie. Et toutes ces choses sont faites dans l'idée que l'on ne reverra jamais cette personne.

Jamais.

On se laisse aller à être quelqu'un d'autre pendant un certain laps de temps, pensant que l'on n'y reviendra que dans sa propre tête. Présumant que le souvenir que l'on aura de cet homme est probablement bien supérieur à ce qu'il est dans la vraie vie.

Du moins, c'est ce qu'une personne à l'esprit logique, pratique et nouvellement célibataire comme moi présumerait.

Et pourtant… je me retrouve dans une salle de conférences, assise en face de trois hommes superbes dont la société est nommée S.I.N., ce qui est judicieux[2]. Et l'un de ces hommes occupe actuellement, à titre gracieux, l'intérieur

2. En anglais, *Sin* signifie « péché ».

de ma tête tout en étant directement responsable de la légère douleur que je ressens lorsque je bouge sur ma chaise.

Comment est-ce seulement possible ?

– Vous croyez pouvoir en assumer la totalité ?

– Pardon ?

Je sursaute et remarque les trois paires d'yeux ambrés qui me fixent. Je manque m'étouffer en entendant *ces mots*. Qui me ramènent immédiatement à Johnnie, debout entre mes cuisses écartées, se caressant en me posant la même question.

– Je prenais des notes, dis-je pour tenter de me justifier, en levant mon stylo comme s'ils avaient besoin de ça pour comprendre. Quelle était la question ?

– Je vous demandais si vous vous sentiez capable de mener à bien ce projet en totalité ?

Ledger se renfonce dans son fauteuil et incline la tête en me scrutant. Il y a de la curiosité dans ses yeux et Dieu sait que si j'étais à sa place, je serais parfaitement inquiète de confier mon projet à cette femme. Si je songe que chaque fois que je croise le regard de l'un d'entre eux, je revis les événements de la nuit dernière.

– Roz nous a assuré que vous êtes tout à fait compétente pour évaluer les difficultés et résoudre les problèmes que pose un ensemble hôtelier de cette importance. Comme vous le savez certainement, S.I.N. est réputé pour offrir des prestations impeccables et un hébergement de grande qualité. Que l'un de nos Resorts ne soit pas à la hauteur de cette réputation, comme c'est le cas pour celui-ci, est une tache sur notre catalogue et nous n'apprécions pas particulièrement les imperfections. Il nous faut renverser la situation, et le faire rapidement.

– Entendu. *Fais semblant jusqu'à ce que tu y parviennes.* J'ai parcouru les rapports financiers, les sondages anonymes menés auprès des employés, les commentaires des clients et j'ai aussi fait quelques recherches pour voir ce que la concurrence offre et qu'on ne trouve pas chez vous. Vous pouvez être assurés que tout n'est pas perdu. La première chose à faire est de rallier le personnel autour d'une direction forte, et une fois qu'ils auront réalisé que le bateau n'est pas en train de couler, que vous êtes présents, la confiance de votre personnel sera restaurée elle aussi.

– C'est d'accord. Callahan sera votre interlocuteur, dit Ford en désignant son frère.

Au regard qu'ils échangent je perçois une tension entre eux. Mais lorsque Callahan tourne les yeux vers moi et me fait un bref signe de tête, il n'en reste plus trace.

– Apparemment, je suis le seul disponible pour ce job, dit-il en levant une main et, l'espace d'une fraction de seconde, je suis absolument certaine qu'il est Johnnie Walker. Il y a quelque chose dans son regard – un amusement mêlé d'espièglerie – qui me donne le sentiment que nous partageons une plaisanterie entre initiés.

Mais ensuite, bien sûr, lorsque Ledger reprend la parole, notre connexion est interrompue et je mets en doute mon propre jugement.

Comment faire autrement ?

– Parfait. Je ferai en sorte de vous fournir deux mises à jour quotidiennes, si cela vous convient. Nous pouvons déterminer des horaires fixes pour échanger si cela...

– Ce ne sera pas la peine, dit Ledger en souriant. Il sera sur place, avec vous.

– Sur place ?

Je parviens à sourire. *Charmant.* Alors, non seulement je vais travailler pour la société de Johnnie Walker mais il se pourrait que nous travaillions côte à côte. La tournure que prennent les événements est si aberrante qu'elle en devient comique.

– C'est parfait.

– Oui. Normalement, nous administrons à distance et laissons le directeur de l'hôtel gérer les choses mais, comme nous l'avons dit, cet établissement doit être remis à flot rapidement. Nous avons pensé que vous avoir, vous et Callahan, tous les deux sur place serait une chance supplémentaire pour que ça marche, explique Ford.

Callahan jette un bref regard à son frère.

Là, pas de doute, il y a une tension.

– Malgré des signaux avant-coureurs négatifs, c'est lui qui nous a poussés à acquérir cet hôtel, intervient Ledger, alors c'est bien normal que la satisfaction d'inverser la tendance lui revienne. (Il lance à ses deux frères un coup d'œil qui ressemble presque à un avertissement, avant de se retourner en souriant chaleureusement vers Roz et moi.) D'après les éloges dont Roz ne tarit pas à votre sujet, Sutton, je suis certain que vous allez faire du bon travail tous les deux.

Je les fixe tous les trois avec ce que je suppose être encore une fois un air *de biche prise dans les feux d'une voiture*, en m'efforçant de *ne pas* revivre les événements de la nuit dernière sous leurs regards scrutateurs.

– Je suis sûr que nous allons bien nous entendre, dit Callahan.

– J'en suis sûre, moi aussi, dis-je, éprouvant soudain le besoin désespéré de sortir d'ici.

– Vous voyez, Messieurs ? intervient Roz avec un sourire arrogant. Je vous avais dit que Sutton était la personne qu'il vous fallait.

– Elle semble l'être en effet, murmure l'un des hommes d'une façon qui me donne la chair de poule, mais lorsque je regarde les trois hommes assis en face de nous, je ne sais pas lequel c'était.

Pourtant, je suis prête à jurer que c'est *Johnnie* qui a parlé.

7

Callahan

LA PORTE SE REFERME.

Leurs talons qui claquent sur le sol en marbre juste de l'autre côté de la porte sont un rappel auditif que, oui, cette scène vient bien de se produire.

Collins – *euh, Sutton* – la femme à la chatte si douce et au cul incroyable, de qui j'ai eu tant de mal à m'arracher ce matin, était là, assise en face de moi pour de vrai.

Et au cas où mes yeux auraient refusé de croire ce que je voyais, ma gaule furieuse sous le couvert de la table de conférences en fournissait la preuve.

Le mot choc est un euphémisme pour décrire ce que j'ai effectivement ressenti en la voyant entrer dans la pièce. Une déflagration, purement et simplement, putain.

L'écho de son rire qui s'éloigne nous parvient et mes burnes se contractent en l'entendant. Y a-t-il toujours sur la courbe de son épaule la marque que j'ai laissée en la mordant lorsque je l'ai prise par-derrière ? A-t-elle des bleus sur les hanches à l'endroit où la pointe de mes doigts l'a agrippée si fort ?

C'est normal d'avoir encore envie d'elle après quelques heures sans elle, non ? Parce que la baise était tellement bonne que je recommencerais sur-le-champ si je pouvais.

Le fait que je lui ai fait parvenir une livraison de chez Starbucks est assez éloquent en soi.

Je ne regarde jamais en arrière lorsque je quitte un coup d'un soir. *Jamais.*

Mais là, je l'ai fait. J'ai commandé son foutu café avec son nom écrit sur la tasse parce que je voulais qu'elle sache que je n'avais pas oublié.

Et maintenant, voilà où ça me mène.

Putain.

Tout à coup, la perspective d'être obligé d'aller dans un palace de bord de mer en abandonnant mon programme habituel ne me paraît plus aussi sombre que je le pensais.

Le soleil, encore du sexe de rebond et avec un peu de chance un réseau téléphonique aléatoire là-bas dans les îles, qui me donnerait une excuse pour ne pas répondre immédiatement à mes frères, pourrait bien racheter cette connerie de changement dans mes plans.

Si mes frères doivent me menotter, autant que je trouve un peu de satisfaction dans l'opération.

C'est seulement à ce moment-là que je prends conscience du silence de mort qui règne dans la salle de conférences. Je me retourne dans mon fauteuil pour faire face à mes frères et je les vois tous deux, les bras croisés, assis là à me regarder.

– C'est une très mauvaise idée, putain, marmonne Ford dans sa barbe.

– Pour une fois je suis d'accord avec toi, Ford, dis-je finalement en regardant mes frères avec un sourire qui va sûrement les foutre en rogne.

C'est parfait, putain. Puisque je suis obligé d'être là, à me coltiner leur rancœur de merde, le minimum, c'est de les faire un peu chier dans la foulée. M'envoyer au paradis avec une femme aussi belle. Ouais. C'est une putain d'erreur, ça c'est sûr.

– Bon Dieu. Tu ne changeras jamais ? dit Ledger en écartant brusquement son fauteuil de la table afin de me faire face.

– Changer ? Changer quoi ? Mon comportement ? Mes objectifs ? Mes quoi ? Je ne savais pas qu'être co-actionnaire de S.I.N. impliquait que je n'avais pas le droit d'apprécier une jolie femme. Bon sang, je vais juste faire honneur au nom de la société.

– Cela implique que tu te conduises comme un professionnel, dit Ford. Cela implique que tu gardes ta queue dans ton pantalon et tes mains loin de Sutton.

– Exactement comme toi l'an dernier avec je-ne-sais-plus-qui ? dis-je, sachant que je l'ai pris à son propre jeu.

– Ce n'est pas la même chose.

– Ben voyons !

Je lève les yeux au ciel, sentant déjà que j'étouffe dans ce bureau.

– Est-il nécessaire de te rappeler pourquoi nous sommes dans cette situation ? Le nom de Gia, ça te dit quelque chose ?

Je t'emmerde.

J'ai le mot sur le bout de la langue, mais je le chasse.

– Ouais. C'est vrai, dis-je en ricanant. En même temps, j'avais oublié qu'il y avait un règlement pour Ford et Ledger, et un autre règlement pour Callahan. Au temps pour moi.

Je lève les mains et je regarde mes deux frères droit dans les yeux.

– Précisément. (Ledger crache les mots, l'animosité dans la pièce devient palpable.) Il y a toujours eu deux règlements distincts dans cette famille.

Un muscle de sa mâchoire se contracte quand il me fusille du regard.

– Alors, c'est quoi le but ? je rétorque en poussant un grognement incrédule. Vous voulez me baiser à cause d'un truc que je ne pouvais pas prévoir ?

– À propos de baiser... tu as utilisé la suite cette nuit.

Ce n'est pas une question. Ledger énonce simplement un fait pour me déstabiliser.

Et ça marche, putain.

Je pense à la suite qui appartient à la société. Celle que nous utilisons tous, de temps en temps à titre privé, lorsqu'elle ne l'est pas par nos clients. Celle que j'ai utilisée la nuit dernière.

Je fixe mon frère, gardant volontairement un visage impassible, tout en essayant de trouver mes marques dans ce jeu auquel nous jouons et dont je n'arrive toujours pas à comprendre les règles.

– Tu me surveilles ? Ravi d'être de nouveau sous la coupe de quelqu'un.

– Nan. (Il hausse les épaules.) Pas besoin de te surveiller. À tous les coups, tu fais exactement ce qu'on pouvait prévoir.

C'est bien le problème.

– Et qu'est-ce que tu veux prouver, Ledger ? Que j'y ai donné rendez-vous à quelqu'un ? Est-ce que tu as besoin de voir son nom et ses références pour savoir si elle est assez bien pour les Sharpe ?

Putain.

– Tu n'as jamais fait preuve de discrétion jusqu'ici, alors pourquoi commencer maintenant, c'est ça ? ajoute Ford.

– Ça te va bien d'être jaloux, Ford, dis-je comme un coup de semonce.

– Je ne sais pas qui tu as baisé cette nuit, mais espérons qu'elle suffira à t'empêcher de poser les mains sur Sutton, dit-il sans tenir compte de mon avertissement implicite.

– T'es mon gardien, maintenant ?

– Non, dit Ledger. Techniquement, nous sommes tes patrons.

Je serre les poings et grince des dents. Le pouvoir – ou ce qu'ils perçoivent comme tel – a vraiment fait de mes frères de parfaits connards.

Comment s'étonner que je ne pense qu'à foutre le camp d'ici ?

– Ça va, Ledger. Si je ne m'abuse, nous sommes associés à égalité, alors non, vous n'êtes pas mes patrons. De plus, je suis assez grand pour décider avec qui je couche.

– Et nous sommes à la tête d'une société multimillionnaire qui se passerait bien que tes décisions viennent tout foutre en l'air. (Son sourire est mielleux et condescendant et je meurs d'envie de l'effacer de ses lèvres.) Oh, attends ! Qu'est-ce que je raconte, ironise-t-il. C'est déjà fait.

– Ce que j'ai fait ou pas la nuit dernière ne te regarde pas.

– Ce cher petit ange de Callahan continue de croire qu'il est incapable de faire du mal, dit Ford.

– Tu devrais dire, ce taré qui croit qu'il ne fait jamais rien de mal, dit Ledger.

Je regarde mes frères avec une insupportable tension dans la poitrine. Les hostilités sont déclarées et ils n'y vont pas de main morte.

Comment peut-on aimer deux personnes et les détester en même temps ?

Comment en est-on arrivés là ? Comment les choses ont-elles pu changer à ce point en six mois ? Comment...

– Va te faire foutre, Ledger ! Ton paternalisme bien-pensant devient pénible à la longue.

– Pas plus que tes frasques de fêtard invétéré, répond-il du tac au tac. Ça doit être ennuyeux, à force, de se réveiller tous les matins avec la gueule de bois en ayant oublié le nom de la fille qui se trouve dans son lit.

Je le regarde en lui décochant un sourire lent et menaçant.

– Je préfère ça à apprendre à marcher avec un balai dans le cul, chose que tu sembles maîtriser à merveille.

– Ben voyons ! Le sens des responsabilités et du dévouement, c'est sans doute ce que tu appelles un balai dans le cul.

Il me renvoie mon sourire et se contente de me regarder sans s'énerver.

Un peu comme le faisait mon père.

Et ça fait mal de le voir.

Je savais que ça finirait par arriver. Cette dispute. Ce conflit ouvert. La manifestation d'une jalousie que je n'ai pas provoquée volontairement et qui me dépasse.

Mais on en est là, les poings sortis pour un combat qui couvait depuis des mois.

C'est parce que je le sentais venir que je me suis retrouvé dans cette boîte hier soir en compagnie de Johnnie Walker au bar.

À présent, il n'y a plus de moyen de m'échapper. Aucune femme pour me faire oublier. Pas d'alcool pour enjoliver la laideur de la chose.

Ils veulent la guerre ? Ils vont l'avoir.

Je hausse les épaules d'un air nonchalant.

– On a tous des façons différentes de faire son deuil.

– T'appelles ça comme ça, toi ? rétorque Ledger sur un ton méprisant.

Je suis à deux doigts de quitter la pièce, mais je serre les dents et je secoue la tête pour ne pas céder à la colère mêlée de tristesse qui me bouleverse.

– Parce que moi, reprend-il, j'appelle ça faire exactement ce que tu as toujours fait, *prendre la tangente.* La différence, c'est que papa n'est plus là pour t'éviter les conséquences de tes actes.

– Est-ce pour ça que vous m'avez ordonné d'être présent, *ou sinon gare à moi* ? Pour pouvoir me remettre à ma place et affirmer une sorte de pouvoir sur moi ?

Je lève mon majeur dans leur direction.

– On t'a dit d'être présent parce qu'il est temps que tu te mettes à faire ton boulot, bordel.

– À vous entendre, mon boulot, c'est de baiser des femmes rencontrées par hasard et de salir le nom de la famille Sharpe. C'est à ça que vous voulez en venir ? Parce que si c'est le cas, je suis partant.

– Typique.

Il secoue la tête et ça me rappelle quelque chose. Ce pourrait être notre père devant moi, avec ses folles exigences et son manque d'empathie pour les autres. Mais il n'y aura pas de coup de fil un peu plus tard pour me dire qu'il me comprend et qu'il m'aime quand même. *Comme le faisait papa.* Il n'y aura que plus de silence encore, empreint de ressentiment. *Bon Dieu, ce qu'il me manque.*

– Depuis quand *c'est toi le père ?*

– Depuis qu'il est mort et que tu n'as jamais assumé ta part de responsabilités.

– Ben je suis là, non ?

Je lève les mains, mais je vois la déception, que j'ai essayé de noyer dans l'alcool hier soir, dans le regard de mes frères.

– Ah oui, c'est vrai, dit Ledger. C'est fascinant de voir qu'il n'y a rien de tel qu'une menace d'un vote de défiance du conseil d'administration pour que tu ramènes tes fesses jusqu'ici.

– *Qu'est-ce que tu as dit ?*

– Tu m'as très bien entendu.

Je repousse violemment mon fauteuil et fais les quelques pas qui me séparent de la fenêtre pour retenir le poing que je meurs d'envie de lui flanquer dans la figure. Une fureur que je n'avais jamais ressentie avant la mort de notre père me ronge avec une intensité que je ne comprends pas.

Ils veulent m'évincer ?

Mes frères, mon sang, veulent se débarrasser de moi ?

La douleur me suffoque, mais je la dissimule derrière un masque de j'en-ai-rien-à-foutre. N'est-ce pas ce que j'ai toujours fait ? Bouger, esquiver, éluder quand la merde devient trop réelle ?

Surtout avec mon père. Et même avec mes frères.

– En fait non, je ne t'ai pas bien entendu, dis-je, les poings serrés et l'esprit vide. Vous voulez que le conseil d'administration me destitue ?

– Tu as fait tes choix, frangin. À toi de voir si tu veux en assumer les conséquences ou prouver que tu mérites le poste.

– Ah alors, c'est de ça qu'il s'agit ? (Je secoue la tête, incrédule.) Tout ce pouvoir te monte à la tête, Ledger.

– Peut-être que si tu étais là plus souvent, tu serais plus au courant de ce qui se passe.

– Hé, Ledge ? (Je me penche vers lui et, en baissant la voix, je le provoque.) À mon avis, c'est plutôt toi qui as besoin d'utiliser la suite. De tirer ton coup. Peut-être que si tu relâches un peu la pression, que tu assouvis ton besoin de domination dans la chambre, cela t'aidera à...

– Ce n'est pas une plaisanterie, hurle-t-il en tapant du poing sur la table.

– Et vous n'êtes pas non plus en train de me menacer de me virer d'une société qui porte mon nom.

– *Notre nom, Callahan.* Pas seulement le tien. (Ford jette un coup d'œil en direction de Ledger puis vers moi.)

Cela fait six mois que nous nous cassons le cul à essayer de jongler pour tout maintenir à flot et combler le vide que papa a laissé. *Et toi ?* On ne sait pas où tu es. Tu t'es barré en laissant derrière toi des boulots à moitié finis, des contrats à moitié négociés. Tu as disparu, putain, pour t'apitoyer sur ton sort. Eh bien, tu sais quoi ? C'était notre père aussi, mais nous, on est restés. On n'a pas fui la responsabilité qui assure nos salaires. Alors, c'est vrai, bon Dieu, on l'a mauvaise. Tu restes assis sur ton cul et tu empoches le même salaire que nous. On en a marre. Soit, tu fais partie de cette société et tu assumes ta part du boulot, soit tu dégages.

Cela m'ennuie de le reconnaître, mais ils ont raison sur un point. Je suis *effectivement* parti. *Mais… je déteste aussi leur logique.* Et ce qu'elle implique.

– Donc, *assumer ma part du boulot,* pour vous ça veut dire m'envoyer sur place dans un hôtel en perdition pour redresser la barre ? Sans tenir compte du fait que la conjoncture économique est foireuse et que l'hôtel a besoin d'une refonte en profondeur. *Putain.* Vous m'envoyez au casse-pipe.

Comment en sommes-nous arrivés là ?

– Et toi, ce n'est pas ce que tu nous as fait ? intervient Ford. Nous envoyer au casse-pipe en te barrant ?

Espèces d'enfoirés !

Je regarde mes frères et je vois mon père. *Et je ressens la brutalité de son absence.*

– Tu l'as encouragé à faire cette acquisition alors que nous n'étions pas d'accord, dit Ledger.

– L'actionnaire majoritaire de cette société à l'époque désirait acheter cette propriété, et je l'ai encouragé à faire ce qu'il voulait.

– L'actionnaire majoritaire – papa – était vieux et commençait à montrer des signes de démence. Le propriétaire essayait de l'arnaquer. Je l'ai bien vu. Ford aussi l'a vu. Putain, nos avocats l'ont vu. Mais toi, tu étais tellement déterminé à conclure ce marché pour pouvoir sauter la fille du propriétaire que tu t'en foutais. (Après un nouveau coup de poing sur la table, Ledger s'avance vers moi et nous

nous retrouvons face à face.) Tu étais censé le protéger, Callahan. Nous protéger. Protéger cette putain de société. Mais tu ne l'as pas fait. Maintenant, nous avons sur les bras un hôtel dont la vente a été conclue un mois après le décès de papa, et qui perd de l'argent depuis. Alors oui, tu peux le dire, c'est entièrement de ta faute.

Ils n'y étaient pas.

Ils ne savent pas.

Et même si j'ai essayé de leur expliquer, ils ne comprennent rien.

– Tu penses toujours le pire de moi, hein, Ledge ?

– Dernièrement ? Oui. (Il hoche la tête. Son regard est triste, contrarié par ce qui s'est dit, mais ne montre aucun regret.) Nous ne sommes pas comme papa, Cal. On t'aime, mais ton baratin ne nous aveugle pas. On ne va pas regarder ailleurs et te trouver des excuses.

Je me dirige vers la baie vitrée, les mains enfoncées dans les poches, et je regarde les individus sans visages en contrebas en regrettant de n'être pas l'un d'eux en ce moment.

Ils veulent que j'échoue. Pour pouvoir me virer.

Mais n'est-ce pas justement ce que je voulais ? Être libéré du fardeau d'être un Sharpe ? Choisir un point au hasard sur une carte et m'y rendre pour l'explorer ? Bon Dieu, je n'ai pas besoin de cet argent – aucun d'entre nous n'en a besoin – puisque nos comptes sont suffisamment approvisionnés pour nous permettre de vivre à l'aise pendant dix vies… donc, dis-leur d'aller se faire voir, Cal. Dis-leur *vous avez gagné*. Dis-leur…

Je ne peux pas.

Tout ceci était à *notre père*. Il a construit cet empire en partant de zéro, et j'ai beau ne pas avoir hérité du gène du désir de domination, contrairement à eux, je ne peux pas m'en aller comme ça, pas encore.

C'est la seule chose qui me reste de lui. *Comment osent-ils l'utiliser comme un ultimatum ?*

Je suis foutu dans les deux cas – soit je réussis à remonter le complexe hôtelier et je suis malheureux, soit j'échoue et je perds tout ce que j'ai toujours connu. Mes frères sont des connards pontifiants et ne vont pas changer, même si je reste pour ce combat.

– Vous vouliez que je revienne. *En personne.* C'est bon. Je suis revenu. (Je les regarde tous les deux en essayant de comprendre ce qui nous est arrivé. Comment la mort de notre père, six mois plus tôt, a provoqué cette fracture majeure.) Je vais y aller. Je verrai où se situe le problème. En même temps, peut-être que je ne le ferai pas. Mais vous aurez quelqu'un sur place du nom de Sharpe, ce qui vous permettra de dormir plus tranquilles. (Je pousse un ricanement sarcastique, prends un grain de raisin dans la coupe de fruits posée au milieu de la table et le lance dans ma bouche.) À votre place, je me méfierais.

Je me dirige vers la porte, vers la liberté, mais ses mots m'arrêtent net.

– Et nous qui pensions que tu voudrais t'élever, que tu voudrais honorer la mémoire de papa en faisant prospérer la dernière affaire qu'il a achetée avec ta bénédiction. À l'évidence, tu t'en fous complètement.

Je ne me retourne pas. Je ne peux pas. Le seul fait de les regarder me fait mal. En voyant des fragments éparpillés de mon père chez eux. Les parties dont je n'ai pas hérité, putain.

Peut-être que c'est pour ça que je n'étais pas là.

C'est peut-être pour ça que c'est mieux d'avoir cette poussée d'adrénaline plutôt que de perdre mon temps avec un putain de costard dans un bureau avec vue à cent quatre-vingts degrés sur Manhattan.

– Je préfère oublier ce que tu viens de dire. Juste pour cette fois.

Sur ces mots, je sors en trombe du bureau.

Rien à foutre.

Qu'ils aillent se faire voir.

Et rien à foutre de mon père qui est mort.

Je vais aller aux îles Vierges. J'irai parce qu'ils croient que je ne le ferai pas. Je tâcherai de comprendre ce qui ne tourne pas rond à Ocean's Edge et je réglerai les problèmes, uniquement pour honorer la mémoire de Maxton Sharpe. Et quand j'aurai fini, je dirai adieu à cette putain de boîte pour vivre la vie que mon père n'a jamais eue parce qu'il était trop absorbé par son travail.

Je refuse de me laisser posséder par Sharpe International.

Je refuse de me laisser posséder par quiconque.

8

Sutton

– C'EST LE PARADIS, LIZZY. Le paradis intégral dissimulé sous un décor vieillot qui doit absolument disparaître et un personnel qui a besoin d'un petit coup de pouce côté contact avec la clientèle.

– Et c'est pour ça que tu es là-bas, ma poule, hurle-t-elle dans le téléphone. Tu vas déchirer et faire de ce putain d'endroit un truc rentable.

Tout le monde devrait avoir une amie comme Lizzy. Celle qui vous dit la vérité quand vous n'avez pas envie de l'entendre et la plus ardente de vos supportrices quand vous en avez vraiment besoin. Et aussi la copine qui monte la garde devant votre appartement pour vous prévenir si votre ex rentre à la maison pendant que vous tentez de remplir une valise en un temps record avec tous les vêtements dont vous allez avoir besoin.

– C'est l'idée, dis-je en regardant autour de moi.

Les palmiers se balancent dans la brise et on entend le son d'un steel drum dans le lointain. L'eau transparente de l'océan et la plage de sable blanc s'étalent devant moi dans toute leur gloire.

C'est sûr, rien à voir avec les plages de New York.

Ni avec ses complexes hôteliers.

Alors que Manhattan n'est que gratte-ciel épurés, kilomètres de béton, et bat d'une énergie trépidante, Ocean's Edge, c'est tout le contraire. Les constructions en bois blanchi, bien que décrépites et usées, s'étendent dans des jardins où chaque sentier, chaque recoin abonde de plantes tropicales et de fleurs aux couleurs éclatantes. L'atmosphère est détendue et sereine.

Même dans le bref laps de temps que j'ai passé à m'y promener, j'ai pu voir ce qui avait poussé les frères Sharpe à acquérir ce complexe hôtelier. Il est délabré et désuet, mais possède un potentiel infini pour en faire un concept haut de gamme.

– Et ta chambre, elle est comment ? Elle a vue sur la mer ? Est-ce que tu as une vue plongeante sur un beau jardinier sexy qui trouve qu'il fait trop chaud pour porter un tee-shirt et qui serait prêt à te tailler le buisson gratuitement ?

– Tu fantasmes, là.

– Non, moi je suis coincée ici, à New York, pendant que toi, tu t'apprêtes à vivre un moment de rêve dans un endroit paradisiaque. (Elle rit.) Alors ? Ta chambre ?

– Elle est incroyable. (Je soupire.) Elle est située sur l'arrière de la propriété – la partie logements du personnel, je suppose –, donc pas de vue sur la mer qui est réservée aux clients, mais à part ça, elle est parfaite. Fenêtres ouvertes par où pénètrent la brise venue de l'océan et le bruissement des palmiers. C'est super.

– En effet ça m'en a tout l'air, mais qu'est-ce que tu entends exactement par *les logements du personnel ?* Tu partages ta chambre avec une personne que tu ne connais pas ? Cela pourrait mettre un frein à une potentielle activité sexuelle.

– Oui. C'est exactement ce que je me disais. (Je rigole.) En fait, j'ai ma propre chambre avec salle de bains qui ouvre sur une pièce commune avec une kitchenette que je partage avec la personne qui occupe l'autre suite. C'est un peu comme un appartement de deux pièces.

– Et du coup, qui occupe l'autre suite ?

– Je n'en sais rien. Je n'ai pas encore eu le temps de regarder parce que j'ai perdu du temps pour récupérer ma voiture de location. J'ai eu à peine le temps de déposer mes affaires avant de me rendre à ma première réunion.

– Et ça s'est bien passé ?

– En fait, ça ne s'est pas passé du tout parce qu'elle a été reportée à ce soir. Je dois dire que ça m'arrangeait parce que ça me donne l'occasion de me reposer et de profiter de cet endroit avant d'être plongée dans le bain demain.

– Toi ? Te reposer et te détendre ? Tu es sûre que tout va bien ?

– En fait, oui. Là, j'ai un verre de punch à la main – agrémenté d'un petit parasol en papier – et les doigts de pied en éventail dans le sable.

– Waouh ! Tu m'impressionnes. *Vraiment.*

– J'essaie, dis-je d'une voix adoucie tout en levant la tête.

Je ferme les yeux et je laisse le soleil me chauffer le visage.

– Oui, je sais. Est-ce que je peux te demander si Clint est déjà venu pourrir ta nouvelle vie ?

Je pousse un petit gloussement résigné.

– Bien sûr que oui. Mais je n'ai pas changé d'avis. Il m'a envoyé un texto pour me demander si je pouvais aller chercher sa cravate bleu et jaune au pressing et pour me rappeler que je dois porter ma robe noire avec un décolleté pour dîner avec son patron.

– Donc il est toujours dans le déni, si je comprends bien.

– Je ne crois pas que ce soit du déni. C'est plutôt... de la suffisance ? De l'arrogance ? Je ne sais même pas comment appeler ça, mais c'est sûr qu'il va avoir un choc quand il s'apercevra que je ne suis pas là pour dîner avec son patron.

– Tu me le promets ? demande Lizzy, méfiante.

– Tu oublies que je suis à des centaines de kilomètres ? C'est fini, Lizzy. Fini de chez fini. Je ne reviendrai pas et je n'ai aucun regret si ce n'est quand je pense à tout ce temps perdu. Je crois que j'ai confondu devoir et amour, et je ne peux m'en prendre qu'à moi-même.

Elle ne dit rien, et je lui sais gré de ne pas porter de jugement.

Clint pense que je vais revenir parce que je ne peux pas vivre sans lui.

Il se trompe. *Du tout au tout.*

L'aventure sans lendemain qui, le soir même de notre rupture, a éveillé tous mes sens, plus les jours qui ont suivi, où je me suis lancée à corps perdu dans les détails de ce projet sans m'arrêter, ont prouvé à quel point il se trompait.

En outre, mettre fin à une relation de deux ans devrait provoquer de la tristesse et du chagrin, pas du soulagement et des regrets.

Je pense que cela se passe de commentaires.

– Je suis si fière de toi, murmure-t-elle.

Mon sourire détendu s'élargit.

– C'est exactement ce dont j'ai besoin en ce moment. De m'éloigner et d'avoir du temps pour moi. Un nouveau boulot qui m'absorbe. Une nouvelle expérience. Le...

– Le triplé avec qui tu as envie de baiser de nouveau.

– Je... euh...

– Tu as perdu ta langue ? Allez, me dis pas que c'est pas vrai.

– Je dirais plutôt que j'ai perdu ma langue parce qu'il t'arrive de dire des choses vraiment choquantes.

– Devoir travailler avec un homme qui pourrait être – ou pas – celui qui t'a fait grimper aux rideaux est choquant. Devoir travailler avec un homme qui ressemble à s'y méprendre à celui qui t'a fait perdre la tête en te disant des cochonneries et être incapable de penser à autre chose pendant qu'il discute grille de salaires des employés et plaintes des clients est encore pire. Je veux dire, tu es fichue si c'est lui et tu es fichue si ce n'est pas lui. La solution, c'est peut-être de demander un sandwich triple et d'en finir.

– Tu es vraiment impossible.

J'éclate de rire, ce qui m'attire le regard courroucé d'une passante.

– Ne me dis pas que tu n'y as pas pensé. Quelle femme normalement constituée ne l'aurait pas fait ?

– C'est possible. (Un sourire effleure mes lèvres.) Mais ça n'arrivera pas. Pas de sexe avec mon patron. Pas de sandwich triple. Rien du tout.

Rien que d'y penser, j'ai les cuisses qui se contractent. Ce n'est pas bon signe.

– Callahan. (Elle étire le nom comme si elle n'avait pas entendu un mot de ce que je viens de dire.) On en a plein la bouche. Tu crois qu'il te laissera le raccourcir et l'appeler Cal dans le feu de la passion ? *Oh Cal, donne-moi ta queue monstrueuse, bébé.*

– Seigneur. Pas question même d'aborder ce sujet avec toi. Coucher avec mon patron, c'est une ligne rouge que je ne peux pas me permettre de franchir. J'ai trop à perdre.

Son rire suggestif me fait lever les yeux au ciel.

– Alors j'imagine que ça va être une discussion à sens unique, chérie, parce que moi je vais en parler.

Mon soupir résonne sur la ligne, mais mon sourire s'élargit en secret.

– Je crois que tu as dit, je te cite : *le meilleur sexe que j'aie jamais eu,* poursuit-elle. Paroxystique, c'est un autre qualificatif que tu as employé. Tu ne pensais pas que quelqu'un puisse jamais être à la hauteur, c'était une autre description. Je ne sais pas pour toi, mais ce genre de sexe vaut la peine d'enfreindre les règles sans problème.

– Dans n'importe quelle autre situation, oui. *Peut-être.*

Je jette un coup d'œil autour de moi pour m'assurer que personne ne peut m'entendre.

Peut-être.

Pourquoi ai-je dit cela ? Même *peut-être* n'est pas une option lorsqu'il s'agit de coucher avec son patron.

– Je ne peux pas prendre le risque de gâcher cette occasion, Lizzy. Les enjeux sont trop importants. Et pour quoi ? Une bonne baise avec un type qui est, de base, l'incarnation du Plan Cul sans lendemain ? Je veux dire, je suis absolument convaincue que le choc que j'ai ressenti en entrant dans cette salle de réunion a été multiplié par dix pour lui. Pour moi, c'était la première fois que je faisais ça, alors que lui, ce n'était visiblement pas le cas.

– Il n'y a pas de honte, pour aucune des deux parties de l'équation.

– Non, mais s'il avait voulu mon téléphone pour pouvoir me connaître mieux ou si ça l'intéressait qu'on se revoie, il m'aurait laissé sa carte ou bien il m'aurait réveillée avant de partir. Il ne l'a pas fait. Donc je sais à quoi m'en tenir. C'était un coup d'un soir et basta, et ça me va bien.

– Donc, ça ne te pose aucun problème de travailler tous les jours à côté du mec qui a chamboulé ton univers.

– Si ça se trouve, ce n'est pas lui.

– Exact, mais si c'est lui... tu veux me faire croire que tu ne ressentiras aucune attirance ? Aucun papillon dans le ventre chaque fois que ta main frôlera la sienne, ou qu'il te regardera d'une certaine façon ?

– Ça se discute. Admettons que Callahan *soit* Johnnie. Étant donné que ça fait plusieurs jours qu'il a mon numéro et qu'il ne m'a pas appelée, cela n'a aucune importance que j'aie des papillons dans le ventre ou pas, il est clair qu'il a eu ce qu'il voulait et qu'il n'est plus intéressé.

– Tu pourrais toujours le convaincre d'avoir une relation sexuelle sans attachement. Le sexe pour le sexe. Le sexe comme moyen de se détendre après une longue journée frustrante. Le sexe comme...

– J'ai compris le principe, dis-je en m'agitant sur mon fauteuil, le revoyant en pensée debout entre mes cuisses, se caressant la queue. Mais comme je disais, Callahan n'est peut-être pas Johnnie.

– Mais si c'est lui...

– Premièrement...

– Oh là là, elle se met à compter. (Lizzy rit.) Ça veut dire que tu vas me dicter ton règlement.

Je rigole et je recommence.

– Premièrement, tu présumes que j'ai encore envie de coucher avec lui.

– Parce que c'est le cas.

C'est vrai.

– C'était peut-être une licorne. Peut-être qu'on ne monte une licorne qu'une fois parce que c'est un animal magique et qu'on ne peut l'avoir qu'une fois.

– Une licorne ? Voilà autre chose.

– Deuxièmement. Callahan n'était peut-être pas Johnnie. Du coup, qu'est-ce qui se passe ? Je le lui demande et je me grille en révélant que j'ai déjà couché avec l'un de ses frères ? Je veux dire, c'est pas très bon pour moi, pour ce qui est de conserver mon boulot.

– C'est vrai, mais...

– Et troisièmement, si Callahan est Johnnie et qu'il avait voulu mettre les choses au clair avec moi avant que je débarque ici, il savait où me joindre. Tout ce qu'il avait à faire, c'était de m'appeler et de clarifier la situation. Un bref « *la situation est gênante, mais cela sera sans incidence sur mon professionnalisme ou le travail que tu vas faire pour nous* ». Ou même : « *C'était super, et ce qui s'est passé restera entre nous.* » Cela pourrait même être : « *Je suis Johnnie. L'autre soir c'était formidable, et je voudrais te revoir.* » Mais mon téléphone n'a pas sonné et cela me porte à croire qu'il ne veut pas que je sache lequel des trois il est. Il a toutes les cartes en main. Je ne peux pas l'obliger à jouer.

Et je ne suis pas à cent pour cent sûre de ce que je ressens. Rejetée, mais soulagée. Déstabilisée, mais déterminée.

Ou dingue, tout simplement.

Je pencherais pour la dernière proposition.

– Un point pour toi.

– Et quatrièmement ? C'est mon patron. Je ne peux pas coucher avec lui. Cela ne ferait que brouiller les cartes quand j'ai cette énorme opportunité de boulot.

– Je comprends, murmure-t-elle, mais je n'abandonne pas l'espoir d'une baise de ouf pour toi.

– Génial. Je suis heureuse que quelqu'un le fasse.

9

Callahan

J'AI LES YEUX QUI ME BRÛLENT et la tête farcie par tous les chiffres, les rapports et tout le bordel que j'ai essayé d'ingurgiter depuis quarante-huit heures.

Ça faisait un bail que je n'avais pas eu à me concentrer sur ce genre de conneries, et maintenant je me rappelle pourquoi je les ai évitées. *C'est trop prise de tête.* Le genre de trucs qu'on peut interpréter de façon différente selon les jours et selon son humeur.

N'empêche, les paroles de Ledger m'ont poursuivi après avoir quitté la salle de conférences.

Je me suis saoulé. J'ai pris une cuite carabinée en fait, alors que tous les mots de cette fichue discussion tournaient en boucle dans ma tête.

En particulier, ceux qui me disaient que si je voulais vraiment honorer la mémoire de notre père, je devais le faire en mettant en œuvre sa dernière volonté. Reprendre cet hôtel médiocre pour en faire un complexe hôtelier de luxe, à la hauteur des autres hôtels de la chaîne S.I.N. que nous possédons.

Alors j'ai continué à boire. Pour noyer mon chagrin face à la perte de mon père. Pour nourrir ma fureur devant les menaces et les insinuations de mes frères. Pour faire taire mon désir d'appeler Sutton pour la baiser encore une fois.

Les trois raisons me semblaient également valides et importantes.

Et c'était toujours le cas.

Et pourtant, en me réveillant avec une méchante gueule de bois, j'ai pris la résolution de me ressaisir.

Je me rendrais dans cet hôtel. Je redresserais la situation aussi vite que possible et ensuite je me casserais, direction ce point sur la carte où je pourrais disparaître. Oh, et aussi je me tiendrais à distance de Sutton.

Des trois, cette dernière décision était celle qui me plaisait le moins, et de loin.

Mais n'est-ce pas ce que Ledger et Ford attendent de moi ? Que je passe trop de temps à lui courir après – elle, ou n'importe quel autre petit cul – et que je néglige mon boulot ?

Voilà pourquoi je me retrouve plongé jusqu'au cou dans les feuilles de comptes et les rapports de manager, coincé dans un bureau alors que le paradis me tend les bras par la fenêtre ouverte, à essayer de me mettre à jour en vue de ma réunion avec Sutton et Brady, le manager de l'hôtel, qui doit commencer dans quelques minutes.

Sutton.

Putain.

Tu parles d'un merdier.

Interdit de coucher avec elle, c'est ça ? Ce n'est pas ce que je me suis dit ? Que si je me lançais dans ce truc, j'allais le faire à fond, même aux dépens de mon bon plaisir.

Ce n'est pas sympa pour elle. La laisser dans l'incertitude, à se demander si je suis *lui*. Johnnie Walker. Mais n'est-ce pas mieux comme ça, pour tous les deux ? Si elle ne sait pas, c'est plus correct comme ça. Elle ne sera pas vexée. Les choses devront obligatoirement rester platoniques.

Donc... non. Pas de sexe. Pas de frotti-frotta. Pas de rien, putain. Seulement un rappel constant de chacun des instants que j'ai passés enfoncé en elle.

Mais comment je fais pour ne pas poser la main sur l'objet de la meilleure expérience sexuelle de ma vie ?

Et voilà. Je l'ai dit. *C'était elle.* C'était ça. Et je n'ai pas cessé d'y penser depuis que je suis sorti de la suite ce matin-là.

Je peux toujours me dire qu'elle n'était qu'un plan cul, que nous le savions tous les deux en montant dans la suite ce soir-là, et que donc il n'y a pas vraiment de problème à ce que je garde secret que ce type, c'est moi. Elle n'aurait jamais su qui j'étais si nous ne nous étions pas revus, alors quelle différence ça fait ?

Le problème, c'est moi.

J'ai encore envie d'elle.

Je n'arrête pas de penser à elle, à son corps, à ce petit gémissement qui lui échapperait au moment de l'orgasme.

Quel homme ne le ferait pas ?

– Merde, je murmure en relisant le rapport pour la dixième fois, sentant durcir ma queue à cette simple évocation.

Je vois beaucoup de branlettes en perspective.

La même pensée résonne de nouveau dans mon esprit quelques minutes plus tard en traversant le paysage magnifique qui s'étend d'Ocean's Edge au Cove, le restaurant haut de gamme de l'hôtel où j'ai reprogrammé notre réunion. J'aurais peut-être dû m'esquiver à la villa pour le faire avant. Me branler en pensant à elle de façon à ce que, quand je me retrouverais face à elle, lorsque je sentirais ce parfum subtil qui émane de sa peau, je ne bande pas instantanément.

Je n'ai encore jamais rencontré ce problème. Le besoin de remettre ça. Le besoin d'en avoir plus. Ni même l'envie.

Je pénètre dans le restaurant, mon ordi et quelques feuilles volantes sous le bras, et je jette un coup d'œil à mon environnement. Pour la première fois en personne. Beaucoup de couleurs vives, des boiseries sombres, des lumières tamisées pour créer l'atmosphère sans voler la vedette au spectacle véritable – l'océan qui vient lécher les dalles du patio.

J'observe les clients. D'après ce que je vois, les vêtements et les bijoux indiquent qu'ils appartiennent à la classe moyenne. Ce ne sont pas ceux qui vont dépenser sans compter, mais plutôt ceux qui ont réussi à mettre suffisamment d'argent de côté pour pouvoir dire qu'ils « ont fait » les îles Vierges, mais qui n'ont pas eu les moyens de se payer les activités qui en faisaient tout l'intérêt.

Aussi horrible que cela puisse paraître, la vérité, c'est qu'ils ne constituent pas le cœur de cible de S.I.N. Nous visons les classes aisées. L'élite. Les clients qui n'hésitent pas à sortir leur carte noire American Express pour acheter des souvenirs ou des vêtements dans nos nombreuses boutiques d'hôtel ou pour acheter la totalité des tickets d'une excursion de groupe afin de sauvegarder leur intimité. Ce sont ceux pour qui nous pouvons augmenter les prix sans leur tirer un battement de cils.

Après ce rapide tour d'horizon, je traverse le hall pour me rendre dans la salle du fond où doit se tenir notre réunion. Je me suis dit qu'une réunion autour d'un repas avec Sutton et le directeur de l'hôtel serait un moyen agréable de briser la glace. Une troisième personne présente m'aiderait à résister au désir d'enfreindre la promesse que je me suis faite à moi-même de ne pas dire à Sutton qui je suis.

– Excusez-moi, murmure une douce voix dans mon dos lorsque je marque un temps d'arrêt pour noter certaines modifications à apporter à la déco intérieure du restaurant.

– Pardon.

Je m'écarte du passage et me retourne pour présenter un sourire d'excuses à la femme. Elle trébuche lorsque son regard croise le mien. Elle est grande avec des cheveux auburn et un corps de rêve, mais c'est son lent sourire et son regard approbateur qui me disent que je n'aurais aucun mal à la mettre dans mon lit.

– Il n'y a pas de mal. Ma table est de ce côté.

Elle désigne un point sur sa droite et m'adresse un autre regard significatif avant de repartir en direction de sa table.

Je la regarde s'éloigner en me demandant si ce ne serait pas la réponse à mon problème. Trouver une autre femme pour m'aider à oublier le goût de Sutton sur ma langue et l'image qu'elle a imprimée sur mon esprit.

Baiser pour oublier. Le concept est tout nouveau pour moi parce que, en temps normal, j'oublie très facilement, mais ce n'est ni inimaginable ni infaisable.

Mais à peine l'idée s'est-elle installée dans mon esprit qu'elle s'évanouit aussi vite lorsque, levant les yeux, je la vois devant moi.

Sutton Pierce.

Nom de Dieu.

Cette femme est sublime. Il n'y a pas d'autre mot, absolument sublime.

Je prends un instant pour l'observer tandis qu'elle parle avec le maître d'hôtel. Ses cheveux sont attachés en un chignon flou sur la nuque qui laisse quelques mèches folles encadrer son visage. Elle porte un débardeur jaune pâle et des bracelets d'argent à un poignet. Son sourire est doux et son regard s'anime au fil de la conversation.

Qui est cette femme, bon sang, et pourquoi ne puis-je en détacher le regard ?

– Callahan. Vous avez réussi à quitter l'aéroport, finalement.

Je tourne la tête pour faire face à Brady, le directeur de l'hôtel, qui me tend la main avec un grand sourire.

– Comme vous le voyez.

Je lui serre la main en reportant mon attention sur cet homme grand et élancé, à la chevelure poivre et sel et au sourire franc et sincère.

– Et pour notre plus grand bonheur, le ciel s'est éclairci à temps pour nous offrir ce magnifique coucher de soleil pour votre première soirée avec nous.

– Quelle chance j'ai, je murmure alors que nous pénétrons dans la salle.

– Messieurs, dit Sutton. Je suis ravie que nous ayons enfin un peu de temps pour nous asseoir afin de discuter de la façon dont nous allons pouvoir rendre ce complexe hôtelier non seulement plus attractif mais, et c'est le plus important, plus rentable.

– Ça fait plaisir à entendre, dit Brady.

Pour la première fois, Sutton se tourne vers moi. Avec un grand sourire et un regard scrutateur que je soutiens pendant une fraction de seconde en me demandant si elle a compris.

– Sutton, dis-je en hochant la tête pour essayer de l'empêcher de me regarder trop attentivement.

– Ravie de vous revoir, Monsieur Sharpe.

– Callahan, je vous en prie. Pas de Monsieur entre nous.

– Oui, bien sûr. (Elle nous fait signe de nous asseoir à sa table.) Je suis impatiente d'avoir l'occasion de vous montrer exactement ce dont je suis capable.

Je réprime un gémissement en percevant le double sens de ses paroles. Mon corps sait déjà répondre à cette question.

Ce truc de faire semblant va se montrer beaucoup plus difficile que ce que j'avais cru.

Et donc la réunion commence. L'apéritif est l'occasion d'échanger nos premières impressions concernant Ocean's Edge. Les attentes des clients et notre incapacité à les satisfaire sont discutées pendant les hors-d'œuvre. Les projections financières et les questions de personnel accompagnent nos entrées. Cette conversation, c'est comme regarder de la peinture en train de sécher – ennuyeuse à mort – et je dois sans cesse me rappeler à l'ordre pour éviter de regarder Sutton.

C'est mieux pour atténuer la lancinante tension douloureuse qui vibre à la base de mes couilles.

– Apparemment, la liste de sujets à aborder est trop longue pour le peu de temps dont nous disposons, alors comment allons-nous procéder ? demande Sutton.

On retourne dans ta chambre. On se jette sur la première surface plane – ou le sol. Et on baise comme des bêtes.

Alors que je repousse cette pensée, je remarque qu'ils sont tous les deux en train de me regarder.

– Euh... oui. Pardon. J'étais perdu dans les détails. (Je leur adresse un bref sourire.) Et si on s'offrait un petit digestif pendant qu'on discute des moyens ? (Ils échangent un regard hésitant, sachant que techniquement c'est moi, leur patron, qui leur propose de boire pendant leurs heures de travail.) Je vous assure que ce n'est pas un piège. Nous allons être amenés à beaucoup travailler ensemble au cours des mois à venir. C'est juste un verre pour fêter le début de notre collaboration, en quelque sorte.

– Bien sûr, dit Brady. Ce serait sympa.

– Bon, d'accord, dit Sutton alors que je fais signe à la serveuse qui se trouve à proximité, qui sait très bien qui nous sommes et qu'elle doit se tenir prête à répondre à toutes nos demandes.

– Oui, Monsieur ?

– Nous allons prendre un verre. Pour Madame ce sera un...

– Tom Collins, disons-nous en chœur.

Sutton sursaute. *Oh, putain !*

– En fait, non, pas de Tom Collins pour moi, dit-elle. (Son regard me transperce et je me recroqueville en réalisant mon erreur. *Bordel.*) Je vous remercie de commander pour moi, *Callahan.* Mais pour être franche, je réalise que je n'en ai plus envie.

– J'ai horreur de ça, intervient Brady, qui n'a pas la moindre idée de ce dans quoi il met les pieds. Moi, c'est généralement après une soirée trop arrosée que je change d'habitude pendant un temps. (Il se tourne vers la serveuse sans prêter attention au regard incendiaire que lui lance Sutton.) Un Old-Fashioned pour moi.

Sutton fait la moue, les yeux rivés sur les miens.

– Exactement, Brady. Il n'y a rien de pire que le goût d'une boisson favorite qui tourne à l'aigre. *Elle est fâchée ? Contre moi ?* (Elle se tourne vers la serveuse.) Je prendrai un Negroni, s'il vous plaît.

Eh merde. Elle est fâchée en effet. C'est quoi ce bordel ?

– Et pour Monsieur ?

10

Sutton

– UN JOHNNIE WALKER BLEU, S'IL VOUS PLAÎT. Je prends toujours ça, dit Callahan sans jamais me quitter des yeux.

Incroyable. Callahan est donc Johnnie ? Et il le sait depuis le début. Le choc qui s'est vu sur son visage un instant plus tôt après son lapsus est maintenant remplacé par un sourire narquois dont je n'arrive pas à décider si c'est une provocation ou une invitation. Mais il ne fait aucun doute qu'il y avait bien de la surprise dans l'expression de son visage. Et si j'interprète correctement ses doigts qui s'affairent soudain à remettre en place le bouton de son col, il n'avait certainement aucune intention de me le faire savoir. Et pourtant, il n'y a aucune trace de gêne dans son expression, plutôt de l'arrogance, aussi exaspérante que sexy.

– Je me rends compte que je ne suis pas du genre à changer mes habitudes, quoi qu'il arrive.

Je serre les lèvres et émet un petit son méprisant, tout à fait consciente, d'après le début de notre conversation, que Brady est très observateur.

– C'est bon à savoir.

J'essaie de déchiffrer le véritable message de Callahan derrière cette affirmation.

Qu'il ne s'excuse pas du tout pour ce qui est arrivé et qu'il recommencera à la première occasion avec toute femme qui vient de rompre et... qui serait consentante.

Ou qu'il a aimé ce qui s'est passé entre nous et qu'il aimerait bien recommencer ? Mais est-ce que ce désir n'est présent que parce qu'il s'est fait prendre ? Seulement parce que sa langue a fourché ?

Je n'ai pour ma part eu aucune raison de me plaindre de sa langue.

Sérieux ? C'est dans cette direction que mes pensées s'égarent alors que mes jambes croisées se crispent un peu plus.

Toutes ces belles paroles au sujet de *je ne coucherai pas avec lui parce que c'est mon patron* et, à la première confirmation que Callahan, c'est bien *lui,* mes pensées se portent directement sur ses nombreux... euh... *talents.*

Je serre les poings de colère. Une colère dirigée contre moi pour penser à ça. Contre lui pour penser qu'il peut se permettre de lâcher une bombe comme ça – une bombe que, clairement, il gardait pour lui jusqu'à ce qu'il sente qu'il pouvait l'utiliser à son profit – et que je serais parfaitement d'accord avec ça.

Eh bien, non.

Et ce qui me met le plus en pétard, c'est que je ne sais pas pourquoi. Je savais à quoi m'en tenir quand je me suis embarquée dans cette aventure ce soir-là, alors qu'est-ce qui a changé ? Le fait de devoir travailler avec lui ne devrait pas compter, puisque ce n'était pas comme si j'avais prévu de le revoir de toute façon.

Donc, est-ce le fait qu'il a lâché cette bombe pour ensuite me faire ce petit sourire arrogant comme s'il était si doué que j'allais battre des cils et baisser ma culotte dès que je saurais qu'il est Johnnie ?

Jamais de la vie.

Du moins, c'est ce que je ne cesse de me répéter alors que mon désir est ravivé lorsqu'il fait courir distraitement le bout de son doigt sur le bord de son verre.

Ces doigts.
Ces mains.
Cette bouche.

Arrête de penser à ça. À lui. Tu ne peux pas. C'est aussi simple que ça.

Tu. Ne. Peux. Pas.

C'est ton patron.

C'est. Ton. Patron.

Et non seulement c'est ton patron mais, en ce moment, il te distrait quand tu dois être au top de tes capacités professionnelles pour lancer la réhabilitation de cet hôtel.

Je prends une profonde inspiration pour me reconcentrer.

– Bon, dit Brady dont le regard va de l'un à l'autre, essayant sans doute de comprendre pourquoi il y a autant de tension tout à coup. On s'y remet ?

– Oui. Bien sûr. (Je souris et hausse un sourcil.) Et vous, Callahan, qu'est-ce que vous pensez de tout ça ? Vous êtes resté plutôt silencieux. Cet hôtel appartient à la famille Sharpe, après tout. Vous avez certainement un avis ou des idées sur la façon de rendre plus agréable le séjour de nos clients.

– Est-ce que nous parlons fidélisation ou séjour en général ?

– Je pense que les deux sont importants, dit Brady.

– Je suis d'accord. Donc, concentrons-nous d'abord sur la partie expérience.

– Qu'en dire ? demande Callahan. Pour certains de nos clients, c'est une expérience qu'ils n'ont jamais connue auparavant. Pour d'autres, un séjour dans un resort tropical fait partie de leurs habitudes.

– Donc, ce n'est rien d'exceptionnel pour eux ? Seulement un voyage parmi tant d'autres, je demande sans réfléchir.

– On pourrait espérer que cette expérience soit exceptionnelle pour les deux types de clients, mais on ne peut rien garantir, dit Callahan en inclinant la tête de côté lorsqu'il croise mon regard.

– C'est clair, je murmure.

– Outre ce qui est évident, dit Brady en jetant un coup d'œil à ses notes, comme de meilleures installations et excursions, une nouvelle carte et un rajeunissement de la décoration, comment savoir s'ils reviendront ou pas ?

– La fidélisation.

– L'envie de revenir pour renouveler l'expérience. Qu'ils en redemandent.

Je pourrais jurer que Callahan ne reformule ma réponse que pour me provoquer. Et si ses paroles ne suffisaient pas, son regard vient le confirmer.

On peut être deux à jouer à ce jeu.

– Que diriez-vous d'un appel de suivi après leur départ ? Une sorte de communication. Un moyen de leur faire savoir que même maintenant que leurs vacances sont terminées, leur présence, ainsi qu'eux-mêmes, ont été appréciés au cours de leur séjour ? je demande.

– Que faites-vous de ces personnes qui ont été claires dès le départ, vous voyez, ceux qui n'ont pas coché la case disant qu'ils acceptaient d'être ajoutés à notre liste de clients, ou ce genre de conneries ? Qui ne souhaitent pas recevoir d'informations supplémentaires après leur départ, dit Callahan en haussant les épaules. Qui veulent seulement se rappeler l'expérience pour ce qu'elle vaut au lieu d'en gâcher le souvenir en la ressassant.

– J'ai du mal à croire qu'un simple coup de fil demandant s'ils ont apprécié leur séjour risque de leur en gâcher le souvenir, dis-je, piquée au vif.

– Je suis d'accord avec vous là-dessus, Sutton, dit Brady, juste avant de faire la grimace en regardant Callahan, puis moi, puis de nouveau Callahan en essayant de mesurer la réaction de celui-ci, qui de fait est son patron. Mais je veux dire...

– L'avantage de passer ce coup de téléphone, c'est que cela permet de demander au client s'il y aurait quelque chose que nous aurions pu faire pour rendre son expérience plus agréable.

– Rendre l'expérience plus agréable ? répète Callahan, distraitement.

Je hoche la tête en réprimant un sourire. Celle-ci a retenu son attention.

– Oui. Même la meilleure des expériences peut être améliorée. C'est arrogant de la part de l'hôte de croire qu'il est... parfait.

– J'aime bien cette idée, dit Brady. La personne qui appellerait pourrait suivre une liste de questions...

Mais je n'entends pas le reste de sa phrase parce que, quand je reporte mon attention sur Callahan, celui-ci me regarde avec un sourire en coin sur son beau visage. La seule personne à cette table qui parle encore d'Ocean's Edge, c'est Brady, parce que, clairement, ni Callahan ni moi ne parlons de cela.

– Je ne le conteste pas, acquiesce finalement Callahan, mais je sais bien que cela lui coûte. (Et cela me procure un léger sentiment de victoire.) Mais je suis aussi d'avis que nous rendions leur première expérience si formidable qu'il ne sera pas nécessaire de leur passer un coup de fil pour raviver leur souvenir.

– Mais cela n'empêche pas qu'un coup de fil serait sympa, dis-je avec un sourire sucré. Pour leur faire savoir qu'ils sont importants, indépendamment du fait qu'ils reviennent ou pas. La moindre des politesses et tout ça.

– La moindre des politesses et tout ça, murmure Callahan avant de boire une gorgée de son whisky, son regard croisant le mien juste au-dessus du verre.

– Je trouve que c'est un bon début, dit Brady avec un hochement de tête résolu. En tout cas, nous avons une ligne directrice pour commencer. À partir de là, on peut peaufiner les détails au fur et à mesure.

– En effet, dis-je, perplexe quant au message que Callahan essayait de me faire passer avec ses commentaires.

Mais je crois que j'ai rendu coup pour coup.

Du moins je l'espère.

– Callahan ? Y a-t-il autre chose sur votre agenda que vous aimeriez discuter ce soir ?

Le sourire narquois est de retour sur ses lèvres. Cette fois, il est suivi d'un petit rire.

– Pas dans l'immédiat. Je crois que nous aurons encore de nombreuses soirées pour discuter de la complexité des moyens susceptibles de faire revenir nos clients.

– C'est tout à fait juste. Bien sûr, notre but ultime serait un report vers d'autres complexes hôteliers que vous possédez, suggère Brady, essayant clairement de se racheter de son accord avec moi. Nous devons juste nous poser la question suivante, comment pouvons-nous les inciter à avoir envie de descendre exclusivement dans les hôtels de la chaîne Sharpe International ?

Je fais un signe de tête à Brady.

– Je suis pratiquement sûre que s'il leur arrivait de tomber par hasard sur une propriété *sœur,* leur première impression ici les encouragerait à l'essayer. (Je regarde directement Callahan en haussant les épaules, sans rien laisser paraître.) Je veux dire, pourquoi se limiter à un seul hôtel Sharpe quand il y a en d'autres que vous pourriez essayer ? Qui sait, un autre pourrait mieux vous convenir. Ils sont peut-être identiques en apparence, mais chacun a ses particularités. Tout le monde aime avoir le choix.

La main de Callahan tient son verre tellement serré que ses jointures blanchissent.

Tant mieux.

Ça lui servira de leçon.

11

Callahan

ELLE ME NARGUAIT.

Assise là, elle me narguait avec ses conneries au sujet de comment on devrait essayer *les autres Sharpe* pour voir celui qui nous conviendrait le mieux. Puis elle a quitté la table avec un sourire en disant qu'elle avait certaines choses à revoir avant d'aller se coucher.

C'était quoi ce bordel ?

Mais c'est moi qui ai vendu la mèche et dévoilé mes cartes, putain, ce que je n'avais pas prévu de faire. Je faisais tellement attention à ne pas être affecté par elle, ou plutôt à ne pas lui montrer qu'elle me faisait de l'effet, que je n'avais pas les idées claires.

Puis j'ai passé le reste de notre bizarre bras de fer à saisir toutes les occasions qui se présentaient pour la détourner de moi. De la mettre en colère et l'amener à penser que je n'avais jamais eu l'intention de donner suite à la nuit que nous avons passée ensemble pour me faciliter la tâche de la repousser. De ne pas me laisser guider par le désir qui battait dans mes veines chaque fois que nos regards se croisaient.

L'ironie, c'est qu'au départ je ne voulais rien de plus qu'une nuit avec elle. Le sexe avait été extraordinaire, mais comme toujours, une fois la porte de la suite refermée, c'était terminé pour moi. Je passais à autre chose.

N'était-ce pas tout l'intérêt de la chose ? Une histoire de rebond, une consolation post-rupture sans lendemain. Le sexe sans attaches. Aucun regret.

Mais apparemment ce n'était pas le cas.

La preuve lorsque je lui ai commandé un petit déjeuner chez Starbucks. Et encore plus lorsqu'elle a emmené son petit cul hors de la salle de conférences, me laissant bouche bée en train d'essayer de dissimuler mon érection dans mon pantalon. Et en tout cas, certainement pas maintenant que nous sommes coincés ici, obligés de travailler ensemble pendant les mois à venir. Cela va être une longue et misérable traversée du désert de désirer une personne et de ne pas pouvoir satisfaire ce désir.

Tu t'es juré de résister, Callahan.

Cette meuf a du cran, ça c'est sûr.

Et pourquoi est-ce si excitant ?

Moi et mes promesses, putain !

Je reste planté là, les mains sur les hanches, le regard perdu dans le ciel étoilé. Je ne vois pas les flammes des torches tiki ni les façades en bois blanc des bâtiments. Je n'entends pas les steel drums et ne sens pas l'odeur de la mer. Je ne sais même pas que je suis au paradis parce qu'à ce moment précis, je suis plongé dans mon enfer personnel.

Incapable de penser à autre chose qu'à ce petit bras de fer auquel nous venons de nous livrer en présence de Brady. Incapable de me concentrer sur autre chose que le son de son rire et la provocation et le défi dans ses yeux.

Nécessite des améliorations, mon cul.

Cette femme n'est vraiment pas ordinaire. Capable d'une chose que peu parviennent à faire – me pousser à bout.

Mon téléphone sonne. *Ledger*. Il ne manquait plus que ça.

Nous n'avons pas reparlé de l'autre jour, mais comme toujours chez les Sharpe, nous ne le ferons pas. Nous allons tout pousser sous ce fichu tapis et faire comme s'il ne s'était rien passé.

Donc il n'appelle que pour une chose bien précise.

Je roule des épaules et me félicite d'avoir cette fois bu un verre avant de lui parler.

– Ledger.

Pas de fioritures. Il ne le mérite pas.

– Non, mais tu te fous de moi ? dit-il en riant.

– De quoi tu parles ?

Je m'éloigne du chemin pour pouvoir parler tranquillement.

– Tu n'es là-bas que depuis une journée et tu as déjà annulé ta première réunion ? Bon Dieu, Callahan. Tu ne pouvais pas au moins faire un effort ?

Tout mon corps se raidit – ma mâchoire, mes poings, mes épaules – et pourtant, lorsque je réponds, ma voix possède cette nonchalance qui, je le sais avec certitude, le rend furax.

– Ah, et moi qui croyais que tu ne me surveillais pas.

– À toi de me prouver que je ne devrais pas le faire.

Est-ce qu'il a bu ? Ce n'est pas son genre de boire un coup en milieu de semaine.

– Qu'est-ce que tu veux, Ledge ?

– Toujours la même chose. Que tu grandisses, putain, et que tu fasses ton taf. Mais comme on pouvait s'y attendre, tu ne le fais pas. (Il émet un petit rire sarcastique.) Comment est-il possible que nous soyons du même père ?

Ses mots m'atteignent comme un coup de massue. Nous avons nos différences, la première étant la différence de comportement de notre père envers chacun d'entre nous, mais il n'en est pas moins mon frère. Mon meilleur ami. *Ou... il l'était.* Mon être tout entier s'insurge contre ce qu'il vient de dire.

– Je vais faire comme si je n'avais pas entendu ce que tu viens de dire, *frangin*, dis-je, les dents serrées. Et nous allons reprendre cette conversation depuis le début avant que tu ne me foutes vraiment en rogne et que je te bloque sur mon téléphone pour que tu ne puisses plus m'appeler et me traiter comme un gamin. (Je prends une profonde inspiration.) Alors qu'est-ce que je peux faire pour toi ?

– Arrête ce petit jeu. Tu es là-bas pour travailler, pour montrer l'exemple de ce que l'on attend du personnel, pas pour faire le con comme un gosse de riches.

– Arrête avec ça, putain, Ledge.

– Pourquoi ? Tu vas continuer à faire ce que tu fais généralement et moi je continue à faire ce que je fais.

– Alors, tu veux la jouer comme ça ?

– Apparemment.

– Eh bien, tu devrais peut-être vérifier le journal de bord de Silas, dis-je en faisant référence au pilote de la compagnie de jets privés. Il te dira que, à l'heure où devait se tenir cette réunion, j'étais bloqué sur le tarmac à cause des éclairs d'un orage soudain qui a traversé l'île. Immobilisation qui a duré soixante-six minutes, pour être exact. Et donc j'ai reporté la réunion qui a commencé il y a deux heures environ et vient de se terminer, en même temps je n'ai aucune justification à te donner. (Putain de merde. Je fais les cent pas.) Je t'aime, Ledger, mais là, je ne t'apprécie pas beaucoup, si tu veux savoir.

– Au moins, maintenant tu sais ce que j'ai ressenti ces quinze dernières années, depuis la mort de maman.

Et voilà, c'est dit. Sans subtilité. Brut de décoffrage. C'est là sous nos yeux.

Je n'ai plus rien à lui dire, alors je raccroche sans un mot de plus.

L'océan plongé dans le noir s'étale devant moi, ses vagues viennent lécher le bord de la plage, mais j'ai les mâchoires tellement serrées que ça me fait mal aux dents.

Putain. J'en ai par-dessus la tête de ces conneries.

Une lampe s'allume dans l'une des villas non loin de moi et la silhouette d'une femme passe devant la fenêtre aux rideaux tirés. Je la regarde, l'esprit ailleurs, et mon désir frustré vient s'ajouter à la rage provoquée par mon frère.

Mes pieds se mettent en mouvement sans que j'y pense. Il y a une seule chose que je veux, là tout de suite. Une seule personne qui peut me la donner.

J'ai tenu ma promesse pendant vingt-quatre heures. C'est plus long que la plupart de mes tentatives. Au moins je fais des progrès.

Bon Dieu, quitte à être accusé d'être le mouton noir de la famille, autant faire ce qu'il faut pour mériter le titre.

12

Sutton

– GARDER SES DISTANCES, C'EST BIEN, je me murmure à moi-même en enfilant mon caraco, la distance, c'est bien. (Ensuite, j'enfile mon pyjama short.) Éviter de le regarder ou d'observer ses mains ou de respirer son eau de toilette, c'est encore mieux.

Parce que c'était plutôt dur ce soir.

Je lève les yeux pour jeter un coup d'œil à mon reflet dans le miroir en pied en face de mon lit. Mes cheveux brun foncé sont remontés sur le dessus de mon crâne en un chignon informe et je viens de débarrasser mon visage de son maquillage.

– Si on t'entendait, on penserait que tu es zinzin, Sutt.

Folle à lier, pour être exact.

Mais ce type sexy et arrogant me déstabilise, et je n'ai pas l'impression que cela va s'arranger de sitôt. La solution ? Encore un peu de vin – ça c'est sûr – avant de me noyer dans une foultitude de rapports jusqu'à avoir l'esprit tellement épuisé qu'il ne me reste plus qu'à m'endormir sans une pensée pour un certain Callahan Sharpe. *Espérons.*

J'ouvre la porte de ma chambre et me prépare à mettre ce plan à exécution tout en me disant qu'il faut que je réserve une manucure-pédicure au spa de l'hôtel dès que j'aurai un moment de libre pour tester les équipements, lorsque je lève les yeux.

– Putain !

Et cette seule interjection rencontre le haussement d'un seul sourcil d'un certain Callahan Sharpe. Il est assis dans un fauteuil, face à la porte de ma chambre dans la partie commune de la villa, les jambes étalées nonchalamment, le coude posé sur un bras du fauteuil avec un verre de ce que je présume être du whisky à la main. Il est toujours vêtu du pantalon sombre qu'il portait tout à l'heure et il a dégrafé un nouveau bouton du col de sa chemise.

Mais c'est l'expression de son visage qui retient mon attention. Intense. Un peu dangereuse. Concentrée.

– Que faites-vous là ? Comment êtes-vous entré ? Callahan...

– Je suis le propriétaire de cet hôtel. (Il montre la carte qu'il tient dans l'autre main, sans infléchir son regard.) J'ai accès à toutes les chambres.

Je devrais être irritée par cette réponse... mais oserais-je dire que je suis plutôt excitée ? À moins que ce ne soit lui qui m'excite de façon générale. N'empêche, il est là dans mon bungalow, dominant tout l'espace de sa présence, alors que je fais tout ce que je peux pour résister à l'effet qu'il produit sur moi.

– Et c'est ma chambre que vous avez choisie pour essayer ce passe.

Il hausse les épaules avec arrogance.

– J'avais envie de vous revoir.

– Pourquoi ?

Son regard glisse sur mes seins sous mon débardeur, enregistre mes tétons dressés contre le léger tissu blanc, pour revenir croiser le mien.

– Parce que je suis maso.

– Apparemment, dis-je nonchalamment en m'approchant de mon verre de vin posé sur le comptoir. (Un verre s'impose, c'est certain.) Mais vous avez déjà exposé votre cas avec toutes les choses que vous avez dites, ou pas, ce soir.

Il boit une gorgée en détournant les yeux sur son verre.

– Et qu'est-ce que j'ai dit, exactement ?

Ses yeux ambrés croisent les miens et me provoquent.

– Vous savez quoi ? Peu importe. (Je recule d'un pas et émets un petit rire en sachant que je m'aventure en terrain dangereux. Visiblement c'est toujours le cas avec lui.) Oublions la réunion de ce soir. Ce qui s'est passé entre nous l'autre nuit. Tout. Je crois que nous nous en porterons mieux si nous le faisons.

– Vous n'êtes pas une personne qu'on oublie facilement, Collins.

Il me déshabille du regard.

– Je m'appelle Sutton.

– Si vous le dites, Collins. (Un sourire tordu effleure ses lèvres.) J'ai une question pourtant. Combien de fois avez-vous rejoué cette soirée dans votre esprit ? Avez-vous glissé votre main entre vos cuisses en le faisant ? Avez-vous imaginé que c'était moi ?

Il s'agite dans son fauteuil pour remettre en place le renflement qui durcit entre ses cuisses.

Je ne lui accorde qu'un coup d'œil rapide, même si tout mon corps réagit à cette simple évocation.

– Vous ne vouliez pas que je sache que vous étiez Johnnie. *Lui.* C'est suffisamment révélateur de l'opinion que vous avez de moi.

– L'opinion que j'ai de vous ? (Il hoche légèrement la tête.) On s'est rencontrés dans une boîte. On a eu une relation sexuelle plutôt fantastique après ça. Relation que nous voulions tous les deux. Je n'ai pas l'impression qu'il y ait eu des promesses de prolongation chuchotées que je n'aurais pas tenues.

J'ouvre la bouche pour parler, puis j'hésite parce que tout ce qu'il dit est vrai. Cela ne veut pas dire que cela l'ait dispensé de se montrer courtois. Et pour tout dire, je cherche la bagarre, quelque chose, n'importe quoi pour faire diminuer la tension sexuelle qui règne autour de nous.

– Vous auriez pu appeler, cela nous aurait permis d'entamer cette collaboration sur un terrain stable. Le fait de garder toutes les cartes en main comme si j'étais une sorte de jeu pour vous, c'était un coup bas.

– Ce n'est pas mon problème si vous ne vous rappeliez pas avec qui vous aviez couché.

– Pardon ?

L'incrédulité me fait bafouiller.

– Si vous voulez le savoir, je suis plus doué que mes frères.

Seigneur. Ce qu'il ne digère pas, c'est que je ne l'ai pas reconnu. *Très bien.* Il y a au moins un aspect de cette situation qui l'embête.

– Ç'aurait été une erreur de vous appeler, poursuit-il en voyant que je ne dis rien.

– Ah bon ? Et pourquoi ça ?

– Parce que vous auriez fini par vous retrouver sous moi – ou au-dessus, je ne suis pas regardant – et je crois que cela aurait été encore pire que le fait de ne pas vous rappeler.

Le bout de mes seins durcit quand il dit cela. Je ne voudrais pas réagir, mais mon corps le fait quand même.

– Je ne suis pas un jouet, Callahan. Et surtout pas le vôtre.

Il pousse un petit rire.

– Oh, ça, j'en suis bien conscient.

– Vous n'aviez pas l'intention de me dire que vous étiez Johnnie, si ? (Il incline la tête et me regarde fixement, et à ma grande surprise il répond par un léger hochement de tête.) C'est tout ce que je voulais savoir.

– Peut-être que j'essayais d'adopter la bonne attitude.

– J'ai comme l'impression que vous n'êtes pas très concerné par le bien et le mal d'une façon générale, alors pourquoi commencer maintenant ?

Sans réfléchir, j'ai dit tout haut ce que je pensais tout bas. C'est comme une provocation pour lui. Un défi. Et je viens juste de lui donner l'occasion de le relever. De prouver que, bien ou mal, s'il me veut, il fera tout pour m'avoir.

Le fait qu'il soit assis là dans ma villa n'en est-il pas la preuve ?

Je m'étais interdit de faire ça. S'il s'avérait que Callahan était Johnnie, il me faudrait enfermer ma libido et mon désir à double tour.

Mais je me retrouve là, dans l'antre du lion, chaque parcelle de mon corps réclamant ce que je me suis interdit.

– Eh voilà, vous recommencez avec vos suppositions.

Je m'approche d'un pas.

– Je sais que vous aimez les jeux de pouvoir. Ce n'est pas une supposition.

– Vraiment ?

– Comme je le disais, vous aviez trois jours pour prendre votre téléphone et m'appeler. Pour que nous démarrions sur un terrain professionnel. Vous ne l'avez pas fait. Cela veut dire que vous vouliez que je sois sur la défensive, dans l'ignorance. Vous vouliez disposer d'un jouet que vous pourriez contrôler quand l'envie vous en viendrait.

Il bouge pour la première fois, pose son verre et se lève de son fauteuil.

– J'avais décidé de vous oublier. (Il déboutonne une manchette de sa chemise et roule la manche sur son bras.) J'avais décidé de laisser courir afin que vous ne sachiez jamais. (Il passe à la deuxième manchette, je regarde ses doigts, comme hypnotisée.) Je pensais que je serais capable de vous résister. (Il lève les yeux et fait un pas vers moi.) Mais, bordel, Sutton, je me suis aperçu que ce serait un exploit impossible à réaliser lorsque je vous ai vue assise à cette table, ce soir.

Il fait un pas de plus, il n'est plus qu'à quelques centimètres de moi. Il me regarde droit dans les yeux un instant avant de se pencher vers moi et, pendant une fraction de seconde, je crois qu'il va m'embrasser.

Tout mon corps frémit d'une pulsion que je ne comprends pas. Je murmure :

– Je ne peux pas, Callahan.

Ses lèvres palpitent.

– J'aime entendre mon nom sur ta bouche.

– Tant mieux. Super. (Je balbutie ces deux mots qui, pourtant, ne présentent aucune difficulté et je me force à me concentrer sur la priorité du moment, tenir bon, au lieu de me rappeler le goût de ses lèvres.) Parce que vous allez l'entendre souvent. Lorsque nous *travaillerons* ensemble.

Je fais un pas en arrière et mes fesses heurtent la table derrière moi dont j'agrippe le bord pour m'empêcher de le toucher. Il avance d'un pas et tend la main pour jouer avec une mèche de cheveux qui s'est détachée de mon chignon. J'ai beau m'armer de courage pour résister, le frôlement me coupe le souffle.

– Je ne peux pas coucher avec mon patron. *Avec vous.*

– On n'est pas obligés d'être couchés, Sutton.

– Bon, je ne peux pas *baiser* avec mon patron. C'est mieux comme ça ?

Il grogne, et son grognement résonne dans la pièce.

– Est-ce que tu sais à quel point cela m'excite quand tu parles comme ça ?

Lorsqu'il baisse la tête et effleure mes lèvres des siennes, je ne résiste pas. *Impossible.* Est-ce que ce n'est pas ce qui occupe tout mon esprit depuis ce matin-là ? L'embrasser de nouveau ? Goûter à cette bouche, de nouveau ?

Sa langue s'insinue entre mes lèvres. Elle garde le goût du whisky qu'il vient de boire et de l'homme dont j'ai follement envie.

Mes mains se crispent sur le rebord de la table lorsqu'il modifie l'inclinaison de son baiser dans une tentative pour m'amadouer.

C'est si bon que cela fait mal de toutes les façons possibles. Et juste quand je suis à la limite de plonger dans ce baiser, de lui céder, mon esprit est frappé d'un éclair de lucidité pour s'opposer à la trahison de mon corps.

– Je ne peux pas. (Je détourne la tête et pose les fesses sur la table en glissant vers l'arrière pour ménager un peu de distance.) Je suis désolée. Je me suis promis que cela n'arriverait pas. Que je devais l'empêcher.

Il se passe une main sur la mâchoire, l'ambre de ses prunelles s'embrase de désir.

– Pourquoi ? dit-il d'une voix sourde en passant un doigt sur ma cuisse. C'est difficile de résister à quelque chose qu'on désire si violemment.

Cette fois, il pose les deux mains sur mes cuisses et glisse ses pouces sous mon short. Il les fait aller et venir de telle façon qu'ils effleurent la couture entre mes cuisses. Un petit gémissement m'échappe instinctivement. Il m'observe à chaque mouvement du bout de ses doigts et je lutte pour conserver un visage impassible, mais ma chatte se contracte sous sa caresse, le supplice qu'elle provoque est tellement bon.

– Et nous savons tous les deux que tu en as terriblement envie. Tu as terriblement envie de *moi*.

– Arrogant prétentieux, je murmure tout en me préparant à un autre passage de ses pouces.

– Ose dire que tu n'aimes pas ça.

– Callahan. Je ne peux pas.

– Pour une femme qui ne veut pas, pourquoi tu pousses ton joli petit con contre ma main ?

Il se penche vers moi, prend ma lèvre inférieure entre ses dents et la tiraille délicatement.

– Je pense que c'est un exemple parfait de harcèlement sexuel, je murmure au moment où son pouce se glisse pour de bon entre les plis de mon sexe, aidé par la moiteur de mon excitation, avant de ressortir pour faire des cercles sur mon clitoris.

Mon corps me désobéit. Il est contrôlé par ses caresses et non par la rationalisation de mon esprit qui me paraît de plus en plus embrumé à chaque seconde qui passe.

– Non. Si je t'attrapais et que je te baisais contre le mur comme j'en ai terriblement envie, ça, ce serait du harcèlement sexuel. Mais *ça* ? (Il prononce les mots qui suivent dans un gémissement.) Ça, c'est absolument parfait.

– Je croyais que ça ne devait être qu'un coup sans lendemain, je murmure.

Sa queue heurte ma jambe, venant me rappeler comme elle peut être dure et de taille respectable.

– Les choses changent.

Mon souffle se coupe lorsque son pouce appuie au centre de ma fente, mes muscles se contractent sous cette caresse comme si je l'appelais de tous mes vœux. Il rigole lorsqu'il perçoit cette réaction involontaire.

– Baise-moi, Collins. (Il enfonce son pouce plus profondément et je lutte de toutes mes forces pour ne pas réagir et gémir de plaisir, parce que ceci n'est pas censé se produire. Je ne suis pas censée me laisser faire. En tout cas, pas aussi facilement. Nos regards se croisent de nouveau.) *Ce n'était pas une demande, c'était un ordre.*

– Vous présumez que j'ai encore envie de vous.

– Je ne présume de rien du tout, *Collins*. Tu sais bien que lorsque tu es entrée dans cette salle de conférences l'autre jour, tu avais la chatte endolorie et tu t'es assise avec ta culotte trempée, en te demandant lequel de nous trois t'avait baisée, parce que la seule chose que tu avais en tête, c'était de recommencer.

Je pousse un petit cri lorsqu'il change de position pour pouvoir me pénétrer avec deux doigts tandis que, de son autre main, il baisse la fermeture Éclair de son pantalon. Je suis toujours agrippée des deux mains au bord de la table, les seules parties de nos corps qui sont en contact, c'est là où se trouvent ses doigts.

Je fais tout ce que je peux pour garder les idées claires et résister au plaisir. Pour m'empêcher de saliver à la vue de cette queue magnifique qui ne demande qu'à me donner du plaisir.

Mais sa suffisance me pique au vif. Qu'il parte du principe qu'il suffit qu'il entre chez moi et que je lui donnerai tout ce qu'il veut sans discuter m'énerve au plus haut point.

Je dois me ressaisir.

Je choisis de jouer avec le feu.

– J'aurais juré que c'était Ledger, dis-je, le souffle court, avant de pousser un petit cri lorsque ses doigts s'immobilisent.

– Qu'est-ce que tu viens de dire ?

– Il m'a paru maître de lui. Déterminé. Dominateur. Si j'avais eu à deviner, j'aurais dit que c'était Ledger.

Callahan me regarde fixement, les mâchoires serrées, les muscles du cou tendus, et il émet une sorte de grognement primal que je n'essaie même pas de comprendre. Il lâche sa queue, agrippe mes cheveux et m'embrasse avec une intensité si violente que j'en ai le souffle coupé. Et puis, il me tient la tête immobile en me regardant, et ses doigts se remettent en action en moi pour exciter mes terminaisons nerveuses.

– Sois tranquille, tu sauras exactement qui c'était – qui c'est – la prochaine fois que tu te retrouveras dans la même pièce que mes frères et moi. Tu peux en être sûre.

– Cela reste à démontrer, dis-je, provocatrice.

– Bon Dieu, marmonne Callahan tout en me mettant dans tous mes états.

Les sensations se succèdent en moi.

L'une après l'autre.

Après l'autre.

Elles progressent vers leur apogée jusqu'à ce que celui-ci me fracasse avec une force bestiale. Mes orteils se révulsent et ma poitrine monte et descend tandis que les effets post-orgasme sèment la pagaille dans mon corps.

– Dis-moi que je peux te baiser, dit-il d'une voix grinçante.

Est-ce que je veux vraiment me priver de ça ? *Me priver de lui ?*

J'ai du mal à penser clairement avec lui dans mon espace, dans le flou qui suit le plaisir dont les effets sont toujours présents dans mon corps, mais je sais que je possède quelque chose qu'il veut.

Et, pour la première fois, je sais que je suis en position de pouvoir.

– Et qu'est-ce que j'y gagne ?

– *Qu'est-ce que tu y gagnes* ? demande-t-il en relâchant la pression sur mes cheveux.

Il recule d'un pas et me scrute comme s'il ne comprenait pas ma question.

Je me mordille la lèvre inférieure en hochant la tête.

– Mm... hmm.

– Une expérience sexuelle exceptionnelle, dit-il avec un haussement d'épaules nonchalant en se caressant le sexe comme si je n'avais pas besoin d'en entendre davantage.

– Ce n'est pas suffisant, dis-je et il plisse les yeux. (Apparemment, cela a toujours suffi à tout le monde.) Si je prends le risque de perdre mon boulot, il vaudrait mieux que j'ai quelque chose à y gagner.

– Tu y gagnes ça. (Du doigt, il désigne sa queue et ensuite la tache humide sur mon short pyjama.) Des orgasmes en série et du sexe avec moi.

– Comme je l'ai dit, ce n'est pas suffisant.

– Qu'est-ce que ça veut dire, ce n'est *pas suffisant* ?

– Ce que j'ai dit. Vous vous faites prendre avec une employée, vous restez un Sharpe avec un compte en banque que vous ne pourrez jamais vider en une seule vie. Si moi je me fais prendre, je perds mon boulot, ma promotion éventuelle et, étant donné que je compte dessus pour pouvoir me payer un endroit pour vivre quand je rentrerai, c'est moi qui prends tous les risques en couchant avec mon patron. Pas vous.

– Ben alors, qu'est-ce que tu veux ? Des références au cas où cela arriverait ? Une garantie que ça n'arrivera pas ? (Il a l'air complètement perdu, et ce serait adorable s'il n'était pas là debout devant moi, avec sa queue en érection.) Je n'ai pas pour habitude de donner des choses pour en obtenir.

– Je vois ça. (Un rire sourd monte de ma gorge quand je descends de la table et fais un pas vers lui. Il prend une inspiration lorsqu'il croit que je vais l'embrasser, et un peu comme il l'a fait lui-même, je m'avance vers son oreille pour murmurer.) Pour info, je serais vexée si tu croyais qu'il est question d'argent ou d'avancement dans ta société. Ce n'est pas ça que je veux.

Mais ce que je veux, c'est ma dignité. Et je refuse d'être à sa disposition quand ça lui chante. Désarmée.

– Alors, qu'est-ce... dit-il quand je me dirige vers ma chambre. Où tu vas ?

Je me retourne et lui souris.

– Je vais vous laisser du temps pour réfléchir à la bonne réponse, Callahan. (Je souris, mon corps garde encore en mémoire les effets de mon orgasme lorsque je baisse les yeux sur sa queue puis le regarde dans les yeux de nouveau.) Bonne nuit, *patron*.

– *Quoi ?* Attends.

Il a l'air horrifié.

– L'eau m'a l'air plutôt froide dans la douche, lui dis-je.

Cette fois-ci, en lui tournant le dos, je fais exprès d'ajouter un petit balancement des hanches avant d'entrer dans ma chambre et de fermer la porte à clé.

Je ne crois pas que Callahan ait jamais eu besoin de faire des efforts pour obtenir une femme. Il me l'a bien fait comprendre lors de notre première soirée.

S'il pense que j'en vaux la peine, alors il le comprendra.

Et l'entendre étouffer un « *putain* » rageur de l'autre côté de la porte vient confirmer mon impression. *Jamais* je n'aurais tenu tête à Clint comme je viens de le faire avec Callahan. *Cette nouvelle version de moi, plus forte, me plaît bien.*

Je m'écroule sur mon lit avec un sourire victorieux et l'anticipation bouillonnant dans mes veines.

13

Sutton

CAFÉ.

C'est ma première pensée quand je tombe du lit.

Callahan.

C'est la seconde.

Hier soir, c'était... frustrant, sexy, inattendu... gratifiant. D'accord, j'ai tenu parole jusqu'au bout, mais mes rêves m'ont fait comprendre précisément ce que j'avais manqué en m'esquivant. Oh là là, oui.

Et maintenant, il faut que je prenne un café avant de me rendre dans le bureau qui m'a été assigné pour prendre officiellement mes fonctions ici, à Ocean's Edge.

Le problème c'est, quelle est la bonne réponse ?

Qu'est-ce que Callahan a à m'offrir qui justifierait que je prenne le risque de perdre tout ce qui se présente à moi ?

Ou peut-être que c'est surtout à lui de faire en sorte de me voir comme autre chose qu'un simple plan cul d'un soir. Nous allons devoir travailler ensemble après tout, et j'ai besoin qu'il me respecte et me considère comme son égale. Comment espérer ça si, dès la première rencontre, vous avez ôté votre jupe sans hésiter et que vous cédez de nouveau peu de temps après.

Je ne suis pas assez bête pour penser que le temps passé ensemble se résumera à autre chose qu'à *faire l'amour comme des bêtes*, comme dirait Lizzy, mais si cela ne lui arrive pas tout rôti, peut-être aura-t-il moins tendance à prendre à la légère la nécessité de garder secret ce qui se passe entre nous.

Parce qu'il est primordial que cela reste secret, sinon Roz risque de me tomber dessus immédiatement pour avoir compromis toute possibilité ultérieure de marchés avec Sharpe International.

Roz.

Bon Dieu !

Elle me tuerait si elle savait. Qu'est-ce qui m'arrive ? Pourquoi est-ce que je compromets ce boulot pour une histoire de fesses ?

J'imagine que je vais avoir le temps de trouver la réponse à cette question pendant qu'il cherchera la réponse à celle que je lui ai posée.

En plus, ça pourrait être amusant. Un peu de drague. Beaucoup de désir et aucune satisfaction. Bon sang, on a fait un bond direct à la dernière manche du jeu. Peut-être qu'un petit jeu du chat et de la souris aura son charme pendant un temps.

Est-ce que ça va être difficile de gérer la frustration ? Ça, c'est sûr.

Mais je pense aussi que le jeu en vaudra la chandelle.

Comment Callahan va-t-il se comporter avec moi après que je l'ai pris de court en lui mettant un vent hier soir ? Je parie que cela ne lui était jamais arrivé.

Pire encore, comment est-ce que je vais faire pour me concentrer avec lui dans les parages ?

Je sors de la chambre en traînant les pieds tout en me frottant les yeux pour me réveiller, mais je m'arrête net lorsque j'entends le son d'une cuillère tournant dans une tasse de café.

Et là, dans la cuisine de mon bungalow, je vois Callahan. Avec pour tout vêtement un short de gym et de chaussures de running. Ses cheveux ondulés sont humides et ébouriffés, les muscles de son dos roulent lorsqu'il met du sucre dans la tasse qui se trouve devant lui.

– Hum... qu'est-ce que vous faites encore ici ?

Sans réagir au son de ma voix, Callahan regarde attentivement la crème qu'il verse dans sa tasse.

– Je fais du café. Il en reste plus qu'*assez* dans la cafetière si vous en voulez, dit-il d'un air désinvolte.

– Ce n'est pas ce que j'ai demandé.

Callahan se retourne et me regarde pour la première fois. Bon sang. *Sérieux ?*

Après une longue nuit sans sommeil et agitée à penser à lui, c'est de cette façon qu'il m'accueille ?

Il a les joues rougies par ce que je présume être un jogging ou une autre forme d'exercice physique. Et cette supposition est suggérée par le V de sueur qui marque le devant de son short. Short qui, sans qu'il le sache, pourrait bien en ce moment laisser deviner le sommet de son sexe.

– Pardon. J'étais distrait. (Il me décoche un sourire qui me dit qu'il sait exactement ce qui a attiré mon attention et qu'il l'a fait exprès.) Et qu'est-ce que vous avez demandé, Sutton ?

– Ceci est ma chambre. Ma villa. Appelez ça comme vous voulez.

– Ce n'est pas une question.

– Non, en effet.

– Et donc ?

Il s'adosse au comptoir derrière lui et boit une gorgée de café. Il souffle dessus parce qu'il est trop chaud, mais ses yeux ne quittent pas les miens par-dessus le bord de la tasse.

– Et donc ? Et donc vous êtes là, vous faites du café comme si...

– Comme si j'étais propriétaire du lieu ? (Son sourire est malicieux.) Eh bien, en fait...

– Ça, ce n'est pas cool.

– Moi, je trouvais ça plutôt spirituel.

– Non.

– Charmant, alors.

Je pousse un soupir exaspéré. D'abord, j'ai eu un Callahan sexy et dominateur. Ensuite, un Callahan maussade faisant croire qu'il n'était pas Johnnie Walker. Et maintenant, un Callahan juvénile et espiègle. Je veux qu'il ne soit aucun de ces trois-là parce que c'est trop séduisant.

– Que vous soyez le propriétaire ou non ne vous donne pas le droit d'aller et venir chez moi comme bon vous semble.

Il désigne la deuxième chambre du bungalow.

– Étant donné que ma chambre est là, c'est normal que je me mette à l'aise.

– Pardon ?

Un petit sourire passe sur ses lèvres.

– Il n'y a pas de mal, tout le plaisir est pour moi.

– Répondez à ma question, dis-je froidement, m'efforçant d'ignorer tout ce qu'il peut dire ou faire qui soit charmant ou séduisant ou sexy.

– Ceci est ma chambre. (Haussement d'épaules nonchalant.) Donc, nous partageons cette pièce commune et, par conséquent, j'ai absolument le droit de prendre mes aises, non ?

– Non. Ce n'est pas possible.

– Bien sûr que si. C'est soit ça, soit quelqu'un va être furieux de trouver mes vêtements dans son placard.

– Non. Vos affaires n'étaient pas là hier soir.

– Visiblement, vous aimez beaucoup ce mot.

– Quel mot ? dis-je, désarçonnée par ce changement de sujet.

– *Non.*

– Non, ce n'est pas vrai.

Son sourire s'élargit.

– Vous devriez apprendre à utiliser plus souvent le mot *oui*. Il paraît que s'adonner au plaisir de dire *oui* vous aide à vivre plus longtemps et de façon plus heureuse.

– Vous vous croyez malin, c'est ça ?

– Je sais que je le suis. Même si je préfère des qualificatifs comme sexy, ou beau, ou renversant. Je trouve qu'ils ont plus de panache, pas vous ?

Je le dévisage, lui, son sourire machiavélique et ses abdos incroyables, et je sais qu'il est en train de gagner cette manche. Avec ses commentaires idiots et son air penaud.

– Je pense que vous me devez une explication. Pourquoi êtes-vous logé dans mon bungalow ?

– La clim est tombée en panne dans le mien.

– Vous n'avez qu'à ouvrir la fenêtre, dis-je sèchement.

– Vous étiez tellement préoccupée par votre désir pour moi hier soir que vous avez présumé que j'étais là pour votre plaisir. Un peu comme si j'étais votre *sex-toy*, bien que ce terme soit tellement vexant que je préfère ne pas l'utiliser. (Il boit une gorgée de café, visiblement satisfait de son petit numéro.) Oh, j'oubliais de vous demander.

– De me demander quoi ?

– Si vos regrets n'étaient pas trop amers ce matin.

– Mes regrets ? (J'éclate de rire.) De quoi est-ce que vous parlez ?

– Les regrets que vous avez ressentis après vous être enfuie hier soir. Les regrets de vous retrouver seule dans votre lit alors que j'aurais pu le partager avec vous. (Il passe sa langue sur sa lèvre inférieure.) Surtout en sachant comme *ça* peut être bon.

– *Ça ?*

– Oui. Le sexe.

Ses yeux s'éclairent de façon suggestive. Il repose sa tasse de café et croise les bras sur sa poitrine. Évidemment, mon regard se porte sur ses biceps bandés par le mouvement, et c'est alors qu'il ajoute :

– *Avec moi.*

Il va vers la cafetière et verse du café dans une deuxième tasse qu'il me tend. Je regarde fixement la tasse, une offre évidente de faire la paix à laquelle je ne me fie pas à cent pour cent.

– Ce n'est que du café.

– Oui, mais c'est vous qui me le tendez.

Il pose la tasse sur le comptoir à côté de moi, puis recule en se passant la main sur ses joues pas rasées.

– Ça va être un problème ? De travailler ensemble alors que vous avez tellement envie de moi ?

– Je pense que c'est une question qui s'adresse plutôt à vous. (J'avance vers lui tellement près que lorsque j'inspire, les pointes dressées de mes seins frottent contre son torse.) Nous allons travailler côte à côte, tous les jours, et maintenant nous allons partager le même lieu de vie. (Je recule pour laisser suffisamment d'espace afin de passer mon index au milieu de sa poitrine. Ses abdos se contractent quand il inspire brièvement.) Il me semble que vous vous êtes mis dans cette situation tout seul, vous ne croyez pas, Callahan ?

– Tu m'as posé une question à laquelle il est impossible de répondre.

Il tend la main pour m'attraper par la hanche, mais je saisis son poignet pour l'en empêcher.

– Tu n'es peut-être pas habitué à devoir fournir des efforts pour obtenir quelque chose qui en vaut la peine, je murmure alors que nos lèvres ne sont séparées que de quelques centimètres, nos corps frémissants de désir. Réponds à la question et je serai à toi.

En gémissant, il se dégage de mon emprise sur son poignet, pose la main sur mes fesses et m'attire contre lui pour que je puisse sentir son sexe en érection dans toute sa longueur.

– Tu ne devrais pas jouer avec le feu, chuchote-t-il.

Je sens la chaleur de son souffle sur mes lèvres.

– *J'ai peut-être envie de me brûler.*

Il soutient mon regard.

– C'est comme ça que tu veux la jouer, hein ? M'exciter, tester mon self-control pour ensuite te refuser à moi.

– C'est là. À ta disposition. (Nos souffles sont synchrones alors que mes paroles font leur chemin. Ses yeux s'assombrissent, tout son corps se tend.) Mais la question demeure. Qu'est-ce que j'y gagne, moi ?

Il saisit ma main et la pose sur sa queue que j'admirais à travers son short il y a peu.

– Je pense que ceci est une réponse qui n'a pas besoin de plus amples explications.

Le supplice entre mes cuisses se réveille (comme s'il avait jamais cessé) et son regard suggestif suffit à me rappeler de respirer.

Je fais brusquement un pas en arrière, j'ai besoin de mettre un peu d'espace entre moi et cet homme qui brouille mes sens et mes idées. Je saisis la tasse de café et me rapproche du comptoir. J'ajoute beaucoup trop de crème. Puis du sucre alors que j'en avais déjà ajouté. N'importe quoi pour m'occuper les mains et m'empêcher de le toucher.

– Tu joues à un jeu dangereux, là, Collins, dit Callahan avec un petit « tss » si dominateur et sexy que je l'imagine bien faire ça dans la chambre à coucher.

– J'ai l'impression que vous êtes un habitué de ce genre de jeu.

Je perçois la chaleur émanant de son corps derrière moi, je sens l'odeur de sa peau et la chaleur de son souffle sur mon épaule quand il se penche pour me parler à l'oreille.

– Je ne joue à aucun jeu en général. Ce n'est pas nécessaire. Ce que je veux, je le prends… mais j'accepte de jouer, pour une fois. Une fois seulement. Je vais jouer parce que tu es sans doute le seul intérêt pour moi dans ce putain d'endroit. Je connais la récompense et je reconnais qu'elle vaut la peine d'attendre. (Il passe un bras autour de moi et agrippe mon sexe.) Mais je te préviens, je ne suis pas patient, surtout quand ce que je veux est vachement sexy et à ma portée.

Il passe la langue tout le long de mon cou avant de reculer et de franchir le seuil du bungalow.

14

Callahan

JE ME SUIS FOUTU MOI-MÊME DANS LA MERDE, *on dirait !*

La question tourne en boucle dans ma tête alors que je marche dans la propriété. C'est même ce qui m'a servi de tempo en faisant mon deuxième jogging de la matinée.

Mais il fallait que je sorte de ce bungalow. Que je m'éloigne de Sutton et de ces choses que je n'avais jamais trouvées sexy jusqu'ici – un visage ensommeillé au saut du lit, des marques d'oreiller sur la joue et une voix enrouée du matin – et qui me font brusquement changer d'avis, après un seul putain de réveil. Loin de son haut de pyjama qui laisse voir le bout rosé de ses seins et de sa putain de question à laquelle je n'ai pas de réponse.

Je corrige. J'ai la réponse. Du sexe, du sexe, du sexe. Sexy. Magnifique. Sans fin.

C'est une réponse qui satisferait pratiquement toutes les femmes qui ont eu le plaisir de l'expérimenter avec moi. Toutes, sauf elle.

Je sais pourquoi ça me prend la tête, ça ferait ça à n'importe quel homme, mais ce qui m'échappe, c'est pourquoi c'est à la fois tellement sexy.

Se faire jeter.

Être mis au défi.

Devoir faire des efforts pour une chose que j'ai toujours obtenue sans.

Bon Dieu, je suis entré dans cette suite ce premier soir avec une seule idée en tête, une bonne baise avec cette femme qui m'avait intrigué et défié au Club Coquette. Et maintenant, je me retrouve à cohabiter avec elle, la côtoyer et être tenté par elle tous les jours, putain.

Il y a vraiment quelque chose qui ne tourne pas rond chez moi, parce que la réponse à ma propre question, c'est oui, *je me suis baisé moi-même.*

Il n'y a aucun moyen de rationaliser la chose. Aucune façon de me sentir moins fou parce qu'il n'y a aucune logique à ça. Je la désirais. Je l'ai eue. Je m'étais juré de ne pas m'autoriser à l'avoir. Et maintenant, je suis déterminé à la posséder de nouveau.

Et voilà.

Je l'ai dit. (*Encore une fois.*)

Et qu'est-ce que je peux faire ?

Répondre à sa foutue question serait la chose logique à faire, mais quelle est la réponse ? Je ne peux pas lui promettre une promotion chez Roz parce que je n'ai pas la main là-dessus. Je ne peux pas lui offrir un job chez S.I.N. parce que ce serait une promotion canapé. Je ne veux pas lui donner d'argent et, d'ailleurs, elle a dit qu'elle n'en voulait pas.

Alors qu'est-ce qu'elle veut, bon sang ? Qu'est-ce qu'elle a en tête, cette meuf ? Il est évident qu'elle a autant envie de moi que moi d'elle. La question n'est pas là. La question, c'est pourquoi et comment, et je n'ai pas la moindre idée de ce qu'elle attend de moi, putain.

Dans n'importe quelle autre circonstance je me dirais qu'elle me fait marcher, mais non, elle ne plaisante pas. Elle est on ne peut plus sérieuse.

Qu'est-ce que j'y gagne ?

Je bois une autre gorgée de café et je salue de la main un des membres du personnel qui traverse le chemin devant moi.

Donc ouais, je vais entrer dans son jeu, mais je vais y ajouter mes conditions. Après tout, dans toute négociation digne de ce nom, il est nécessaire qu'il y ait deux opposants. Elle n'est pas seule à pouvoir toucher et allumer pour ensuite retarder la finale.

Au point où j'en suis, je peux aussi bien aller jusqu'au bout. Si je dois souffrir, elle va souffrir, elle aussi.

– Bonjour, dis-je à la cantonade en entrant dans le bureau que nous partageons pour me diriger vers mon bureau personnel.

Je garde les yeux rivés sur mon téléphone, feignant de lire un message très important. Je sais que Sutton est là, je sens son parfum et son regard posé sur moi, mais je ne lève pas les yeux et je fais mine de l'ignorer.

S'il y a une chose que j'ai découverte, c'est qu'ignorer une personne ne fait qu'exciter son envie de vous.

Elle veut jouer ? Allons-y, jouons.

J'entends des murmures de réponses à mes salutations quand je m'assieds à mon bureau. Au bout de quelques secondes, les bavardages reprennent, la crainte prudente que la personne responsable soit contrariée si les gens parlent s'effaçant à mesure que le temps passe.

– Donc, c'est ça le plan ? demande la voix de Brady à l'extérieur de mon bureau.

– À t'entendre, on dirait qu'il n'est pas bon, dit Sutton.

– Non, ce n'est pas ça, se corrige-t-il. J'essaie juste de comprendre comment tu vas pouvoir faire *toutes les choses* qui sont sur la liste que tu as épinglée sur le mur derrière toi et qui me semble interminable.

– Ces *choses*, comme tu dis, sont ce qui va promouvoir Ocean's Edge et le rendre plus attractif. Il faut que j'aille voir ce que les autres proposent de plus que nous. Ce n'est que comme ça que nous pourrons nous améliorer.

– Et tu as l'intention de faire tout cela dans les deux mois que tu t'es donnés pour remettre cette baraque à flot ?

Le doute est perceptible dans sa voix et j'aimerais bien voir la tête de Sutton parce que je suis certain qu'elle secoue la tête, déjà sur la défensive.

– Les finances ne seront pas apurées en deux mois, Brady. Nous le savons bien tous les deux. Mais d'ici là, nous aurons mis en place un programme sur lequel vous pourrez vous appuyer pour repartir sur de bonnes bases. Le personnel devrait être content de la nouvelle grille de salaires que nous allons leur proposer, les équipements seront plus concurrentiels avec d'autres complexes hôteliers et un plan marketing plus audacieux et plus attractif sera en marche. (Elle marque une pause comme si elle faisait quelque chose avant de poursuivre.) Presque toutes ces choses peuvent se faire ici depuis mon fauteuil, mais pas la partie concernant les installations. Pour celle-ci, j'ai besoin de m'en rendre compte par moi-même pour pouvoir faire la comparaison avec ce que nous proposons.

– Je ne remettais pas en question tes capacités, murmure Brady.

– Je sais bien, dit Sutton, et j'entends le sourire rassurant dans le ton qu'elle emploie. Cela ne m'ennuie pas d'être challengée et remise en question. Au contraire, cela ne peut que contribuer à la réussite de cette réhabilitation. Ne t'en fais pas pour ça.

Elle sait y faire avec les gens. Elle est sensible aux atmosphères et elle a compris que Brady avait peur d'avoir empiété sur son territoire. Tout le monde ne peut pas en dire autant.

Brady fait le tour de son bureau, je ne le vois plus et je suppose qu'il s'avance vers celui de Sutton.

– Est-ce que tu as terminé avec ce site ?

– Non. J'ai recoupé environ dix listes de « préférences » et j'ai regroupé celles qui se répètent le plus. Je me dis que cela me donnera une meilleure idée de ce que les gens espèrent trouver lorsqu'ils viennent visiter cette île.

– C'est pas bête.

– Voilà la liste que j'ai établie pour l'instant.

Brady émet un murmure d'approbation.

– Ce sont ceux que j'aurais choisis moi-même. Pourquoi celui-ci est-il surligné ?

– Parce que celui-ci, mon ami, exige d'avoir une invitation et j'ai bien l'intention de m'en procurer une.

– Le Royaume du Plan Cul ?

Sans laisser à Brady le temps de terminer sa phrase, je me lève de mon fauteuil et je pénètre dans leur bureau, l'air faussement dégagé, les mains dans les poches pour dissimuler mes poings serrés.

– De quoi parlez-vous ?

– Sutton va servir de cobaye et essayer tous les hôtels les mieux notés de l'île pour nous permettre d'améliorer le nôtre. Et cela inclut la soirée des célibataires à Isla del Mar.

La soirée des célibataires ?

– Ah bon ? Je croyais avoir entendu autre chose.

– Non, non, vous avez bien entendu, dit Sutton avec enthousiasme.

Je me retourne pour la regarder, je prends note de sa chevelure qui tombe en cascade sur ses épaules et du tee-shirt rose fuchsia, mais c'est son sourire et son regard qui retiennent mon attention. Malicieux. Amusés.

– Brady l'a appelé le Royaume du Plan Cul. C'est comme ça qu'il est souvent désigné dans les commentaires en ligne.

Je pince les lèvres en hochant la tête.

– Je pensais qu'il allait de soi que nous essayions de cibler une clientèle haut de gamme. *Le Royaume du Plan Cul,* ça ne fait pas particulièrement classe, Sutton.

Elle se raidit. Oui, je viens de nous insulter tous les deux sans autre but que d'attirer son attention.

Et ça a marché.

Ses yeux brillent de colère.

– Je sais très bien à quel segment de marché nous nous adressons dans la rénovation de cet établissement. Mais ce marché-là – les gosses de riches, célibataires, qui viennent ici dans leur jet privé pour dépenser l'argent de papa en vacances Instagram –, ceux-là fréquentent cet endroit en masse.

– Et donc ?

– Et donc, nous avons un club qui ne tourne même plus à cinquante pour cent de sa capacité depuis que celui d'Isla del Mar a inauguré cette soirée des célibataires l'an dernier. Et ma conversation avec son directeur ce matin m'a appris que ces jeunes de la haute, prêts à dépenser l'argent de papa, vont là parce qu'il n'y a pas d'autre endroit où aller sur toute l'île. Je parierais que ces clients préféreraient un endroit plus classe. Ils veulent aller quelque part où ils peuvent avoir leur bouteille et des cordons de velours délimitant un espace VIP comme ils peuvent en trouver chez eux. Ils veulent être traités comme des rois pour pouvoir s'amuser sans avoir à se mélanger avec le petit peuple.

– On est aux Caraïbes ici, pas à Manhattan.

– Ils ont leurs exigences et ils iront dans les lieux qui les leur offrent.

Elle se renfonce dans son siège en croisant les bras sur sa poitrine.

– Et ?

– Et nous avons le club qui peut leur offrir ça. On le rénove pour en faire un endroit plus sophistiqué. Nous limitons l'entrée pour les clients non-résidents de l'hôtel, peut-être par un système de loterie auquel vous devez vous inscrire – quelque chose comme ça – parce que tout le monde sait que ce qui est hors de portée est d'autant plus désirable, vous ne croyez pas ?

Elle hausse un sourcil pour appuyer cet argument.

– Pour certaines personnes, oui.

Je m'appuie sur le montant de la porte, sachant qu'elle a tout à fait raison.

– Parfois la fascination qu'exerce une chose est plus puissante que la chose elle-même, qui perd son attrait une fois qu'on l'a obtenue.

– Et parfois elle ne vaut pas la peine qu'on fasse tant d'efforts, dis-je en me tournant pour croiser son regard.

Elle lève le menton d'un air provocateur et un sourire moqueur s'affiche sur ses lèvres si excitantes.

– Ça marche, je l'ai vu sur le site d'un autre complexe hôtelier que j'ai consulté.

– Alors, c'est ça votre plan ? Les attirer par des promesses ?

– Oui. (Son sourire s'élargit.) Et au bout du compte me demander si ce qu'Ocean's Edge leur propose est suffisant. Qu'est-ce qu'ils y gagnent ? Qu'est-ce qu'ils retirent des différentes attractions et excursions qui emportent leur décision.

Je dois me forcer à détourner les yeux. Ne pas relever le défi de ce regard et du choix de ces termes, sinon Brady et tout le monde ici sauront exactement ce dont j'ai envie. Embrasser cette bouche et ces lèvres qui continuent leur marivaudage impertinent.

Mais je la regarde dans les yeux sans rien faire.

– *Qu'est-ce qu'ils y gagnent ?*

– Oui.

Le ton est lent et délibéré et elle réprime un sourire.

– Du bon temps. Des souvenirs. Des expériences nouvelles qui les font sortir de leur quotidien. *La sensation d'être vivant.* (Je hausse un sourcil.) Je dirais que ce sont toutes les choses qui font partie de l'offre et dont la plupart des clients sont satisfaits.

– Certaines personnes veulent être plus que satisfaites.

Le silence retombe un instant. J'ai envie d'effacer son sourire par un baiser, mais heureusement Brady choisit ce moment pour briser le charme.

– Je sais que je ne suis pas le plus malin d'entre nous, mais je suis perdu. Est-ce que nous parlons toujours d'Isla del Mar et du Royaume du Plan Cul ou sommes-nous passés à autre chose sans que je m'en aperçoive ?

Je fais volte-face et je me dirige vers la fenêtre, les mains enfoncées dans les poches. C'est plus facile d'observer le couple qui marche vers la plage que de me retourner et leur faire face.

Bon Dieu de Sutton

– Nous parlons toujours du club, Brady. Pas de souci. Sutton a une façon de parler par métaphores de temps en temps qui nous échappe, à nous les hommes. (Je me retourne face à eux et décoche un sourire hautain.) Et puisque vous savez déjà que tout ce scénario destiné à relever le niveau de notre club fonctionne, je ne vois pas l'intérêt que vous vous y rendiez pour affronter des remarques ringardes et des soûlards bredouillants. Je suis convaincu que votre temps serait mieux utilisé si vous travailliez avec Brady sur les prévisions chiffrées pour mettre en œuvre cette évolution.

Je les regarde l'un après l'autre et je fais un bref signe de tête avant de me retirer dans mon bureau.

Le royaume de l'aventure d'un soir, mon cul.

Comme si j'allais la laisser traîner toute seule dans un lieu où d'autres hommes pourraient regarder, désirer et toucher, alors que moi je ne peux pas.

Il faut quelques secondes pour que ma... quoi – *colère, frustration, incrédulité ?* – se dissipe avant que les chiffres qui s'affichent sur l'écran de mon ordi me paraissent compréhensibles.

Les chiffres. C'était la partie que mon père adorait et que je détestais. On se prenait la tête. Il aimait travailler dans l'ordre, du début jusqu'à la fin. Moi, je préférais prendre le résultat final et remonter le mécanisme. Cela provoquait toujours des disputes. Et je finissais toujours par sortir en claquant la porte tandis que Ledger et Ford restaient et le calmaient en faisant les choses comme il l'entendait.

Je recevais un appel quelques heures plus tard. Une petite leçon de morale expliquant que la roue n'avait pas besoin d'être réinventée tout le temps et une demande de ne pas me battre contre le système la prochaine fois. Ce serait suivi d'une non-excuse, une excuse à la parfaite manière Maxton Sharpe, et d'une proposition de se retrouver sur le green un peu plus tard.

Je me renfonce dans mon fauteuil et je souris en y repensant. Même au bout de plusieurs mois, cela fait toujours mal de savoir que je ne recevrai plus ces appels, que la dynamique qui existait entre nous, et nous seuls, appartient désormais au passé. Mais je retrouve le sourire plus facilement maintenant, les souvenirs ne sont plus aussi pénibles.

Je sais que mes frères partagent mon chagrin, mais ils partagent aussi une rancœur qui ne s'éteindra jamais, je l'ai bien compris. Ce que notre père a fait n'était pas bien – même moi je le sais –, mais il était impossible de modifier les manières d'agir de Maxton Sharpe, fussent-elles bonnes ou mauvaises. Mon seul espoir est qu'avec le temps, ils finiront par comprendre que c'était peut-être cela dont il avait besoin.

Et que moi, j'essayais seulement de le rendre heureux.

15

Callahan

Dix ans plus tôt

– ATTENDS UNE MINUTE. Tu es en train de nous dire que c'est de notre faute ? dit Legder, exaspéré et frustré.

Nous nous tenons tous les trois face à notre père. Il ne viendrait à l'idée de personne de se soustraire à une convocation de Maxton Sharpe. Mais bon Dieu, j'aimerais bien être ailleurs.

Surtout maintenant.

– Ce que je dis, c'est que c'est votre petit frère, que c'est votre devoir à Ford et à toi de vous soutenir les uns les autres.

– Petit frère ? Il n'est plus jeune que de cinq minutes, papa, dit Ledger.

– Exactement. On a tous les trois le même âge, dit Ford avant de se tourner vers moi. Je t'aime, mon pote, mais tes conneries, c'est tes conneries et là, c'est bon. Je refuse de me laisser plonger avec toi.

Je hoche la tête. Je ne peux rien faire de plus parce que ce qui me préoccupe avant tout, c'est ce qui m'attend à l'issue de cette réunion. La colère – ou les menaces – que mon père ne va pas manquer de déverser sur moi et qui seront bien pires que l'accablement de mes frères.

– Vous êtes une famille. Un jour, il n'y aura plus que vous trois. Alors oui, c'est votre responsabilité d'être solidaires et de vous relever les uns les autres lorsqu'il y en a un qui tombe.

– Je suis d'accord avec toi, intervient Ford, nous formons une famille. Et donc, lorsqu'un membre d'une famille échoue parce qu'il est trop occupé à faire la fête et à s'envoyer en l'air, on le laisse tomber et se débrouiller tout seul au lieu de lui faciliter les choses en le traitant comme un bébé.

– Papa, je dois avouer pour leur défense (j'interviens alors que je ferais probablement mieux de me taire)... ce n'est pas juste de leur reprocher ce que...

– Vous voyez ? C'est exactement ce que vous devriez faire tous les deux. Prendre sa défense comme il le fait pour vous. C'est à ça que sert la famille.

– Avec tout le respect que je te dois, dit Ledger, la dérision à peine masquée dans sa voix, ce n'est pas ce que tu disais quand je ramais en première année. Il me semble me souvenir que les mots que tu as employés, c'était *Ne fais pas honte au nom des Sharpe.* Tu disais que si je ne me ressaisissais pas, je pourrais aussi bien changer de nom de famille. Je n'entends rien de tout ça maintenant.

– Je vous aime et je vous traite tous les trois de la même façon.

Aucun d'entre nous ne le croit. Pas même lui.

– Ce n'est pas vrai, dit Ledger d'une voix courroucée. Si c'était Ford ou moi qui avions décroché de Wharton[3] en cours d'année, tu nous aurais fichus à la porte en nous menaçant de nous déshériter. On aurait eu droit à la sempiternelle litanie du *Personne ne fait honte à Maxton Sharpe.* Mais ce n'est pas nous. C'est Callahan, et à tes yeux, il ne fait jamais rien de mal.

Je reste planté là, mort de honte, et je me sens mal parce qu'à chaque seconde qui passe, le poids que j'avais

3. Wharton School : une des écoles de commerce les plus prestigieuses des USA.

ôté de mes épaules en décidant finalement d'abandonner mes études à Wharton me retombe dessus dans chaque mot prononcé par Ledger et Ford.

Notre père pousse un profond soupir.

– Je veux voir vos dernières évaluations sur mon bureau dès demain matin.

– Tu veux dire celles de Ledger et moi, c'est ça ? demande Ford. Et qu'est-ce que tu exiges de Callahan pour qu'il puisse garder son rang et son prestige dans cette famille et dans cette entreprise ?

– Je pense que c'est moi que ça regarde, dit-il, signifiant par là que la discussion est close.

Il hausse les sourcils, prêt à affronter une rébellion, mais ni Ledger ni Ford ne répliquent. Ils ont l'habitude et je déteste être au milieu.

– Vous pouvez disposer.

Nous soupirons tous les trois, visiblement soulagés.

– Pas toi, Callahan. Assieds-toi.

Eh merde !

En même temps, j'imagine que je le mérite si on pense que c'est moi qui ai décroché d'une des écoles de commerce les plus prestigieuses de ce pays. Une école où mes frères – mes égaux – font des étincelles.

Il attend que nous soyons seuls. Le poids de son regard m'inquiète. La porte se referme. Mon angoisse monte.

– J'attends tes explications.

Deux mots et une putain de foule de réponses possibles.

– Ces études, ce n'est pas fait pour moi, papa. Si je dois lire un manuel ou créer un fichier comptable de plus, je vais me crever les yeux.

– Tu ne crois pas que tu en rajoutes un peu, fiston ?

– Je suis pragmatique, j'aime le concret, papa. J'ai toujours été comme ça. L'école, ça ne t'apprend que la futilité et que si tu flattes l'ego d'un professeur assez longtemps en lui répétant qu'il est super, tu arrives premier. Pourquoi est-ce que je suis obligé de régurgiter des faits et des statistiques quand je pourrais courir le monde et créer les miens ?

– Mais tu as besoin d'acquérir les bases. Tu as besoin d'un cadre et...

– J'emmerde le cadre.

Je grimace et j'attends la réprimande, mais quand je le regarde, je suis étonné de voir un petit sourire attendri sur ses lèvres et de l'affection dans son regard.

– *Tu es tout à fait comme elle.*

Je ne demande pas de qui il parle parce que je le sais déjà. *Maman.*

– Elle était spontanée, détestait les conventions et envoyait balader le système plus souvent qu'à son tour. Elle était...

J'ai déjà entendu tout ça, mais je le laisse parler. Je connais les mots qu'il va prononcer et les adjectifs qu'il va employer pour la décrire, tout comme je sais que ses yeux vont se remplir de larmes, celles qu'il ne verse que sur elle.

Il a beau avoir fait de nombreuses conquêtes depuis qu'elle est morte, notre mère demeure le seul véritable amour de sa vie. Je pense sincèrement qu'il ne s'est jamais remis de sa mort et donc, parfois, il se tourne vers moi pour se la rappeler.

Elle était son point faible.

Tout comme je le suis à présent.

– Je devrais te dire que c'est inacceptable que tu abandonnes tes études, Callahan, mais je sais que tu n'en as rien à faire. Tu te moques bien de ce que je pense ou du fait que tu as porté atteinte à la tradition des Sharpe à Wharton. *Et pas dans le bon sens.* (Il pousse un profond soupir et se renfonce dans son fauteuil avant de lever les yeux sur moi.) J'étais assis là à me questionner sur la façon dont je devrais réagir, sur ce que j'allais faire de toi. Je me demandais quel genre de leçon je te donnerais en tolérant ce comportement. Qu'est-ce que tu as à dire pour ta défense ?

Je regarde mon père fixement. Il est intraitable envers ses fils dont il exige le maximum. Son nom et son patrimoine représentent tout à ses yeux, donc l'échec de l'un de nous a toujours été inenvisageable.

Mais Ledger a raison. Lorsqu'il avait rencontré des difficultés à gérer ces attentes en tant que membre de la lignée, plus la charge de travail à l'université, mon père n'avait fait preuve d'aucune indulgence ni de compassion à son égard. Il lui avait mis la pression en lui parlant de sa déception et en agitant la menace de perdre sa place dans la dynastie Sharpe.

Ford et moi nous étions inquiétés pour lui. Pour sa santé mentale. Son état d'esprit. Mais cette rudesse était ce qui l'avait aiguillonné et amené à se ressaisir pour se retrouver aujourd'hui à la tête de notre classe. L'échec n'est pas envisageable.

Est-ce parce que Ledger est la copie conforme de notre père que celui-ci était aussi exigeant avec lui ?

Et peut-on en dire autant de moi ? Parce que je ressemble comme deux gouttes d'eau à notre mère, il est beaucoup trop laxiste avec moi ?

Et Ford ? Est-il un mélange des deux, de sorte que notre père est dur pour certaines choses et pas pour d'autres, et qu'il se retrouve donc dans la position de l'enfant du milieu, sorte de no man's land où il se demande de quel côté il va tomber ?

Il nous aime tous les trois. Là n'est pas la question. Mais il nous aime de façon tellement différente que parfois c'en est injuste.

Le problème ? Tout comme maintenant, je suis tellement reconnaissant de ne pas être tenu de les égaler que je me tais et que je souris.

– Alors ?

Je frotte mes mains sur mes cuisses en pensant aux conneries que j'ai faites.

– Je n'ai rien d'autre à dire que ce que j'ai déjà dit. Je ne vais pas m'excuser d'être qui je suis, papa. Je ne vais pas te lécher les bottes et te supplier de me pardonner de t'avoir déçu. Je suis qui je suis. Un Sharpe qui n'est pas à la hauteur de tes attentes. Je suis à la hauteur des miennes, et à tort ou à raison, je suis comme ça.

Il fait une grimace et se balance d'avant en arrière sur son fauteuil.

– Et qu'est-ce que tu comptes faire maintenant ?

– Je n'en sais rien.

Cela ne me pose aucun problème de travailler dur, mais rester assis tous les jours derrière un bureau avec une cravate qui me serre le cou, ce n'est pas vraiment ce qui me convient.

– Pas question de te tourner les pouces.

– Personne n'a dit que j'allais faire ça.

Un sourire effleure ses lèvres.

– Tu es comme ta mère, ne l'oublie pas. Je te connais.

Il se lève de son fauteuil et se dirige vers son coin préféré de son bureau, enfonce les mains dans ses poches et regarde les gens en bas dans la rue. C'est son coin pour réfléchir. L'endroit où il prend ses décisions.

Je me garde bien de parler, de le pousser à décider alors que je voudrais être ailleurs que dans l'air recyclé de ce confinement de béton.

– Eh bien, dans ce cas tu prends tes fonctions chez Sharpe International Network dès aujourd'hui.

Oh Seigneur !

Dans mon esprit, arrêter mes études signifiait les grands espaces et la liberté. Cela voulait dire que j'allais pouvoir me poser et décider qui j'étais sans être entouré de gens qui ne me regardent que comme un Sharpe. *Qui ne veulent me connaître qu'en raison de mon nom de famille.*

Je ferme les yeux et je gémis.

Ça, ce serait le rêve de mes frères. De sauter sur le piédestal et de gravir les échelons de l'entreprise. Des échelons symboliques puisqu'ils commenceraient leur ascension dès le premier jour sur le dernier barreau. Rien ne compte plus pour eux.

Et ils vont voir ça comme une nouvelle marque de favoritisme. Une fois de plus *Callahan est le chouchou.*

Pour moi, c'est juste une sentence de mort.

16

Sutton

– C'EST COMME SI JE TE PERDAIS DE NOUVEAU alors que je venais à peine de te retrouver, me dit Lizzy au téléphone.

– Mais cette fois tu m'as perdue pour la bonne cause.

Je me laisse aller dans ma chaise longue en savourant le soleil de l'après-midi.

– C'est vrai. Mais n'empêche, tu me manques.

– Ce n'est pas désagréable de savoir qu'on manque à quelqu'un.

– À ce propos... (Elle hésite avant de poursuivre.) Clint m'a appelée hier soir.

– Clint ?

– Mm... hmm. Tu as raté un dîner avec son patron ou je ne sais qui et comme tu ne répondais pas à ton téléphone, il m'a appelée.

– Je suis désolée.

Je fronce le nez en repensant aux nombreux messages en lettres capitales que j'ai reçus hier soir. Les menaces et les commentaires désobligeants pour finir par les excuses en faisant comme si les premiers textos n'avaient jamais été envoyés. Mais ce qui me sidère, c'est ma réaction. Il est plus qu'évident que Clint est capable d'exercer des violences psychologiques. Cela me rend triste d'être restée aussi longtemps. Et le quitter a été la décision la plus sage que je pouvais prendre. L'éloignement me permet d'en prendre conscience. Et de le reconnaître.

– Je n'avais pas envie de lui répondre. Il n'aurait jamais dû t'appeler.

– Je répondrai toujours pour saisir l'occasion de lui dire qu'il n'est qu'un connard. De ton côté, continue de ne pas lui répondre et de t'amuser là-bas.

– Merci. Vraiment je ne voulais pas que...

– On n'en parle plus, Sutt. Ne t'excuse pas. Maintenant... si on parlait de ton mec. Raconte-moi les détails.

– Il n'y a pas grand-chose à raconter.

– Tu habites avec lui. Ça veut dire qu'il y a plein de choses à raconter.

– Il y a bien eu un peu de flirt et quelques caresses un peu appuyées.

– Continue...

– Mais j'ai dû fixer des limites. Il est qui il est et moi, je suis qui je suis.

– Ce qui revient à dire que c'est toi qui as le plus à perdre.

– Exactement. (Je pense à ma réunion avec Roz au sujet de ma promotion et de son enthousiasme vis-à-vis de ce projet.) Donc je lui ai posé un ultimatum qui me semblait génial sur le moment, mais après coup, ça me semble tellement puéril.

– Tu te protégeais – *te protèges.* C'était quoi la question ?

– Qu'est-ce que j'y gagne ?

En le disant, ça me paraît vraiment idiot.

– Du sexe exceptionnel et prolongé, apparemment.

– Lizzy, dis-je en soupirant.

– Quoi ? C'est vrai, non ? (Elle rit.) Qu'est-ce qu'il peut dire d'autre ? De l'argent ? Une augmentation ?

– Je lui ai dit que ce n'était pas la bonne réponse.

– Mais il te plaît, non ? Parce que ce sont les seules réponses qu'il peut donner. C'était idiot, mais en même temps j'adore cette idée.

– Pourquoi ?

– Parce que ça va l'obliger à être créatif. Et si un type comme lui, qui peut avoir toutes les femmes qu'il veut, essaie effectivement de répondre à ta question, tu sauras au moins qu'il est vraiment intéressé.

– J'imagine.

J'allais dire autre chose, mais je me ravise.

– Accouche, Sutt.

– Est-ce que tu imagines à quel point c'est difficile de travailler avec une personne, de la voir garder ses distances et exercer son autorité, alors que tu connais le timbre de sa voix quand il t'ordonne d'écarter les jambes ?

Je suis sûre que je deviens écarlate.

– Meuf, je t'en prie dis-moi que pendant les réunions tu l'imagines en train de te culbuter sur son bureau et faire ce qu'il veut de toi.

Est-ce que ce n'est pas justement ce que j'ai fait cet après-midi ? Me faire un film entier en même temps que nous discutions effectifs du personnel et politique salariale ?

– C'est possible, dis-je finalement.

Son rire me suffit. Elle sait qu'elle a raison.

17

Callahan

IL Y A UN TRUC DANS LE FAIT DE BOIRE DANS LA JOURNÉE qui fait tout paraître plus sympa.

Et il y a incontestablement un truc dans le fait de boire une ou deux bières sur mon temps de travail qui ressemble à un *je vous emmerde* muet adressé à mes frères et à l'ultimatum qu'ils m'ont posé avant mon départ. Celui qui ne cesse de me ronger quand j'ai deux secondes de répit pour penser à autre chose qu'à cet afflux massif d'informations que je m'efforce d'analyser.

Boire de l'eau alors que je suis déjà submergé par un flot de données, ça ne manque pas d'ironie.

En plus, cela fait deux semaines que j'ai la tête dans le guidon et il est grand temps que je fasse ami-ami avec le chef barman de l'hôtel. J'ai toujours pensé que les barmen étaient les plus susceptibles de prendre le pouls des clients et de la direction pour laquelle ils travaillent.

Keone se montre à la hauteur de mes espérances en me renseignant sur les hôtels concurrents qui menacent de nous ponctionner petit à petit tout notre personnel. Sur les doléances des clients qu'il entend maugréer. Et plus généralement sur ce qu'il voit et entend depuis son poste d'observation.

D'autre part, je trouve beaucoup plus facile de me détendre en bavardant avec un doux géant de cent cinquante kilos originaire de Samoa que de trouver le bon combat à mener contre Sutton. Parce que je suis fatigué, j'ai la migraine, j'ai la gaule et je suis plus que frustré sexuellement.

Qu'est-ce que j'y gagne, c'est n'importe quoi, franchement.

– Vous lui plaisez, vous savez ?

– Je vous demande pardon.

– La femme au bout du bar. Elle vous reluque comme si elle voulait de vous au dessert, dit-il avec son léger accent, sans relever la tête, tout en passant un chiffon devant moi sur le comptoir qui n'est même pas sale.

Je sais de qui il parle. Depuis que je suis arrivé, je l'ai déjà surprise plusieurs fois à me regarder. Elle est jolie, dans le genre mère de famille. Je suis sûr qu'elle a deux gamins qu'elle a laissés dans la chambre, qui se bagarrent sans arrêt, qu'elle est fatiguée de s'occuper de tout le monde et qu'elle s'offrirait bien une petite demi-heure de plaisir rien que pour elle.

Pas du tout mon style, mais je compatis quand même à son désir de faire un break.

– Ouais, je l'ai vue.

Je prends une nouvelle gorgée de bière.

– Je ne serais pas un bon allié si je ne vous la signalais pas.

Son rire tonitruant résonne dans le patio et je mets quiconque au défi de ne pas sourire en l'entendant.

Il va servir quelques clients pendant que je surveille les allées et venues des passants. La plupart des gens se dirigent vers la plage. Certains vont vers la piscine. D'autres ont visiblement oublié de mettre de la crème solaire et feraient bien de se protéger de l'ardeur du soleil caribéen.

Mon esprit vagabonde vers Sutton et son stratagème idiot de coup d'un soir au bureau l'autre jour.

Est-ce que le but c'était de me rendre jaloux ? De me pousser à la désirer et à me battre davantage ?

J'ai envie d'elle c'est sûr. La question n'est pas là.

Est-ce que c'était censé m'inciter à trouver la réponse à sa question à la con qui, à force d'y penser, m'apparaît de plus en plus sans réponse ?

Bordel.

– Vous avez l'air bien songeur, dit Keone lorsqu'il revient vers moi.

– Dites-moi un truc. Si une femme demande *qu'est-ce que j'y gagne*, qu'est-ce qu'elle dit en vrai, putain ?

Nouvel éclat de rire.

– Vous avez des problèmes avec les femmes ? Avec votre physique ? Seigneur, cela n'augure rien de bon pour moi avec le mien.

Il frotte son petit bedon et montre ses biceps.

– Pas avec les femmes. Seulement...

Qu'est-ce que tu fous, putain, Cal ? Demander des conseils à un barman au sujet d'une fille que tu viens juste de rencontrer parce que tu as besoin de trouver une réponse à une question impossible, pour pouvoir t'envoyer en l'air ?

Pendant que j'y suis, je peux ajouter sur la liste : me laisser aller à des pensées décousues comme un imbécile.

– Seulement... ? demande Keone, en posant le coude sur le bar.

– Rien.

– C'est des conneries, mais je respecte un mec qui garde ses affaires pour lui.

Il boit une gorgée d'eau et essuie les gouttes de sueur qui perlent sur sa tête avec un mouchoir qu'il a sorti de sa poche arrière.

– Pourtant, je vais vous dire un truc, Patron, il y a trois choses qui plaisent aux femmes. Rire, se sentir désirées et les petites attentions.

– Les petites attentions ?

– Oui, mec. Cela leur montre qu'on a de la considération et...

– Non, mais c'est pas ça. C'est – elle est...

– Ahhh, dit-il en traînant sur le « a ». Je vois. Je comprends, mon pote. Elle n'est pas prête à mettre ses petites affaires dans vos tiroirs. Mais c'est pas un problème, si ?

Je ricane et descends le reste de ma bière pour éviter de répondre.

– Vous êtes dans la phase de séduction. C'est vous le chasseur ou c'est elle ?

Il fait glisser une autre bière devant moi sans me demander.

– C'est la question du jour, non ?

18

Callahan

LORSQUE JE QUITTE LE BAR UNE HEURE PLUS TARD en laissant comme instruction de mettre les verres de la dame du bout du bar sur ma note, je me sens légèrement plus détendu.

Le soleil est encore haut puisqu'il se couche plus tard ici que ce à quoi je suis habitué, et les chiffres et les données que j'ai engrangés dans mon esprit se baladent quelque part sous la brume provoquée par la bière qui court dans mon sang.

Je m'arrête devant le bungalow et je regarde la porte fixement. Notre première nuit ici, j'étais complètement sûr de remporter la victoire en faisant en sorte que nous soyons tous les deux logés au même endroit, et maintenant, j'ai la sensation de me retrouver comme un con et d'avoir perdu.

De la désirer comme un fou et de l'avoir à portée de main, mais sans pouvoir la posséder à cause d'une connerie de question à laquelle il est impossible de répondre.

Eh merde !

Je suis Callahan Sharpe. Toutes les femmes tueraient pour sortir avec moi. Il est temps qu'elle le sache.

J'avance à pas décidés vers la porte et je l'ouvre d'un geste délibéré, résolu à obtenir ce que je veux. De l'obtenir, elle.

– Sutton.

C'est un ordre. Pur et simple.

– *Callahan ?* Quelque chose ne va pas ? (Sutton sort de sa chambre en ajustant une boucle d'oreille.) Vous allez bien ?

Elle s'arrête brusquement en me voyant et je suis certain que son expression inquiète est due au fait que ma mâchoire pend probablement jusqu'au sol.

Debout au milieu du bungalow se tient Sutton dans un bikini rouge vif qui souligne et met en valeur chaque centimètre de son corps. Les jambes, les abdos, les nichons et... *putain.*

En la regardant, j'ai l'impression d'être le mec qui meurt de soif et elle, l'eau.

Je me racle la gorge.

– Ouais. Ça va.

– Vous vouliez quelque chose ?

– Non, je ne crois pas...

– Oh mince, dit-elle quand sa boucle d'oreille tombe par terre.

J'exhale une respiration sifflante lorsqu'elle se plie en deux pour la ramasser en me donnant une vue plongeante sur le minuscule maillot qui passe entre ses fesses parfaitement rondes.

– Vous sortez ?

Je fais un pas vers elle sans dissimuler le fait que j'apprécie la vue.

– Oui. Je sors. Je vais à la plage.

– *Habillée comme ça ?*

Sutton se regarde, puis regarde ses fesses avant de lever vers moi un regard impassible.

– C'est un maillot de bain. On porte ça à la plage. Donc, oui, j'y vais *habillée comme ça.*

– Vous ne pouvez pas mettre ça.

Super. Bravo, Sharpe.

– Pardon ? dit-elle en rigolant.

– Il est trop petit et il dévoile beaucoup trop de choses.

Je vais prendre une autre bière dans le frigo. Je parle comme un connard, mais je m'en fiche tout en peinant à trouver une raison autre que le fait que personne n'a le droit de la voir comme ça, à part moi.

– Ce n'est pas une tenue convenable à porter quand le personnel peut vous voir.

– C'est pour ça que je vais sur une autre plage qui n'est pas sur le domaine Sharpe. (Elle sourit ironiquement.) Vous êtes sûr d'avoir raison d'en reprendre une ? Vous m'avez l'air un peu tendu.

– J'en ai besoin.

Putain, tu parles que j'en ai besoin si elle doit sortir comme ça.

– D'accord.

Elle étire le mot et fait quelques pas dans ma direction. Mauvaise idée de sa part.

À présent, je peux sentir le parfum de sa crème solaire. Voir le saupoudrage de taches de rousseur sur sa poitrine. Voir combien il me serait facile de tirer sur les ficelles de son bas de maillot pour la déshabiller en un tour de main.

– Il y a quelque chose qui vous tracasse, Callahan ?

– Vous.

– Moi ?

En riant, elle penche la tête sur le côté et me regarde fixement.

– Qu'est-ce que j'ai fait ?

– Vous me rendez complètement dingue, putain.

Je m'avance vers elle. Je ne sais pourquoi je m'attends à ce qu'elle recule pour continuer son petit jeu, mais elle ne le fait pas. Elle tient bon.

– Parfait.

– Pas du tout. (Je fais un pas de plus.) Les femmes ne me disent pas non. Vous le saviez ? (Je pose la main sur son visage. Elle retient sa respiration. *Elle a envie de moi.* Elle a tellement envie de moi, putain, le fait de le voir agit comme une drogue.) Elles me veulent. Elles me courent après. (Je me penche sur elle de sorte que mes lèvres sont juste au-dessus des siennes.) Moi je ne cours jamais après personne, Collins.

– Et moi je n'avais encore jamais eu un coup d'un soir. (Elle inspire d'une façon haletante.) Alors c'est bon, on est quittes.

J'émets un petit rire étranglé qui paraît désespéré.

– On est loin d'être quittes. Je te veux.

Je me penche et tente de poser un baiser sur ses lèvres, mais elle détourne la tête. Je prends ce qui est à ma portée et dépose une ligne de baisers bouche ouverte tout le long de sa mâchoire. Seigneur Dieu ! Ce goût. Ce doux gémissement. La chair de poule qui court soudain sur sa peau. La sensation de son corps cédant sous le mien.

Elle a envie de moi, c'est incontestable.

La bière n'est pour rien dans l'effet que Sutton Pierce opère sur moi.

– Et vous êtes toujours mon patron, murmure-t-elle dans un soupir.

– Collins. S'il te plaît.

Je parcours son épaule du bout de la langue. Elle a le goût de sel et de sexe. Je serre les poings parce que je crève d'envie de la toucher et je sais que si je commence, je ne pourrai plus m'arrêter jusqu'à ce que je la possède en totalité.

– Je ne peux pas. Nous ne pouvons pas. Je ne vous oblige pas à me courir après. Je vous promets. Je veux simplement que vous preniez la mesure de la récompense.

– Baise-moi, Sutton. Ici. Tout de suite. Prends-moi.

Elle émet un rire rauque en faisant crisser ses ongles sur le devant de ma chemise, ce qui met immédiatement ma queue au garde-à-vous.

– Ça me rappelle quelque chose que quelqu'un m'a dit concernant le fait de supplier.

Quelqu'un frappe à la porte, le bruit est distinct, mais il faut une seconde à mon subconscient pour l'enregistrer, ce qui suffit à Sutton pour reculer d'un bond. Elle me regarde d'un air narquois.

– Sauvée par le gong.

J'avance vers elle, pose la main sur ses reins et l'attire brusquement contre moi.

– Je te jure que rien ne te sauvera de moi.

Mon ricanement est étouffé lorsque, sans lui donner le temps de réagir ou de reculer, je colle mes lèvres sur les siennes. Le baiser est rageur, avide et attisé par un sentiment d'urgence que je n'ai jamais ressenti avec personne d'autre.

C'est parce qu'elle se refuse à moi. Je le sais. Elle le sait. Ou peut-être est-ce parce que je sais que je pourrais l'avoir mais que je suis trop obsédé par elle pour trouver cette putain de réponse.

– Sutton ? Tu es là ?

On frappe de nouveau à la porte.

– Callahan.

Elle s'appuie des mains sur mon torse, mais je lui vole un nouveau baiser.

– Je dois aller ouvrir.

Elle tente de m'échapper, mais sa main est dans la mienne et je la retiens.

– Tu m'as embrassé. Tu peux nier tout ce que tu veux, mais ton corps dit autre chose.

– Je n'ai rien nié du tout.

Son regard se pose sur ma queue qui appuie contre la couture de mon pantalon.

Elle sourit d'un air moqueur.

– Ce baiser. C'était une transgression mineure. On m'attend.

Elle retire sa main de la mienne et se dirige vers la porte, me donnant une vue parfaite de la taille minuscule de son bikini.

Oh. Punaise.

Elle était sérieuse lorsqu'elle disait qu'elle allait sortir comme ça. *Vêtue comme ça.*

– Attends. Où vas-tu déjà ?

– Ah dis donc ! *Bon sang.*

Brady. *Nom de Dieu.* C'est toute la famille réunie, putain. Génial. Je gémis en m'appuyant contre le comptoir et je descends le reste de ma bière pour cacher mon érection mollissante.

Attends. Elle va sortir avec Brady, seulement vêtue de ce bikini ? Plutôt mourir que de la laisser faire.

– Monsieur Sharpe.

Je lève les yeux et je vois Brady planté là. Ce mec est malin et je suis sûr qu'il comprend tout de suite la situation.

– Brady. Ça faisait longtemps.

Il me reluque. Mon premier réflexe est de relever l'insinuation que je vois flotter dans son regard, mais si je le fais, cela ne fera que la confirmer. En outre, c'est mon employé et je n'ai pas de comptes à lui rendre, bordel. Dans une situation comme celle-ci, mieux vaut ne rien dire.

– Vous avez des projets avec Sutton ?

– En effet, oui.

Il parcourt le bungalow du regard. C'est probablement le même genre que le sien puisque le logement fait partie des avantages liés à sa fonction.

– Vous savez que nous mettons à votre disposition un logement beaucoup plus agréable que les logements de fonction du personnel, n'est-ce pas ? La climatisation doit être réparée dans le bungalow qui vous était réservé, mais nous pouvons tout à fait vous loger dans une des suites destinées à la clientèle ou...

– Merci, mais ce ne sera pas nécessaire. C'était ce qui était prévu, mais je suis installé ici maintenant. De plus, il est important d'être logé à la même enseigne que le personnel pour pouvoir mieux comprendre comment améliorer leurs conditions de vie, si nécessaire.

Sutton lève les yeux au ciel derrière son dos mais, heureusement, elle intervient pour essayer de calmer la curiosité qui anime Brady.

– Ce n'est pas grave, dit-elle en haussant nonchalamment les épaules. Bien que je ne sois pas particulièrement enchantée par cette idée, moi-même.

– Oh mon Dieu, aboie Brady en toussant, les yeux ronds de surprise qu'elle parle de son patron de cette façon.

Sutton me regarde avec un sourire espiègle et un plissement du nez qui montre qu'elle ne s'excuse pas avant de regarder Brady de nouveau.

– Désolée de vous l'apprendre, Sharpe, mais personne n'est tenu d'apprécier son patron.

J'échoue à trouver une repartie spirituelle parce que ce que je voudrais dire ne peut l'être devant Brady sans prouver qu'elle a raison – que je ne sais pas être discret. Je reste bouche bée, essayant désespérément de trouver les mots, lorsqu'elle prend le contrôle.

– Le bon côté de la chose ? Nous nous trouvons rarement ici en même temps et quand c'est le cas, Callahan est plutôt matinal, alors que je suis une noctambule. Donc ça s'arrange bien. De toute manière, c'est une bonne chose qu'il n'ait pas pris la Suite de Luxe puisqu'elle a été réservée hier soir pour un séjour prolongé de cinq semaines.

– J'ai vu ça, dit Brady, éclipsant le sujet et la gêne qui allait avec. Et je ne vais pas m'en plaindre. Il faudra que je vous présente le client lorsqu'il arrivera. C'est un habitué qui fait des affaires dans les îles. Un financier de Wall Street qui se montre très généreux lorsqu'il séjourne chez nous.

– Tant mieux. Super. J'en serai ravie. Je vais chercher mes affaires et je te rejoins dehors.

– Oui. D'accord.

Brady se balance d'un pied sur l'autre, mal à l'aise. Visiblement, je l'intimide. Tant mieux. Continuons comme ça.

– Je vais attendre dehors, alors.

– C'est ça.

J'attends que la porte se referme avant d'entrer dans la chambre de Sutton sans y être invité. Elle sursaute.

– Qu'est-ce que je peux faire pour vous ?

– Tu ne sors pas avec ça.

Je désigne son bikini du doigt.

– Merci de me donner votre opinion, mais si. (Elle se regarde dans le miroir.) Je trouve qu'il me fait un beau cul, pas vous ?

Là, elle me fait juste marcher.

Et je marche.

En prenant tout son temps, elle se noue autour de la taille un paréo transparent qui ne cache pratiquement rien.

– C'est mieux comme ça ?

– Pas vraiment, je grogne, l'effet de ma bière complètement dissipé. Vous allez où ?

– L'item numéro neuf sur ma liste. Dîner au Crystal Beach. Il paraît que c'est un endroit incontournable des hauts lieux de l'île. Je veux me faire mon idée et voir comment nous pourrions adapter ce dont nous disposons pour lui faire concurrence.

Je me fous du dîner ou de la plage ou de je ne sais quoi. Ce qui m'importe, c'est que d'autres hommes que moi vont la voir habillée comme ça et la désirer autant que moi. Je ne me fous pas que Brady se fasse des idées et la drague parce que je serais obligé de le tuer. Ce qui ne ferait que rendre les choses encore plus difficiles parce que sa mort prématurée me priverait d'un directeur compétent.

– Et tu trouves que c'est convenable que ton directeur te voie habillée comme ça ?

– Cela couvre ce qui doit être couvert. De plus, je peux vous assurer que Brady et son mari se fichent pas mal de mon cul ou mes nichons, mais ça ne vous concerne pas, dit-elle en passant devant moi pour aller vers la porte.

– *Le mari de Brady ?*

– Oui. Son mari. (Elle tourne la tête et me jette un coup d'œil par-dessus son épaule.) Peut-être que si vous abandonniez votre attitude de connard hautain quand vous entrez dans le bureau et que vous parliez vraiment avec votre personnel, vous auriez une meilleure perception des gens avec lesquels vous travaillez.

– Je ne fraternise pas avec les employés. Sinon ils ont une autre vision de vous et ne vous respectent plus. C'est la règle numéro un dans les affaires.

– C'est dommage. Vous passez à côté de beaucoup de personnes géniales en faisant cela. J'imagine que vous ne devriez pas fraterniser avec moi non plus, dans ce cas.

Sur ce, elle sort du bungalow en roulant des hanches. J'imagine parfaitement le sourire qui s'affiche sur ses jolies lèvres. *Elle sait qu'elle a gagné cette manche.*

19

Sutton

JE LAISSE COULER SUR MOI L'EAU CHAUDE de la douche pour me réveiller.

C'était sympa hier soir à la plage. Rien de spectaculaire si j'y pense en termes de business. Mais des feux de joie, des musiciens locaux jouant des vieux tubes à la guitare, et plusieurs stands de cocktails et de restauration créaient une atmosphère détendue et joyeuse. Absolument sans esbroufe, mais avec un raffinement discret.

Bien sûr, il y a eu les questions de Brady. Sa façon de tâter le terrain pour connaître la nature de ma relation avec Callahan sans le demander ouvertement. Je pense que je suis restée suffisamment évasive, mais j'ai compris qu'à l'avenir il serait souhaitable que je passe le moins de temps possible au bungalow pour éviter les spéculations. C'est idiot de ma part de n'y avoir pas pensé. Je suis là à m'inquiéter des conséquences, au cas où je coucherais avec lui, sans penser que les gens pourraient l'imaginer de toute façon puisque nous partageons le même bungalow.

Ça montre bien à quel point Callahan brouille mes idées et mon jugement. Et si Roz apprend que nous sommes logés dans le même bungalow et qu'elle présume que je couche avec Callahan ? J'ai l'impression qu'il serait plutôt compliqué de la convaincre qu'elle se trompe.

Pourquoi est-ce que je ressens comme un air de déjà-vu ? Un homme qui tient les rênes de l'histoire – de mon histoire – encore une fois, alors que je m'étais dit *plus jamais.*

D'où la question. *Qu'est-ce que j'y gagne ?* Ces mots m'ont redonné autant de contrôle que possible dans cette situation sans mettre en péril cette opportunité. Cela a aussi permis à Callahan de se rendre compte que la femme désinhibée que j'étais cette première nuit n'est qu'une petite partie de la femme avec qui il doit travailler main dans la main à présent.

Et étant donné que je ne peux pas changer de bungalow puisqu'on m'a dit qu'il n'y avait pas d'autre logement de fonction disponible pour le moment, la seule solution que j'ai trouvée est d'y être le moins souvent possible lorsque Callahan s'y trouve. Peut-être cela suffira-t-il à réduire les possibilités de rumeurs.

En gémissant, je ferme le robinet de la douche et me force à penser à des alternatives pour Ocean's Edge plutôt qu'à Callahan. Suggérer une rotation du programme des événements qui s'étalerait sur deux semaines ? C'est généralement la durée de séjour des clients, ce qui permettrait qu'ils n'aient pas deux fois la même soirée.

C'est une possibilité en effet.

Un emploi du temps mieux structuré pour le personnel qui, comme ça, sait à quoi s'en tenir. Plus de choix pour les clients pour agrémenter leur séjour.

Callahan va dire que c'est ce que proposent les hôtels dont la clientèle est moins huppée. Il va falloir que je puisse lui démontrer, données et chiffres à l'appui, qu'il se trompe.

Callahan.

En attrapant ma serviette, je n'arrête pas de penser à lui. C'était mignon de le voir un peu éméché hier soir. Effaré par mon bikini. Les bredouillements. Les ordres. Les yeux ronds.

Avant qu'il entre, je n'étais pas sûre à cent pour cent que j'allais garder ce bikini. Je suis ici pour travailler après tout et j'allais sortir avec Brady et son mari, donc je me disais que ce n'était peut-être pas la tenue appropriée. Mais dès l'instant où Callahan m'a vue et a émis des objections, cela a emporté ma décision de ne pas me changer.

Ce qu'il ne sait pas, c'est qu'une fois dehors j'ai sorti une robe bain de soleil de mon sac et l'ai enfilée par-dessus mon bikini. Mais c'était amusant de le faire marcher. De le voir perdre le contrôle, lui qui est un vrai maniaque du contrôle.

N'empêche, ce mec sait comment s'y prendre pour que ses baisers vous laissent une impression durable.

C'est dur de camper sur ses positions quand on le désire aussi fort. Et encore plus dur de ne pas céder quand il vous coince contre le plan de travail et vous embrasse jusqu'à ce que vos jambes flageolent.

Je regarde l'heure pour savoir combien il me reste de temps avant ma première réunion, puis j'entreprends de sortir mes vêtements pour m'habiller. C'est quand j'arrive à mon tiroir de sous-vêtements que je le trouve complètement vide.

– C'est quoi ce bazar ?

En marmonnant, je me retourne pour regarder autour de ma chambre si par hasard des pattes n'auraient pas miraculeusement poussé à mes culottes qui seraient sorties toutes seules du tiroir. Je vérifie aussitôt le reste de ma commode et je découvre que mes bas de maillots de bain aussi ont disparu.

Ma première idée est qu'un pervers nous a cambriolés. Je sais que ça peut paraître bizarre, mais j'ai fréquenté pas mal d'hôtels dans mon boulot et j'ai entendu des tas d'histoires.

Enveloppée dans ma serviette, j'ouvre brusquement ma porte et je manque tomber sur un grand carton entouré d'un énorme ruban rouge posé à mes pieds.

Qu'est-ce que c'est que ça ?

Tout d'abord mes culottes et maintenant ça ?

Je le ramasse et le pose sur mon lit, à la fois curieuse et perplexe quand je vois une carte sur laquelle est écrit mon nom.

Voilà qui devrait résoudre le problème.
Johnnie

Quoi ?

Quand je sors du carton le contenu enveloppé dans du papier de soie et que je l'ouvre, je ne peux qu'éclater de rire. Sur mon lit s'étalent les plus grandes et affreuses culottes de grand-mère dans des coloris les plus ternes qu'on puisse imaginer. On parle là de culottes de grand-mère en coton couvrant tout depuis le bas des fesses jusqu'au-dessus du nombril. Et tout au-dessous de la pile, des bas de maillots de bain noirs des plus basiques tout à fait dans le même genre.

Avec un large sourire je secoue la tête, incrédule.

Il a vraiment fait ça.

Je resserre ma serviette autour de moi et saisis mon téléphone sur la table de nuit. Il répond à la première sonnerie.

– Sharpe, dit-il nonchalamment alors qu'il sait très bien qui l'appelle.

– Non, mais vous rigolez, là ?

– À propos de quoi ?

J'entends le sourire dans sa voix.

– Des culottes de grand-mère ? Sérieux ?

J'entends une porte se fermer et je présume qu'il ferme la porte de son bureau pour que le reste du personnel n'entende pas.

– Eh bien, étant donné que je retiens le reste de tes culottes et de tes bas de bikini en otage, j'ai pensé que tu apprécierais le large éventail de choix que je t'ai fourni.

– Vous êtes malade ?

– Sans doute.

Il rit et j'adore cette petite sonorité d'incrédulité devant le fait qu'il a effectivement fait ça. Parce que c'est exactement ce que je ressens devant toute cette situation entre nous deux.

– Vous avez fouillé mes tiroirs ?

Je sais que je devrais trouver ça flippant. Pourtant non.

– Tu as laissé ta porte et ton tiroir ouverts lorsque tu es partie en me laissant seul pour aller jouer avec le personnel. La curiosité a été plus forte que moi. Je veux dire...

j'étais *désespéré*. Comment pouvait-il en être autrement quand tous tes sous-vêtements sont tellement sexy ? Aucun homme dans une situation aussi critique que la mienne ne devrait voir ou imaginer une chose pareille.

– Mais vous pouvez m'imaginer avec ça ?

– C'est bien plus facile à supporter pour certaines parties de mon anatomie de t'imaginer avec celles-là, oui. Alors j'ai pris les choses en main.

– Je vois ça.

Je me mets à rire. Comment faire autrement ?

– Et maintenant, vous gardez les miennes en otage ?

– Je me suis dit qu'une certaine rançon pourrait être versée afin de les récupérer, oui.

Il est malin. Je dois l'admettre. Il est incontestablement malin.

– Dites-moi un truc. Nous sommes sur une île au milieu de nulle part.

– Oui, je sais.

– Et vous avez réussi à vous procurer tout ça en si peu de temps.

Il rigole.

– C'est incroyable tout ce qu'on peut avoir quand on a de l'argent.

– Tu es arrogant.

– Je sais. Tu adores ça.

Je ramasse une culotte beige et la tiens en l'air. Elle est immense et me fait penser à quelque chose que mon arrière-grand-mère portait par-dessus ses protections contre l'incontinence quand j'étais petite.

– Couverture totale, dit-il, interrompant le fil de mes pensées.

– Pardon ?

– C'est *ce que tu y gagnes.* Tes arrières sont protégés au cas où quelqu'un découvrirait notre relation.

Je reste bouche bée, et puis j'éclate de rire. C'est spirituel, futé et approprié.

Ça m'énerve, mais je dois dire que ça me plaît.

– Bien noté.

– Mais ce n'est pas la réponse, si ?

– Nan, mais c'était une super bonne idée.

– Je devrais gagner une sorte de bon point pour ça, tu ne crois pas ?

– Possible.

– Possible ? Au sujet de cette rançon, alors...

– Nan. Ça ira.

– Qu'est-ce que tu veux dire *ça ira* ?

– Exactement ce que ça dit. (Je ris.) Ça ira.

– Où sont passées les bonnes vieilles traditions de négociation, hein ?

– Parfois il faut juste savoir prendre les choses en main. Vous devriez le savoir avec toutes ces longues douches froides que vous semblez prendre. Au revoir, Callahan.

Et je raccroche sans dire un mot de plus, il faut bien que je le laisse en plan, mais je fonds intérieurement.

Je me mordille l'intérieur de la joue, avec un sourire si grand que j'ai mal aux joues. Ce Callahan séducteur et inventif est irrésistiblement sexy.

En même temps, j'imagine qu'il l'a déjà prouvé de sa manière à lui.

La partie commence, Sharpe.

20

Sutton

– ON N'EST PAS SUR UN BATEAU DE CROISIÈRE, Sutton.

Callahan est assis au fond de son fauteuil, coudes appuyés sur les accoudoirs, le bout des doigts joints devant sa bouche.

– J'en suis tout à fait consciente, mais de mon point de vue de professionnelle, beaucoup de ces commodités et animations procurent une valeur ajoutée à Ocean's Edge en général. Elles ne vous semblent peut-être pas suffisamment « *haut de gamme* », pourtant elles correspondent à quelque chose que vos clients recherchent et continueront de rechercher, quels que soient leurs revenus.

– Continuez.

Il lève les mains comme s'il attendait que je lui en dise plus.

– Brady et moi avons commencé à travailler sur un plan exhaustif, en détaillant chaque idée que nous aimerions commencer à mettre en place, avec le genre de petits détails dont je ne doute pas un instant qu'ils vont beaucoup vous plaire.

– Ah bon, vraiment ?

Un petit sourire fugitif effleure ses lèvres et le regard suggestif qu'il me lance implique que mes mots évoquent pour lui d'autres activités qui auraient le même effet.

– Oui, vraiment.

Je m'éclaircis la gorge et ne flanche pas sous son regard, m'efforçant de rester professionnelle dans cet espace alors que les gens s'agitent dans le bureau juste à côté pour occuper les quelques minutes qui restent avant la fin de leur journée de travail.

– Les analyses comparatives sont défavorables aux autres hôtels de même niveau dans l'île. Du point de vue financier, le prix de la mise en place de ces nouvelles options et idées, ce que cela nous coûterait en regard de ce que nous percevrions en retour et...

– Oui. Tu as raison. Je m'ennuie déjà. (Il pousse un lourd soupir.) Donne-moi un exemple d'une de ces idées.

– L'écotourisme.

– L'écotourisme ?

Le ton de sa voix me dit qu'il l'a déjà rejetée.

– Oui. C'est dans l'air du temps. Sachant que l'élite adore défendre ses causes – ou du moins faire comme si elle le faisait en postant des photos sur les réseaux sociaux et hashtaguant une tempête –, c'est indispensable si on veut que la propriété reste en phase avec une des tendances qui se développent le plus vite dans le domaine du voyage.

– Je peux t'assurer que je n'ai jamais *hashtagué une tempête* pour le bien de mon image.

Je fixe Callahan et je le crois. Ce n'est pas son genre de se faire passer pour ce qu'il n'est pas... et pourtant, ça ne veut pas dire que je n'ai pas raison.

– La sauvegarde de l'environnement, c'est populaire, Sharpe, alors ça ne peut pas faire de mal de mettre en place une signalétique tout autour du domaine avec des indices pointant ce qu'Ocean's Ridge fait pour faire avancer la cause, si ?

– On est censés augmenter les bénéfices, pas le contraire.

– En réalité, nous pratiquons déjà le développement durable de différentes façons, alors signalons-le à nos clients et faisons-en un élément de marketing. Par ailleurs, avec Brady, nous avons contacté les agences de tourisme locales pour en trouver une qui peut nous organiser un circuit personnalisé exclusivement pour nos clients, qui leur fera visiter les endroits de l'île qui sont dans le même état d'esprit.

– Comme quoi ?

– Comme le sanctuaire des tortues où on les élève pour ensuite les réintroduire dans leur milieu naturel.

Je réponds sans hésiter, sachant qu'un homme comme Callahan à besoin qu'on fasse preuve d'une totale assurance.

– La réserve naturelle sur le côté le plus éloigné de l'île. Le...

– Inutile de continuer.

Il tord les lèvres et le silence s'abat sur nous.

– Ça ne rapporte rien de concret. Il n'y a pas...

– La signalétique ne coûte pas cher. Des visites personnalisées ajouteraient à notre caractère exclusif. Un retour de quinze pour cent de l'agence de tourisme, c'est toujours ça de plus sur nos bénéfices.

– Je continue de penser que ce n'est pas attractif.

– Permettez-moi de ne pas être d'accord.

– Il faut toujours que tu me contredises. Personnellement, je pense que tu aimes seulement ne pas être d'accord avec moi.

Il rejette l'idée. Je le vois déjà, je sens déjà que la discussion est close pour lui, et cela m'agace au plus haut point.

– Non, j'aime défendre mes positions, Callahan. Les faits. Et mon expérience de professionnelle me dit que celle-ci est un must qui se généralise ces derniers temps. C'est simple et ennuyeux, mais c'est comme ça.

– Je ne l'ai pas constaté. Nous possédons de nombreux complexes hôteliers et...

– Et la totalité des hôtels de la chaîne Sharpe International ont mis en place l'écotourisme d'une façon ou d'une autre au cours des derniers mois. Vous ne le saviez pas ?

Son regard réservé devrait me donner un avertissement. Je n'en tiens pas compte. Je poursuis mon attaque. Il veut me remettre en question, très bien, je vais aussi le pousser dans ses retranchements.

– C'était quand la dernière fois où vous avez vraiment séjourné dans l'un de vos hôtels comme vous le faites aujourd'hui ? Quand êtes-vous sorti pour la dernière fois de votre tour à Manhattan pour mettre les mains dans le cambouis, si je peux me permettre cette métaphore ?

Callahan me fixe avec une intensité que je n'ai jamais vue auparavant. Ses mâchoires sont crispées et les muscles de son cou sont tendus. Apparemment, j'ai touché un point sensible.

– Où voulez-vous en venir, *Miss Pierce* ?

– *Miss Pierce ?*

J'émets un petit rire sarcastique. Il ne m'a jamais appelée comme ça.

– C'est votre façon de me remettre à ma place et de me dire que je vous énerve ?

Ses yeux aux prunelles couleur d'ambre ne reflètent rien.

– Si je te remettais à ta place, tu le saurais.

Je quitte l'endroit où je me trouve près de la fenêtre pour me diriger vers l'autre côté du bureau. Je jette un coup d'œil par la porte dans le local plus spacieux où se trouve mon bureau et je vois quelques retardataires en train de ranger leurs affaires avant de partir. On range les bureaux. On éteint les lumières. On murmure des bonsoirs.

Bientôt, nous serons seuls dans ces bureaux.

Il faut que je sorte d'ici pour éviter les rumeurs qui pourraient se répandre à notre sujet... mais... Callahan s'est montré acariâtre toute la journée. Agressif et chicanier. Cela ne devrait pas être sexy, normalement. Cela devrait être rebutant. Peu attirant.

Et pourtant, cela produit sur moi précisément l'effet contraire

Même grincheux, il est incroyablement attirant. *Et je suis excitée.* Inutile de dire que l'épisode des petites culottes – ou de leur absence subséquente – n'a pas aidé, ça, c'est sûr.

Je suis incapable de réfréner mon attirance – c'est un fait. Et puisqu'il a ouvert la porte avec sa blague de ce matin, je pourrais aussi bien m'y engouffrer et le faire marcher à fond. N'était-ce pas le conseil prodigué par Lizzy de façon plus lapidaire ?

Je me retourne pour observer Callahan. Il a les cheveux en bataille, il est visiblement tendu.

– Qu'est-ce qui te ronge ? Callahan ?

– Rien.

– Donc, tu fais chier sans raison ?

– Je n'ai pas beaucoup dormi la nuit dernière.

– Je veux bien te croire si on pense au temps que tu as passé à voler mes petites culottes et à écumer l'île pour trouver leurs solides remplaçantes.

– Je suis prêt à tout pour ma chérie.

Il me sourit d'un air narquois, visiblement fier de lui, son humeur passant brusquement de la tension à la légèreté.

– Elles te vont ?

– Aucune idée.

Je hausse un sourcil et lui rends son sourire alors que ses yeux se posent sur mes cuisses avant de remonter.

– Tu savais qu'il y a un centre d'accueil pour les sans-abri sur la côte Est de l'île ? En tout cas, Rhonda de la réception y travaille comme bénévole sur ses jours de congé et je les lui ai données pour apporter ma contribution aux dons du personnel.

– C'est très charitable de ta part.

– Tu me connais, toujours partante pour donner aux personnes dans le besoin.

– Et pour ce qui est de mes besoins à moi ?

Il tourne son stylo entre ses doigts, mais son regard reste rivé au mien.

– Je suis sûre que tu peux très bien y pourvoir tout seul.

Je prends l'air très sûre de moi en dépit du désir qui commence à s'enflammer en moi.

– BOF.

Son regard plonge dans mon décolleté, vers mes cuisses, avant de remonter.

– Alors qu'est-ce que tu portes exactement sous cette jupe ?

Je me penche en avant, pose les deux mains sur son bureau et je murmure :

– Absolument rien.

Ses pupilles foncent instantanément et je suis étonnée que ce regard à lui seul ne mette pas le feu à la pièce.

– Enlève ta jupe, ordonne-t-il d'une voix basse et égale.

Seigneur. Si je ne le trouvais pas sexy auparavant, à présent ces simples mots et ce regard incandescent auraient suffi à le faire.

Je plante mes dents dans ma lèvre inférieure.

– Non.

– Tu sais que je n'aime pas qu'on me désobéisse.

– On n'est pas dans la chambre, Callahan.

Je recule pour m'approcher du petit canapé de cuir brun au fond de la pièce.

– Tu ne me contrôles pas.

Il se lève brutalement de son fauteuil et se dirige vers la porte du bureau. Il jette un coup d'œil dans le bureau adjacent à présent déserté avant de baisser l'éclairage, de refermer la porte doucement et d'en tourner le verrou.

Quand il me fait face de nouveau, je me rappelle combien j'avais été excitée par son attitude dominatrice cette première nuit.

– Enlève cette putain de jupe, Collins !

Je lui adresse un sourire en me laissant tomber dans le canapé.

– Et où sont passées les bonnes vieilles traditions de négociation, hein ?

Mon regard se déplace vers l'endroit où il est déjà dur comme de la pierre et pressé contre la couture de son pantalon.

– Parfois, on est bien obligé de prendre les choses en main soi-même, dit-il en me renvoyant mes propres mots.

– *Exactement.*

Je relève ma jupe à fleurs et étale une de mes jambes sur le coussin à côté de moi, écartant les cuisses pour lui donner la vue de toutes les vues.

– Putain de merde, gémit-il en bougeant les doigts comme s'ils le démangeaient de toucher.

Son regard va et vient entre ma chatte et mes yeux.

– Sors ta queue, je lui ordonne.

Il ouvre de grands yeux, l'air médusé.

– Pardon ?

– Tu m'as bien entendue. Sors-la. Montre-moi comme je te fais bander.

– Qu'est-ce que tu fous, bordel ?

– Je te donne les bons points que tu as mérités pour avoir magistralement essayé de trouver la bonne réponse.

– Mais j'avais faux ?

Il suit des yeux ma main qui monte et descend sur ma cuisse nue.

– Tu avais faux.

Je remonte ma main entre mes cuisses cette fois et frotte mon clitoris du bout de mon doigt. Sa respiration saccadée emplit la pièce.

– Mais ne t'inquiète pas. Je suis une adepte de la politique qui consiste à motiver les personnes avec qui l'on travaille, celles dont on attend des choses, par des promesses de récompenses pour qu'elles continuent à essayer encore.

– Vraiment ?

Il commence à avancer vers moi, se décidant finalement à libérer sa bite de son pantalon.

– Non, non.

– Quoi ?

– J'ai dit motiver. Pas récompenser. Reste où tu es.

Je sais que je joue avec le feu. J'invite la brûlure.

– Tu peux regarder, chéri, mais tu ne peux pas toucher.

– Sutton.

Il prononce mon nom comme un avertissement venant d'un homme désespéré.

– Hmmm ?

Je hausse un sourcil et laisse échapper un petit gémissement venu du fond de ma gorge tout en glissant mes doigts de plus en plus bas.

– Tu es cruelle.

Il rigole, mais passe la main de haut en bas de sa queue sans quitter des yeux le mouvement de mes doigts.

– Mais je n'enfreins aucune règle, d'accord ? On ne peut pas dire que je couche avec mon patron si nous ne nous touchons pas.

Il grogne.

– Mais tuer ton patron, c'est un crime.

Ma respiration marque un temps d'arrêt lorsque j'enfonce mes doigts dans ma fente humide et les ressors pour lubrifier mon clitoris.

– Caresse-toi, Callahan. Caresse ta queue et laisse-moi te regarder pendant que tu me regardes.

Il roule la tête en arrière tout en faisant glisser sa main de bas en haut plusieurs fois.

– Tu penses vraiment que c'est un bon moyen pour récupérer tes culottes ?

– Je me fiche de les récupérer.

Je gémis et laisse ma tête retomber en arrière en continuant de me caresser.

– Néanmoins, ça veut dire que tu sauras que je n'en porte pas chaque fois que je passerai près de ton bureau. Tu sauras ce qui est à portée de tes doigts quand je me pencherai lentement pour ramasser un dossier tombé de mon bureau.

– Bon Dieu.

– De la torture pure et simple, dis-je avec un petit sourire moqueur. Maintenant, caresse-toi.

Il lève un sourcil, mais fait ce que je lui dis. Sa main puissante monte de la base jusqu'à la pointe de son pieu. C'est un spectacle hypnotisant. Sexy. Excitant. Grisant de la façon la plus sensuelle qui soit.

Mes doigts accélèrent leur mouvement et c'est en toute conscience que je garde les yeux ouverts de façon à le regarder. Une goutte de sperme luit sur son gland qu'il essuie du bout des doigts.

– Bon sang, c'est chaud, je murmure alors que mes doigts vont et viennent de plus en plus vite. Est-ce que tu penses à moi ? À t'introduire en moi ? À ressortir et à me sentir me resserrer autour de ton membre en suppliant pour qu'il me pénètre à nouveau ?

– Oui, putain, oui.

– Chut. Doucement.

Je gémis en laissant ma tête retomber sur le côté de façon à pouvoir le regarder, tout en appuyant mon corps dans les coussins.

– On peut bien m'entendre, j'en ai rien à foutre.

– *Précisément.*

Nos regards se croisent, je me suis bien fait comprendre, mais l'extase que je recherche est toujours au centre de mes préoccupations.

– Ce n'est pas ce que je... *putain*, gronde-t-il lorsque j'enfonce mes doigts dans ma fente et que je reproduis le geste qu'il fait lui-même avec sa queue.

– C'est bon, Callahan. C'est trop bon.

– Je fais un effort surhumain pour me retenir de t'attraper par les chevilles, de te traîner sur la moquette et de te baiser à te faire perdre la tête.

Oui.

S'il te plaît.

Mais je ne dis rien. Impossible. En ce moment, je suis si excitée que je perds le sens du bien et du mal. Mon insolence opposée à ma docilité. Mes besoins opposés à mes désirs.

Le rythme de mes doigts augmente.

Sa main caresse plus vite.

D'arrière en avant.

De haut en bas.

Tout mon corps se crispe et je mouille de plus en plus. Je suis au bord de le supplier de mettre ses menaces à exécution. De me traîner par terre et de me baiser à m'en faire perdre la tête, mais juste au moment où les mots vont passer mes lèvres, son gémissement emplit la pièce.

Je le regarde jouir. Sa bite tressautant dans une main alors qu'il décharge dans l'autre. Et si ça n'était pas suffisamment sexy, son regard – sombre, dominateur, avide – lorsque ses yeux plongent dans les miens me fait basculer de l'autre côté.

J'accueille mon orgasme sans égard pour le lieu où je me trouve ni pour la nécessité d'être silencieuse. Je mords le coussin alors que des ondes de plaisir me secouent les unes après les autres. Le souffle court et avec la sensation de flotter, je ferme les yeux et je m'abandonne à cette fureur exquise.

Je pousse un petit cri lorsque les mains de Callahan s'emparent de mes cuisses et appuient pour m'obliger à les écarter davantage, et que sa langue se fraie un chemin entre elles. Tout mon corps se tord de plaisir sous sa caresse lorsqu'elle plonge en moi.

Son grognement dit tout. Moitié torture, moitié satisfaction.

– Callahan, dis-je sur un ton d'avertissement.

J'emmêle mes doigts dans ses cheveux et lui soulève la tête.

Un sourire s'étale sur ses lèvres humides.

– On ne peut pas en vouloir à un homme d'avoir envie de goûter à sa friandise

– Tu es incorrigible.

En appuyant mon pied sur sa poitrine, je le repousse en riant.

– Devinette numéro deux ? dit-il, les fesses par terre et la queue qui mollit toujours sortie de son pantalon. Apprendre l'art de la négociation.

21

Sutton

– DONC, NOUS AVONS EXPÉRIMENTÉ cinq des dix premiers items de la liste, dit Brady en rayant d'un trait *Excursions en Jeep* sur la feuille punaisée sur le tableau. Des commentaires ?

– Mon idée, c'est que les cinq sont faisables à Ocean's Edge. La question, c'est comment on les adapte pour les rendre uniques ? Et c'est pareil pour les contrats d'embauche.

– J'ai parlé avec Teresa aujourd'hui.

Teresa est l'avocate spécialisée dans les contrats de travail de Sharpe International.

– Et ?

– Nous avons passé en revue les demandes des employés point par point. J'ai expliqué comment ils se situent par rapport à nos concurrents sur l'île, et je lui ai indiqué celles qui sont rédhibitoires selon moi. Elle va rédiger un nouveau contrat-type afin que nous ayons une base de négociations avec Salomon, dit-il, faisant référence au représentant du personnel d'Ocean's Edge.

– Très bien. C'est super. Moi, j'ai vu deux décoratrices d'intérieur et je dois rencontrer l'une d'elles pour mettre sur pied un plan de rénovation.

– Il y en a une qui t'a plu davantage que l'autre ?

– La première ne m'a pas trop plu. Sa planche de style privilégie le moderne contemporain plutôt que l'élégance classique et elle ne voulait pas en démordre, alors c'est non. La seconde a quelques idées géniales. On verra ce que la troisième va proposer et on prendra une décision d'ici à la fin de la semaine. Il faut qu'on avance pour pouvoir soumettre les plans et commander les matériaux. La rénovation commencera probablement après mon départ, mais tout sera en place pour un processus sans heurts.

Il ricane.

– Les mots sans heurts et travaux de rénovation *ne* vont *pas* ensemble.

– Je sais, mais on peut toujours espérer.

Je suis distraite par un mail qui apparaît sur mon écran. C'est Roz et c'est en rapport avec une conversation que nous avons échangée plus tôt.

– Oh, et c'est bon pour l'écotourisme.

– C'est vrai ?

Brady lève les yeux de son ordinateur et fait un signe de tête interrogateur en direction du bureau de Callahan.

– Tu as eu le feu vert ?

Un sourire entendu passe sur mes lèvres.

– On a négocié. *J'ai gagné.*

Brady me regarde, épaté, et me fait un check par-dessus le bureau.

– Tu déchires. Ça me plaît.

Il exécute une petite danse qui me fait rire et s'immobilise tout à coup.

Je regarde et je vois Callahan appuyé contre le montant de la porte, les mains dans les poches et les sourcils levés.

Brady est figé sur place et la vue de ses sourcils levés et de sa bouche qui fait un O de surprise devant la figure imposante de Callahan est tout à fait comique.

– Qu'y a-t-il de si drôle ? demande Callahan.

Il m'a entendue. Je sais qu'il m'a entendue, et c'est écrit en toutes lettres sur son visage magnifique.

– On se félicitait. Je disais à Brady qu'après d'âpres négociations approfondies, vous aviez accepté de me laisser carte blanche pour la signalisation de tourisme vert et aussi de proposer des tours personnalisés à nos clients.

– Pour être approfondies, elles l'étaient en effet.

Comment peut-il me regarder avec une expression aussi distante et posée alors que moi, je ne peux même pas le regarder droit dans les yeux sans me le représenter la tête entre mes cuisses l'autre soir ? Dans le bureau d'à côté, en plus.

– Oui, très.

– Bon, les activités et les équipements, c'est la partie facile. Vous remportez cette manche. Maintenant, nous devons nous attaquer à la partie plus complexe. Les avantages du personnel, le budget prévisionnel pour les salaires et le coût de la rénovation de la déco.

– Oui, Monsieur. C'est ce dont nous discutions avant votre arrivée.

– C'est exact, dit Brady en hochant la tête.

– Je suis content de voir que vous travaillez bien ensemble tous les deux. Je me disais aussi que ce serait une petite touche sympa de mettre des friandises faites maison dans chaque chambre pour accueillir les clients lors de leur arrivée.

Je manque m'étouffer avec mon café.

– Des friandises ?

Il me sourit d'un air narquois.

– Oui, des friandises.

Son regard va et vient entre Brady et moi.

– Voyez ça comme... comment dire ? Des *bons points*, si vous voulez, pour avoir choisi de descendre chez nous.

– Des bons points ? répète Brady.

– Exactement. (Callahan ponctue avec un hochement impassible de la tête.) Continuez à bien travailler. Allez-y.

Il quitte le bureau comme il fait tous les après-midi pour se rendre à un entraînement tardif avant de participer à des réunions ou de s'endormir dans un fauteuil au bungalow avec son ordi sur ses genoux et des feuilles de calculs étalées sur la table.

En regardant fixement la porte par laquelle il vient de sortir, je suis bien obligée d'admettre que c'est encore plus difficile de lui résister que je me l'étais imaginé au départ.

Il faut que je me répète sans cesse que je n'en ai rien à faire de lui. Ni de l'assiduité qu'il met dans son travail ou de son implication dans l'hôtel. Ni de ce regard lointain qui passe dans ses yeux de temps en temps lorsque quelqu'un mentionne son père. Ni ces éclats de voix que j'entends derrière la porte fermée lorsqu'il reçoit un appel de l'un de ses frères.

Et certainement pas du fait qu'il s'évertue à essayer de répondre à ma question alors qu'il n'y a pas de réponse, en fait.

22

Callahan

Dix mois plus tôt

– POUVEZ-VOUS NOUS LAISSER SEULS un moment ?

Je lève les yeux vers Gil Diamante et sa fille Gia qui sont assis à la table avec nous.

– Pour ? demande Gil.

– Je dois parler avec mon père un instant.

– Il y a un problème ? demande Gia en me gratifiant d'un regard suggestif.

– Il n'y a pas de problème. Il faut simplement que nous discutions plusieurs points en privé.

– Nous allons nous installer au bar. Vous pourrez nous y rejoindre lorsque vous aurez fini. (Gil se lève et repousse sa chaise.) Mais ne nous faites pas attendre trop longtemps. Je ne suis pas un homme patient, Monsieur Sharpe.

J'acquiesce et je les suis des yeux pendant qu'ils traversent le restaurant. On peut entendre le bruit des couverts dans les assiettes et des conversations à voix basse autour de nous.

Mon père regarde par la fenêtre du restaurant le scintillement des lumières de la ville en contrebas.

Tout me déplaît dans cette histoire. Les Diamante. La réunion. Le contrat.

Mon père.

– Je sais qu'ils ont apporté le contrat pour essayer de sauver l'accord, papa, mais on s'en tient à la décision que nous avons prise plus tôt, dis-je en référence à la réunion que nous avons eue avec mes frères. On ne signe pas.

– Pour autant que je sache, je reste le principal actionnaire de cette société.

Le sourire qu'il m'adresse est dénué de toute forme d'humour. Cela ne me facilite pas la tâche.

– Les projections pour l'Ocean's Edge Resort ne sont pas bonnes. Ford et Ledger les ont passées au peigne fin avec les comptables. Pendant des jours, ils ont essayé de les tourner en notre faveur mais, entre le prix demandé et les frais qu'occasionnerait une réhabilitation de ce resort, on ne peut pas espérer valoriser notre investissement avant très très longtemps.

– Je suis tout à fait au courant des chiffres.

– Par ailleurs, il est loin d'être à la hauteur de la marque Sharpe. Il détonnerait dans notre catalogue. Il est...

– Est-ce que tu sous-entends que si une chose n'est pas à la hauteur des attentes des Sharpe, nous ne devrions pas y attacher de valeur ?

Il hausse un sourcil, la référence à moi et mes fiascos répétés est sans ambiguïté.

– Le but du dîner de ce soir était de rejeter le marché. De laisser tomber cette affaire. Tu t'en souviens ?

Il hoche la tête et me regarde, mais son regard est vide, et c'est comme s'il ne me voyait pas vraiment. Cela arrive de plus en plus souvent depuis quelques mois.

Il lève son verre et boit une gorgée avant de le repousser.

– Ce n'est pas ce que j'ai commandé. Je n'aime pas le scotch.

Je regarde son verre et un sentiment de détresse s'empare de moi.

Son état empire. Au début, il lui arrivait d'oublier des choses de temps en temps, mais maintenant c'est de plus en plus fréquent. Et puis, il a des trous de mémoire concernant certains événements de sa vie. Certains jours il se les rappelle, et d'autres non.

Il m'a supplié de minimiser les choses auprès de mes frères. Il m'a demandé de lui permettre de garder sa dignité en attendant que le traitement agisse, mais c'est super dur de rester sans rien faire en regardant sa maladie, quelle qu'elle soit, le détruire petit à petit.

Et même son whisky préféré.

– Papa ?

J'attends qu'il revienne vers moi.

– Qu'est-ce que tu veux boire ?

– Du scotch. Tu sais celui que j'aime.

– Il est juste devant toi, dis-je en souriant, et je fais glisser vers lui le verre qu'il vient de repousser.

Il le lève et en boit une gorgée.

– Il est parfait.

Il fredonne en savourant le goût sur sa langue.

– C'est ce qu'on appelle taper en plein dans le mille.

Lorsqu'il tourne de nouveau les yeux vers moi, son regard est clair et lucide. Je soupire de soulagement en constatant que l'épisode semble être terminé et qu'il a été plus court que la plupart du temps.

– Tant mieux. Ça me fait plaisir.

Je me force à sourire, mais je suis sûr que mon inquiétude est encore visible dans mes yeux. Toutefois, lui ne la voit pas parce qu'il est trop occupé à regarder fixement le contrat posé sur la table devant lui et que je tire lentement vers moi.

– Qu'est-ce que tu fais ?

Il tend la main et la pose sur la liasse de documents pour m'empêcher de la prendre.

– On s'est mis d'accord pour refuser leur offre, non ? Tu voulais faire le show en apportant le contrat et le leur rendre non signé pour bien marquer notre refus. Tu as dit que c'était mieux comme ça.

En fait, on aurait très bien pu le faire par mail, mais il est de la vieille école. Si ça ne tenait qu'à lui, il conclurait toutes ses affaires d'une simple poignée de main.

– Pourquoi ferait-on ça alors que je veux accepter l'offre et signer ce contrat ? Je veux acheter cette affaire.

– *Papa.*

Je gémis de frustration, plus qu'agacé d'avoir été chargé de chaperonner ce dîner. Techniquement, en tant qu'actionnaire majoritaire, c'est à lui que revient la décision finale, alors qu'est-ce que je fous là ? *Il faut que tu protèges papa, Callahan. En l'empêchant de prendre des décisions hasardeuses. On compte sur toi.* Les paroles de Ford étaient très explicites.

– Tu sais que c'est ici que ta mère et moi avons passé notre lune de miel ?

– Mais non, papa. Vous êtes allés à...

– J'y étais. Je sais de quoi je parle, quand même. Je sais que je perds la tête, Callahan, mais ne t'avise pas de me dire que je ne sais pas ou que je ne me rappelle pas ça. C'est ta mère elle-même qui avait choisi, et je lui avais dit qu'un jour j'achèterais un terrain ici et que j'en ferais ce qu'elle voudrait. J'ai manqué à ma parole. Je ne l'ai pas fait de son vivant, mais ça ne veut pas dire que je ne peux pas me racheter aujourd'hui. Ça ne veut pas dire que c'est trop tard pour le faire. Aujourd'hui, le moment est venu, fils.

Un regard lointain et attendri passe dans ses yeux et il sourit.

– Tu sais que je la revois encore debout sur la plage avec une fleur dans les cheveux, me souriant en posant pour la photo ?

Je l'observe sans savoir quoi répondre et incertain de me souvenir précisément de ce qu'on m'a raconté dans le temps.

Qu'est-ce que je dois dire, putain ?

Comment le convaincre qu'il se trompe alors qu'il a l'air si sûr de lui ?

– Papa. Si tu as changé d'avis, il faut qu'on en discute avec...

Il tend la main et m'attrape par le bras.

– Accorde-moi ça, fils. S'il te plaît. La société, les affaires, c'est ce qui m'aide à garder les idées claires. Et j'ai besoin de savoir, pendant que j'ai encore un peu de mémoire, que j'ai honoré la promesse que je lui avais faite. (Il serre mon bras.) Tu es le seul à pouvoir le comprendre. On se fout des chiffres et des perspectives et des bilans comptables. Parfois il faut savoir suivre son instinct et honorer la parole donnée.

Ses paroles frappent fort. Ce sont des mots que mes frères ne comprendront et ne respecteront pas. *Une raison de plus pour eux de me traiter comme de la merde.*

Mais je leur expliquerai.

Je leur ferai comprendre comment ça s'est passé. Le raisonnement de papa.

– Je suis tout à fait d'accord pour suivre ton instinct, mais je suis persuadé que rien ne presse et que nous pouvons négocier une diminution du prix pour compenser la dépense que nous allons devoir engager pour faire de cet hôtel un établissement digne du nom des Sharpe.

– Je vais mourir, Callahan. C'est ça qui me presse. Je te demande de respecter cette unique et dernière volonté. De mes trois fils, tu es le seul qui soit apte à comprendre que si les chiffres ne mentent pas, ils ne sont pas tout non plus. (Ses yeux se voilent.) Je t'en prie, fils. Donne-moi ta bénédiction dans cette affaire et accorde-moi ce dernier souhait.

Eh merde ! C'est justement cette vérité-là que je ne veux pas affronter. Je donnerais tout pour faire comme si je n'avais pas entendu. Tout pour qu'il puisse vivre éternellement.

Tout pour lui donner le sentiment qu'il s'est bien conduit envers son seul et unique véritable amour.

– D'accord.

J'ai murmuré ma réponse et je m'en veux de ressentir cette peur qui me ronge.

Nous sommes à la tête d'une entreprise financièrement solide et si cette affaire se révèle vraiment merdique, nous pourrons toujours revendre et passer à autre chose. Nous l'avons déjà fait, ce ne serait pas la première ni la dernière fois. C'est comme ça que ça marche.

– D'accord ?

Son sourire est le plus éclatant et son regard le plus clair que je lui aie vus depuis bien longtemps.

– Oui. C'est bon.

Mais ça ne l'est pas. *Absolument pas.*

– Merci. Tu me fais le plus beau cadeau qu'on m'ait jamais fait, à part ta mère qui m'a donné vous trois. (Il a un sourire attendri.) Je suis tellement impatient de la voir pour le lui dire.

Des larmes me piquent les yeux et j'ai le sentiment que c'est plus qu'un remerciement. Cela résonne plutôt comme une sorte d'adieu. Je repousse cette pensée en la mettant sur le compte du conflit qui me taraude.

Le même conflit qui me taraude lorsque je me dirige vers le bar pour annoncer aux Diamante que nous sommes prêts à reprendre le cours de notre discussion. Financièrement parlant, cette décision est mauvaise. C'est une décision prise au nom du cœur et non de la raison, mais comment dire non à l'homme qui est le cœur de cette famille depuis plus de trente ans ? Celui qui m'a relevé alors que je ne le méritais pas. Celui qui a fait tous les sacrifices afin que je puisse être assis ici, au Eleven Madison Park, un des restaurants les plus chers de Manhattan, sans me préoccuper une seconde de ce que va coûter le repas que nous allons prendre.

Je n'ai pas fini de payer pour ça, pour l'avoir laissé faire, mais... *Je suis tellement impatient de la voir pour le lui dire.*

Bon Dieu de merde !

– Monsieur Diamante, je dis lorsque je le vois debout au bar avec un verre à la main. Veuillez nous excuser pour l'attente, mais nous sommes prêts à poursuivre.

– Poursuivre ? J'ai quand même l'impression que vous jouez avec moi. Je suis un homme très occupé et je n'aime pas qu'on me balade. Je n'avais pas l'intention de vendre Ocean's Edge, mais votre père m'a harcelé de façon obstinée. Rien ne m'oblige à vendre, Callahan. Loin de là, en fait. Mais j'aime bien votre père. Je ne le comprends pas, mais je l'aime bien. Alors je n'apprécie guère que vous m'ayez fait prendre l'avion pour venir ici pour ensuite me faire lanterner. J'ai cassé des transactions pour moins que ça.

Sur ce, Gil Diamante passe devant moi et se dirige vers la table.

– Je peux vous servir quelque chose, Monsieur Sharpe ? me demande Sam le barman.

J'ai besoin de quelque chose de fort pour faire passer le mauvais goût dans ma bouche.

– Oui, *s'il vous plaît.* Un shot de ce que vous voulez. (Je jette un coup d'œil autour de moi.) Je vais faire un petit tour aux toilettes. Je reviens tout de suite.

– Bien, Monsieur.

Les toilettes sont vides lorsque j'y entre, mais juste au moment où j'ouvre ma braguette, la porte s'ouvre dans mon dos.

Et j'entends un claquement de talons hauts.

Je me retourne. Gia Diamante se tient là, un sourire narquois sur les lèvres et les yeux flamboyants de désir.

Je range précipitamment ma queue dans mon pantalon et me retourne pour lui faire face en remontant ma fermeture Éclair, même si son expression m'indique clairement qu'elle préférerait que je n'en fasse rien.

– Je présume que vous savez que vous vous êtes trompée de porte, dis-je en avançant vers le lavabo pour me laver les mains.

– Tout comme je présume que vous savez où je suis descendue pour la nuit. (Elle avance d'un pas.) Une fois le contrat signé, j'adorerais vous montrer… à quel point j'apprécie votre aide pour convaincre votre père d'accepter ce marché.

– Vous appréciez, alors ?

Son sourire de sirène est provocant. Son ongle qui gratte le devant du tissu qui recouvre ma bite, encore plus.

– J'apprécie *énormément.*

– Alors c'est comme ça que les Diamante concluent leurs affaires ?

Si c'est le cas, peut-être devrais-je m'impliquer davantage dans ce genre de conclusions.

Elle part d'un rire de gorge en se penchant vers moi pour tirer sur mon lobe d'oreille avec ses dents, ce qui fait remonter mes burnes.

– Vous le saurez une fois que celle-ci sera conclue, murmure-t-elle avant de tourner les talons et de sortir de la pièce.

Je dois attendre une seconde que mon érection diminue avant de sortir moi-même. Lorsque je le fais, Sam fait glisser mon verre sur le bar avec un sourire entendu.

23

Callahan

– CERTAINES PERSONNES NE SONT PAS CONTENTES, mec, dit Keone avec son accent typique des îles en servant une bière à la pression.

– Ah bon, et pourquoi ?

– J'ai juste entendu des murmures de mécontentement.

– À quel sujet ?

Je redoute déjà cette conversation avant même qu'elle ne commence.

– Dans certains autres hôtels, le personnel a eu une augmentation.

– Mais nous, nous offrons une meilleure couverture médicale.

– Oui, mais ça, ça ne compte que lorsqu'on est malade. Ça n'aide pas à payer le loyer.

Il lève un doigt et va vers l'autre bout du bar pour prendre une commande.

Je ferme les yeux et je prends une profonde inspiration.

Putain, il ne manquait plus que ça. J'aimerais penser que nous commençons lentement à remettre de l'ordre dans les comptes. *Lentement.* Brady est un peu tarte, mais ce mec est une vraie bénédiction quand il s'agit de discuter toutes les choses que Sutton veut mettre en place tout en dirigeant le personnel.

Cela me permet de me consacrer entièrement à ces conneries de chiffres afin de m'en débarrasser le plus vite possible. Et de foutre le camp. Loin de cet hôtel et de l'entreprise familiale.

Il y a une paillote qui m'appelle sur une plage quelque part. Quelque part où il n'y a pas de réseau, où les vagues sont puissantes et où les jours s'étirent pour l'éternité.

Je bois une nouvelle gorgée en me demandant ce que mon père penserait de cette situation. Mes frères m'obligeant à être ici. Leur insistance pour que je dirige sur place au lieu de gérer de loin comme ils le font eux-mêmes.

Ne mets pas les mains dans le cambouis, Callahan. Tu payes des gens pour ça. Ta présence doit être ressentie sans être vue, tu dois être entendu sans avoir besoin de crier, être puissant sans être un enfoiré.

Eh ben, j'ai incontestablement foiré cette dernière partie, non ?

Et je suis bien conscient de l'ironie qu'il y a dans le fait que Sutton m'a reproché de ne pas me salir les mains alors que, précisément, mon père me disait de ne pas le faire.

Mais elle a peut-être raison. Peut-être que passer pour un idiot parce que je ne savais pas que nous avions mis en place le tourisme vert dans les hôtels de notre chaîne est une démonstration éclatante que je ne suis pas fait pour ce boulot.

Et pourtant je suis là. À essayer de donner vie à quelque chose que notre père désirait si ardemment. Le plus drôle, c'est que je croyais que ce serait plus pénible d'y être. Qu'être dans un endroit qu'il était si déterminé à acheter me rendrait triste.

Et c'est juste le contraire qui se passe.

Bien sûr, je veux foutre le camp d'ici dès que mon temps, mon châtiment, sera arrivé à son terme, mais globalement ce n'est pas si pénible.

Est-ce que cela ne s'explique pas par la présence de Sutton ?

Seigneur.

Quand est-ce que j'ai laissé une femme me tenir par les couilles comme ça, sans même une petite caresse de temps en temps ?

Jamais.

Jamais de la vie, putain.

Et pourtant, lorsque je sors du bar, je continue de penser à elle. C'est tellement plus facile que de me concentrer sur les innombrables textos de Ledger et de Ford exigeant des comptes-rendus et des infos. Réclamant d'être tenus au courant de l'avancement de la situation. Et s'ils veulent vraiment le savoir, ils vont finir par venir se rendre compte par eux-mêmes. Ils démonteront probablement point par point tout ce que nous avons fait, simplement pour dire que je me suis fourvoyé.

La rancœur est mauvaise conseillère et ils en ont à revendre, putain.

Je marche un petit moment. Le long de sentiers que j'ai parcourus des centaines de fois, mais sans avoir la tête dans mon téléphone.

Le lieu est magnifique. C'est l'endroit parfait, le bon décor, espérons seulement que Sutton et moi faisons ce *qu'il faut.*

Mais ce qu'il faut pour quoi ? Pour satisfaire mes frères ? Pour réellement remettre l'hôtel à flot ? Pour avoir le sentiment que j'ai honoré la promesse faite à mon père ? Pour... *quoi* ?

Maintenant qu'on m'a forcé à venir ici, qu'est-ce que je veux en faire exactement, à part que ce soit mon ultime Resort ?

Un couple se court après sur la plage en poussant des cris aigus. Je regarde leurs silhouettes se détacher sur le clair de lune et je souris. Ma mère et mon père ont-ils vraiment enfoncé leurs doigts de pied dans le sable de cette plage ? Ont-ils joué dans l'eau et sont-ils tombés plus profondément amoureux l'un de l'autre avec ce décor en toile de fond ?

Je n'en ai aucune idée, mais je fais comme si c'était le cas. Je fais comme si mon père avait eu un moment de lucidité suffisant pour se rappeler cet endroit et que ma décision de le laisser l'acheter était la bonne. Qu'alors que la démence s'emparait de son esprit, elle ne nous volait pas ce dernier moment auquel j'ai cru.

Les lumières sont allumées dans le bungalow quand j'arrive chez moi. *Chez moi* ? Est-ce cela pour moi maintenant ? C'est peut-être l'impression que cela me donne. De rentrer à la maison pour la retrouver. Sachant qu'elle est effectivement là pour une fois. À m'attendre peut-être.

À me désirer peut-être.

Je sais qu'elle évite volontairement de s'y trouver lorsque j'y suis. Elle en plaisante souvent au bureau pour essayer de prévenir les inévitables bavardages disant qu'elle couche avec son patron.

J'aimerais bien que ces rumeurs soient fondées, là, tout de suite.

Je me dirige vers sa chambre dont la porte est ouverte et la lumière allumée. Elle est assise en tailleur sur le lit, vêtue d'un débardeur et d'un short, les cheveux mouillés, et la peau encore rose après la chaleur de la douche. Elle tape sur son ordinateur avec un crayon entre les dents.

Seigneur. Est-ce que cela lui arrive de ne pas être aussi canon ?

– Chérie, je suis rentré.

Elle lève les yeux sur moi et un sourire tendre les rend plus chaleureux.

– Bonsoir, mon cher. Ta journée s'est bien passée ? dit-elle en sortant le crayon de sa bouche pour le poser sur la table de nuit.

– La routine. Tu n'arrêtes jamais de travailler ?

J'entre dans sa chambre et me laisse tomber à plat ventre sur le lit.

– Nous avons beaucoup de choses à faire dans un laps de temps très limité.

Je tourne la tête pour la regarder. Bien sûr, juste devant mes yeux se trouve sa cuisse dénudée, une tentation alors que je n'ai pas le droit de toucher.

– Je n'ai pas de temps à perdre. Et puis, tu ne me paies pas pour me tourner les pouces.

Je me tourne sur le côté et pose la main sur mon coude.

– Non, mais je ne te réduis pas en esclavage non plus.

Je repousse son ordi du bout des doigts.

– Cela fait un mois que nous sommes ici, et je ne sais rien de toi en dehors du boulot.

– Ça, ce n'est pas vrai, dit-elle ironiquement, mais elle ferme son ordi et le pose sur la table à côté d'elle. Tu sais quel genre de culottes je porte.

Elle hausse un sourcil, se trouvant spirituelle, mais comme je me contente de continuer de la regarder, elle soupire.

– Très bien. Qu'est-ce que tu veux savoir ?

– D'où viens-tu ? Où vas-tu ? Et un peu de ce qu'il y a entre les deux.

– C'est terriblement « personnel » pour quelqu'un qui n'aime pas se mélanger avec ses employés, dit-elle, mais il y a dans sa voix une tonalité amusée qui laisse entendre que cela ne la dérange pas.

En entrant, je ne pensais pas lui poser ce genre de questions, mais ce serait mentir de dire qu'elle ne m'intrigue pas. Comment est-elle devenue si... *talentueuse ? Intuitive ?*

Mais elle n'a pas tort. Je m'implique rarement avec mes employées... ou avec les femmes que j'ai envie de sauter.

– Je change, grâce à ton enseignement. Ce que tu y gagnes, c'est un Callahan Sharpe beaucoup plus sympa.

– Trop tard. Ça, je le sais déjà.

Elle tend la main et passe ses ongles dans mes cheveux. Je ferme les yeux et me laisse faire.

– Tu vas m'endormir.

– Si ce n'est pas ça, ce sera ce que je peux dire sur moi parce que je ne suis pas une personne très intéressante.

– Ça m'étonnerait.

– Pourtant, c'est vrai.

– Mais je veux savoir quand même.

– D'accord, murmure-t-elle en continuant le mouvement magique de ses doigts. Je suis née dans une petite ville du nord de l'État de New York. Il n'y a rien de spécial à dire de mon enfance si ce n'est que j'étais impatiente d'avoir dix-huit ans pour pouvoir échapper aux disputes constantes dans ma famille. Mes parents étaient des alcooliques qui se préoccupaient plus de leur prochaine bouteille que de s'assurer que leur fille soit armée pour la vie.

– Je suis désolé.

– Non, je t'en prie.

Elle me fait un petit sourire qui dit pas de pitié, s'il te plaît.

– J'avais un peu d'argent qui me venait de l'héritage de ma grand-mère – elle avait été le ciment de cette famille et à présent qu'elle n'était plus là, je savais que les choses allaient empirer. Alors j'ai pris mon argent et je suis partie. Je me suis retrouvée à Brooklyn où je partageais un appart avec trois autres étudiantes. Je suis allée à la fac, j'ai obtenu mon diplôme tout en travaillant comme coursier chez Resort Transition Consultants. J'ai fait mon chemin jusqu'à l'accueil, pour devenir ensuite collaboratrice, puis gestionnaire de compte junior, et ainsi de suite jusqu'à... ceci.

– Je suis impressionné.

Je suis sincère en disant cela, parce que dans le monde qui est le mien les gens ne gravissent pas les échelons par leur travail. Ils sont nés en haut de l'échelle. Le travail leur est donné. Mais Sutton est tellement différente.

– Vraiment. Et cela explique pourquoi tu connais les tenants et les aboutissants de toutes les facettes du métier. Et ta famille ?

Elle hausse les épaules.

– Est-ce que c'est mal si je dis que ce sont mes parents et que je tiens à eux en tant que parents, mais que le fait qu'ils ne soient pas dans ma vie est la meilleure chose que j'ai été capable de faire pour moi ?

J'acquiesce, mais je ne comprends pas du tout. Oui, mes frères se comportent comme des enfoirés avec moi en ce moment, mais pendant notre enfance et notre adolescence, nous étions unis. Nous avons grandi dans une famille soudée. Même si ce n'était pas toujours facile d'essayer d'être à la hauteur du nom de Sharpe, nous étions là les uns pour les autres.

C'est peut-être pour cela que ce qu'ils font aujourd'hui me fait si mal. Papa n'est plus là. Ne devrions-nous pas être solidaires au lieu de nous déchirer ?

Est-ce pour cela que je suis ici au lieu d'être dans ma paillote ? Pour honorer la mémoire de mon père mais aussi peut-être pour essayer de reconquérir un peu de ce que nous avons été ? Pour retrouver mes meilleurs potes ?

Je soupire doucement et me concentre sur la sensation que me procurent ses ongles sur mon cuir chevelu. C'est plus facile de ne pas y penser. Plus facile de vouloir et souhaiter que de s'inquiéter et de s'interroger.

– Quelle était l'autre question ? demande-t-elle lorsque je tourne les yeux vers elle qui baisse les siens sur moi en se mordillant les lèvres. Ah oui... *Où je vais ?* À un certain moment, j'aimerais bien bifurquer et monter ma propre entreprise. Je pense que c'est une bonne chose de prendre des risques et d'être récompensé en trouvant des clients et de me charger de leur projet pour mon propre compte.

– Je te comprends.

Je tends la main et passe un doigt nonchalant le long de sa cuisse.

– Parle-moi de ton ex.

– Mon ex ?

– Oui. C'est à cause de lui que nous nous sommes rencontrés après tout, non ?

Je souris et j'attrape un oreiller que je mets sous ma tête. Il porte l'odeur de son shampooing.

– Ne devrais-je pas en savoir plus sur le connard qui n'a pas été fichu de faire ce qu'il fallait pour te garder ?

Son regard s'adoucit et elle se mâchouille l'intérieur de la joue.

– Est-ce que si je dis que j'étais seule et naïve et que j'ai tout fait de travers, ça suffit et on n'en parle plus ?

– Je ne crois pas.

– Quand personne ne t'a appris à aimer, Callahan, tu te jettes sur le premier signe d'affection qu'on te manifeste et tu t'y accroches, même quand cela devient toxique.

Elle baisse les yeux et observe ses doigts qui passent dans mes cheveux. Sa honte se lit sur son visage et cela me fait mal au cœur de voir ça.

– Je ne suis pas fière d'être restée avec lui aussi longtemps alors qu'il préférait me voir échouer plutôt que réussir, pour le bien de son propre ego. Mais je suis fière de moi d'avoir réussi à en sortir. Et ce qui m'a aidée à le faire, c'est que cette opportunité s'est présentée juste au bon moment.

L'idée qu'un autre homme la touche, qu'un autre homme lui fasse du mal, me tord les tripes.

– Parfois, je me dis que les choses arrivent au bon moment, précisément quand on en a besoin.

Qu'est-ce que tu racontes, Cal ? Tu ne parles pas d'elle, c'est ça ?

Ne me fais pas croire que tu parles d'elle.

– Et pour ce qui est de l'entre-deux, je pense que je suis toujours en train de l'envisager au fur et à mesure.

Elle hoche la tête de façon déterminée, l'air satisfaite de sa réponse.

– Et toi, Callahan ? Parle-moi de toi.

Seigneur ! Je l'ai bien cherché, non ?

24

Sutton

– QU'EST-CE QUE TU VEUX SAVOIR ?

– À voir ta tête, je suppose que tu aimerais mieux mourir que parler de toi, donc le mieux, c'est peut-être de m'en tenir au plus évident, tu ne crois pas ? dis-je en riant.

Sa grimace me dit qu'il n'apprécie pas trop qu'on inverse les rôles. Dommage. J'aimerais en savoir plus sur cet homme qui occupe toutes mes pensées et qui déboule tout à coup sans s'être annoncé et s'affale sur mon lit. Je commence par lui envoyer une balle molle en guise d'échauffement.

– Je ne pense pas me tromper en présumant que tu n'as pas de copine officielle puisque tu dragues dans les clubs et que tu cohabites actuellement avec une femme ? Une femme plutôt sexy, si je peux me permettre, mais une femme...

– Une femme très sexy, en effet.

– Cela ne répond pas à la question.

Il rigole.

– Non, je n'ai pas de copine.

– Est-ce que c'est volontaire ou parce que tu n'as toujours pas trouvé *la bonne ?*

Il hausse les sourcils.

– C'est comme ça, c'est tout. Bien ou mal ? Je ne sais pas. Je n'aime pas ce qui est compliqué.

– Dixit l'homme qui s'est retrouvé dans la situation la plus compliquée qu'on puisse imaginer lorsque j'ai passé la porte de cette salle de conférences.

Il rit et cela me fait sourire.

– Une situation compliquée, c'est sûr, mais je n'allais certainement pas me plaindre, cela me permettait de te revoir.

Il se passe quelque chose dans mon ventre, et j'essaie d'ignorer cette réaction idiote et féminine. Le bouleversement. Les papillons.

D'apprendre qu'en me voyant il n'a pas ressenti de l'appréhension mais plutôt du plaisir.

Troublée, je ne sais pas comment réagir, donc je change de sujet.

– Est-ce que c'est vrai, ce qu'on dit à propos des enfants multiples ? Qu'ils sont les meilleurs amis et peuvent lire dans les pensées les uns des autres ?

– Je te dis que j'étais content de te revoir et toi, tu réponds en me parlant de mes frères ? C'est dur.

Je rigole.

– Eh bien...

Il se laisse retomber sur le dos et fixe le plafond. Le soupir qu'il pousse est presque inquiétant.

– C'est compliqué, dit-il finalement.

– C'est toujours comme ça avec la famille, non ?

Je me tais pour lui permettre de dominer les émotions que je vois danser dans son regard et je regrette instantanément de lui avoir posé cette question que je pensais simple.

– La réponse simple, c'est oui. Nous sommes capables de terminer les phrases que l'un ou l'autre commence. (Il marque une pause et la tristesse qui s'abat sur son visage me fait mal au cœur.) Je les considère toujours comme mes meilleurs amis.

– Et la réponse compliquée ?

Ma voix est douce et mes doigts qui écartent les boucles tombant sur son front, rassurants. Et je suis étonnée de me sentir aussi détendue avec lui. Je ne pense pas avoir jamais fait ça avec Clint – parler et le toucher avec ce degré d'intimité délicate.

J'ai des sentiments pour Callahan Sharpe.

Plus que je ne veux me l'avouer.

– La réponse compliquée, c'est que j'étais le préféré de mon père et que cela a altéré mes relations avec mes frères, et cela se ressent surtout maintenant que nous sommes adultes. (Il se passe une main sur la mâchoire.) Pour te la faire courte, notre mère est morte quand nous étions ados. Pas de longue maladie tragique, simplement elle ne s'est pas réveillée un matin. Elle avait fait une crise cardiaque dans son sommeil.

– Je suis vraiment désolée.

Je compatis au chagrin que j'entends dans sa voix. Il hausse les épaules dans un geste paradoxal.

– C'était l'amour de sa vie.

Il m'adresse un semblant de sourire et un bref regard terriblement doux-amer, puis s'éclaircit la voix.

– Je suis celui qui lui ressemble le plus. Mon allure, mes manières, tout.

– Et donc il s'est accroché à toi pour la conserver près de lui.

– Je pense qu'un psy serait d'accord avec ça.

Un autre haussement d'épaules. Il est visiblement mal à l'aise.

– Et alors que de toute façon cela ne pouvait pas bien se passer avec mes frères, ce qui n'a fait qu'empirer les choses, c'est que j'étais le raté de la famille Sharpe. Celui qui n'était pas à la hauteur des attentes qui nous étaient imposées. Ford et Ledger étaient pénalisés chaque fois qu'ils marchaient en dehors des clous alors que, moi, je le faisais en toute liberté et de façon éhontée. La différence, c'était que mes transgressions, mes conneries étaient souvent occultées.

– Animosité. Rancœur. Jalousie, je murmure en essayant de me représenter la dynamique et me rappelant la tension que j'ai ressentie entre eux ce premier jour.

Il rigole.

– Crois-moi, la plupart du temps, leurs sentiments sont fondés. Je ne suis pas un ange et j'ai probablement profité de la mansuétude de mon père bien plus que je ne le méritais, mais oui, ils m'en veulent beaucoup.

Callahan poursuit en me racontant des situations ici et là où on l'avait laissé s'en tirer alors que ses frères passaient sur le gril. Comme quand il avait eu un accident avec la voiture et que c'était Ledger qui avait été puni pour l'avoir laissé conduire. Ou qu'il avait arrêté ses études à Wharton et que ce qui était apparu aux yeux de ses frères comme du favoritisme s'était en fait avéré être son enfer personnel. Le fait qu'il avait fait capoter un contrat important parce qu'il avait négligé une erreur.

Je comprends que cela ait été un problème pour ses frères, mais j'imagine aussi les fois où Callahan a essayé d'obliger son père à ouvrir les yeux sur les différences criantes de traitement et d'affection (Si on peut appeler ça comme ça.) Je le respecte d'admettre, à tort ou à raison, que parfois il a abusé de ce traitement préférentiel qui lui permettait d'échapper à la punition.

Mais, à mes yeux, c'est comme si la punition lui était infligée, mais de façon différente.

– Nous aimions tous notre père, chacun à notre façon, tout comme lui nous aimait de manière différente. Ce n'est ni bien ni mal, c'est juste comme ça. Et je pense que sa mort aurait pu nous rapprocher, que mes frères auraient tout oublié si je n'avais pas plaidé en faveur de l'acquisition d'Ocean's Edge.

– En quoi était-ce une mauvaise chose ?

– C'est une longue histoire, mais en gros, d'après eux cela ne vaudrait pas la peine d'essayer de faire de cet endroit un Resort haut de gamme cohérent avec la marque Sharpe. Mes frères ont examiné toutes les projections et les budgets et Dieu sait quoi d'autre, mais les dépenses astronomiques qu'impliquerait une telle transformation ne seraient pas rentables.

– Pourquoi n'est-ce que maintenant que j'apprends ça ? Est-ce que je ne suis pas censée être dans la confidence pour pouvoir satisfaire mon client ? (Je ris, mais sans joie.)

Selon moi, vous devriez rentrer dans vos frais, mais cela prendra un peu de temps, oui.

– Et pendant ce temps, cela va faire baisser la valeur de la marque Sharpe sur laquelle nous nous appuyons pour obtenir des prêts afin d'acquérir d'autres propriétés en cours de réhabilitation.

– Dans ce cas, pourquoi es-tu là ? Pourquoi ne pas vendre tout simplement ?

Il me raconte l'entrevue avec les précédents propriétaires. Le souhait exprimé par son père, sa demande de lui accorder cette faveur. Comment il a accepté parce qu'il ne pouvait pas refuser. Et ensuite la discorde qui s'est ensuivie avec ses frères.

– Tu étais dans une position intenable. Ils te l'ont vraiment reproché ?

Il hoche la tête.

– Pour ne rien arranger, j'ai disparu des radars après sa mort. J'ai passé mon temps à voyager, dans tous les lieux qui ne me faisaient pas penser à lui.

– Et aujourd'hui, bien sûr, on t'a forcé à venir ici où justement tu serais amené à penser à lui tout le temps.

– C'est à la fois bien et moins bien... mais franchement, je pense qu'ils avaient raison. Je crois que j'étais tellement investi dans l'instant, sachant qu'il perdait pied petit à petit, que j'ai cru à tout ce que la démence lui faisait dire. Or, il n'y a rien ici que je retrouve dans les photos de lui et ma mère que j'ai regardées. Mais cela ne change rien, de toute façon, le mal est fait...

Il me parle de l'ultimatum de ses frères et du risque d'être écarté de sa position dans l'affaire familiale. De la dispute qu'ils ont eue ce jour-là, après que j'ai quitté la salle de conférences.

– Donc, ce n'est pas du tout ça que tu veux faire de ta vie ? je demande, en partie pour plaisanter et en partie par réelle curiosité.

Il pousse un gémissement de frustration.

– On ne m'a jamais donné le choix de faire autre chose.

Il me regarde et l'émotion que je lis dans ses yeux me permet de le voir sous un jour différent. Il n'est pas uniquement l'homme arrogant et prétentieux que j'ai rencontré pour la première fois au Club Coquette. Il y a plus que ça chez lui. Beaucoup plus.

– Mon idée, c'était de terminer ce projet et de partir.

– Ton dernier resort.

– Ouais. Mon *ultime resort.*

– Attends, tu es sérieux, là ? je demande, sidérée par tant de détachement. Tu envisages sérieusement de partir, *de tout laisser tomber* ?

Il acquiesce, mais son expression ne me paraît pas aussi assurée que son hochement de tête.

– Oui. S'il y a une chose que j'ai apprise avec mon père, c'est qu'il faut vivre sa vie à fond. Je veux voyager. J'ai peut-être fui les limites et les consignes strictes de Wharton, mais ça ne veut pas dire que j'ai décidé d'arrêter d'apprendre. Simplement, je veux le faire en me colletant aux choses extérieures à la vie dans laquelle j'ai grandi.

J'observe Callahan avec ses cheveux ébouriffés et son sourire charmant. Je suis étonnée de sa réponse. J'aurais pensé qu'un homme de sa stature occuperait des suites dans des hôtels de luxe entre deux déplacements en jet privé.

– Ta réponse me surprend.

Il hausse les épaules.

– Bonne ou mauvaise surprise ?

– C'est juste que ça ne colle pas avec l'image que j'ai de toi.

– Je suis un homme aux multiples talents, plaisante-t-il.

Il y a tellement de choses que je voudrais lui demander. Où voudrais-tu voyager ? Pendant combien de temps ? Est-ce que voyager est vraiment la motivation qui alimente cette détermination naturelle que je vois chez lui lorsqu'il travaille ?

Cela ne lui plaît peut-être pas, mais on ne peut pas faire disparaître cette sorte de traits de sa personnalité d'une simple pression sur un interrupteur.

Mais je ne pose aucune de ces questions parce que, d'accord, il me parle, mais ça ne veut pas dire qu'il soit prêt à se confier en totalité.

Alors je ne pose que la plus évidente.

– Mais si tu faisais ça – si tu laissais tomber –, est-ce que ça ne donnerait pas raison à tes frères ? Est-ce que ça ne prouverait pas que tu te moques de l'affaire familiale ? Que ce que ton père a construit, il l'a fait pour rien ? Que...

– J'étouffe dans les bureaux, Sutton.

– Mais ici, tu n'étouffes pas.

Il incline la tête et un sourire timide effleure ses lèvres.

– Étonnamment, non, en effet.

Il baisse les yeux sur sa main posée sur ma cuisse et la regarde fixement avant de relever les yeux vers moi.

– Ici, c'est différent.

– Plus concret.

– Oui.

– C'est différent quand tu as la possibilité de *voir* les changements que tu apportes au lieu de les analyser sur une feuille de calcul.

– C'est vrai.

Je le scrute. Les petites rides sur son visage. La peau hâlée. La mâchoire déterminée. L'ondulation de ses cheveux. *Cet homme n'est pas fait pour la vie de bureau.*

– J'ai l'impression que tu as atteint ta limite personnelle de confidence pour ce soir. (Je souris.) Alors que faites-vous sur mon lit à m'empêcher de travailler, Monsieur Sharpe ?

– – Je me sens trop seul dans le mien.

Il fait la moue comme un petit garçon et je dois à la vérité de dire que j'ai beaucoup de mal à me retenir de me pencher sur lui pour l'embrasser.

– Et donc, Monsieur Friandise-Dans-Chaque-Chambre, vous pensez que si vous venez vous installer dans le mien, vous vous sentirez moins seul ?

Un sourire décomplexé éclaire son visage.

– On peut toujours essayer.

– Je suis impressionnée. Il t'a fallu un mois entier pour venir directement ici.

– Nous ne sommes jamais ici ensemble.

– Ce n'est pas par hasard. (Je hausse les épaules.) Tu es toujours par monts et par vaux, à faire je ne sais quoi le soir.

– Je socialise. Je tente de négocier les prix et d'obtenir des rabais plus importants parce que le coût de la vie sur cette île est très élevé.

J'essaie de dissimuler mon étonnement. Je ne savais pas. La femme d'affaires en moi brûle d'envie de connaître les détails, mais la femme tout court, celle qui est terriblement attirée par l'homme assis près de moi, se retient.

– Et moi qui pensais que tu sortais pour aller vivre des aventures torrides avec toutes les filles de l'île.

– Cela m'a traversé l'esprit.

– Hé !

J'attrape l'oreiller à côté de moi et lui en donne un coup sur la tête. En quelques secondes, il me chatouille et nous luttons pour prendre le contrôle. Nos rires emplissent la chambre et je me défends contre lui qui est plus fort mais qui me laisse volontairement prendre le dessus jusqu'à ce que je me retrouve sur lui, à cheval sur ses hanches.

J'ai mal aux côtes tellement je ris et j'immobilise ses mains de chaque côté de sa tête en jouant la victoire.

Et nous continuons à nous amuser comme des petits fous jusqu'à ce qu'il arrête de résister. Je baisse les yeux sur lui qui lève les yeux vers moi, et son sourire s'efface lentement de son visage, faisant place à une intense gravité.

Les papillons battent frénétiquement des ailes dans mon estomac.

– Callahan.

– Sutton.

C'est à ce moment que je vois à quel point il s'est dévoilé pour moi. Il mérite peut-être que je lui confie une de mes vérités, lui aussi.

Par honnêteté.

– Pour info, moi aussi j'étais contente de te revoir.

Ses pupilles s'assombrissent et son sourire est fugace. Il tend la main et la pose sur ma nuque, et des signaux d'alarme se mettent en route dans ma tête.

– Juste... (Il soupire alors que ses yeux se posent sur mes lèvres.) Je ne franchirai pas la ligne...

Il hésite, apparemment peiné par ma résistance lorsqu'il tente de m'attirer vers lui.

– Je...

– Laisse-moi juste t'embrasser. J'ai eu une journée de merde. Est-ce que je n'ai pas droit au moins à ça ?

Nos regards se croisent et cette fois, lorsqu'il tire sur ma nuque, je presse mes lèvres sur les siennes.

Notre baiser est délicat alors que nous brûlons d'un feu passionné. Nos lèvres et nos langues se caressent en un lent mouvement de séduction ponctué de doux soupirs sans paroles.

Fidèle à sa parole, il n'essaie pas d'aller plus loin en dépit de l'ardeur du désir que j'éprouve et qu'il éprouve lui aussi, je le sais.

Nous en restons à nos doigts entrelacés sur le matelas. À nos bouches qui bougent tendrement à un rythme tranquille. Seulement deux personnes s'adonnant au plaisir de cette action simple et pourtant universellement appréciée du baiser.

– Sutton, gémit-il en serrant mes mains.

J'appuie mon front contre le sien. Nos respirations haletantes comblent l'espace entre nous.

– Je sais. *Je sais.*

– Il est sans doute préférable que je retourne à mon lit froid et solitaire, dit-il avec un rire forcé.

– Sans doute.

Mais lorsque je m'écarte de lui, je garde une jambe posée sur sa cuisse et mon bras autour de sa taille.

– Tu as une volonté de fer, Collins, parce que moi, je te le dis franchement, tu me tues à petit feu.

Je souris sans qu'il le voie alors que nous restons allongés, imbriqués l'un dans l'autre, jusqu'à ce que sa respiration devienne régulière tandis qu'un léger ronflement se fait entendre dans la pièce.

Une volonté de fer ?

Cela reste à voir.

Mais je me dis que Callahan Sharpe m'a touchée en faisant exactement le contraire de ce à quoi je m'attendais.

En me respectant et en respectant mon souhait.

Est-ce là, la réponse que je cherchais ?

Je ne sais pas... mais j'ai l'impression que c'en est très proche.

Je peux me dire de tenir mes positions autant que je veux, il m'a touchée. Je pensais qu'il était brut de décoffrage avec un extérieur sexy, mais il est incontestablement plus que ça.

25

Sutton

IL EST DOUÉ POUR ÇA.

Il ne le pense peut-être pas, mais il est naturellement doué pour mettre les gens à l'aise (lorsqu'il le veut) et faire passer son message.

Je veux bien croire qu'il trouve la routine ennuyeuse ou étouffante comme il l'a dit l'autre soir. N'empêche, cela me surprend un peu. En l'observant alors qu'il parle au représentant des employés d'Ocean's Edge, je trouve qu'il a l'air de quelqu'un qui fait ça tout le temps.

Mon esprit s'évade un instant en repensant à l'autre soir. Quand je me suis endormie dans ses bras. Quand je me suis réveillée et que je l'ai observé en train de dormir. Son visage aux traits détendus. Les cils fournis étalés sur ses joues assombries par la barbe naissante. J'ai eu du mal à résister à mon désir de le toucher. De l'embrasser. De revenir sur les positions auxquelles je me suis tenue jusqu'à présent.

J'avais oublié le charme d'une conversation détendue ou l'on apprend à se connaître. Les papillons dans le ventre lorsqu'un homme vous regarde, et que ce regard vous donne la sensation que ses doigts glissent sur votre peau. Ou l'accélération de votre pouls lorsque les vibrations de son rire résonnent en vous.

Et c'est ce que j'ai ressenti l'autre soir. L'impression de faire connaissance.

Sans préalable, nous avons débuté directement par le sexe, et maintenant que je commence à mieux connaître Callahan, je l'apprécie bien au-delà du flirt et de la tension sexuelle qui couve dans chaque pièce où nous nous trouvons.

Mais la question demeure, qu'est-ce que je fais de ça, parce que, au bout du compte, mon dilemme reste le même. C'est mon patron. Je travaille pour lui. Et si quelqu'un découvre que notre relation va plus loin, mon boulot, ma crédibilité, ma moralité seront compromis. J'ai travaillé beaucoup trop dur et depuis trop longtemps pour laisser quoi que ce soit faire dérailler ma trajectoire professionnelle. J'ai vingt-six ans et j'ai bien l'intention de monter un jour ma propre entreprise.

Mais est-ce que c'est vraiment un problème puisque j'ai l'impression qu'il m'évite depuis ?

Cela ne fait que quelques jours.

Il est très occupé.

Arrête de te prendre la tête.

Mais j'ai l'impression qu'il n'y a pas que cela. Comme si quelque chose avait changé.

– C'est aussi ce que pense Sutton, dit Callahan, ramenant mon attention vers la conversation en cours. Après avoir regardé les contrats des employés de certains autres hôtels, nous avons réintroduit ça.

– C'était votre contribution ? demande Solomon avec son accent caribéen en plissant les yeux dans ma direction. Pardonnez-moi, mais je trouve que la plupart des consultants ne sont que des intermédiaires trop payés. Sans vouloir vous vexer, bien sûr.

Je hoche la tête.

– Pas de problème. Alors que nous sommes encore loin d'avoir pris des décisions finales sur la totalité des conditions faites aux salariés, c'est notre position actuelle.

Nous aimerions que vous regardiez ce contrat pour nous faire part de vos remarques.

Callahan grimace. Nous avons abordé le sujet du poids à accorder à Solomon à tour de rôle avec Brady et quelques autres directeurs d'hôtels hier soir. Mais s'il parle au nom de la majorité des employés, alors il va sans dire que nous devons prendre son avis en compte.

Ou du moins lui laisser *penser* que nous le faisons.

– Nous avons effectivement une liste d'exigences.

Son sourire est hautain, voire provocateur, et je suis persuadée que le poing de Callahan se serre sous le bureau.

– Je n'en attendais pas moins, dit Callahan sur un ton doucereux. Mais comme je l'ai déjà dit, Sharpe International est une entité non syndiquée. Par conséquent, nous pouvons prendre vos exigences en compte, mais cela ne veut pas dire que nous soyons tenus de les satisfaire.

– Ce ne serait pas malin de votre part. Il y a des emplois vacants dans une dizaine de complexes hôteliers sur cette île en ce moment, dit Solomon en se renfonçant dans son fauteuil et en posant les mains à plat sur le classeur devant lui.

– Il y en a toujours eu, rétorque Callahan froidement. Comme je vous l'ai dit, Monsieur Freeman, j'aimerais que vous preniez connaissance de notre proposition. Nous pourrions nous revoir la semaine prochaine pour en discuter.

Ils se défient mutuellement du regard sans échanger une parole. Je me demande si je devrais intervenir, ajouter quelques amabilités pour dissiper la tension qui vient d'apparaître, mais je décide que non.

– Très bien.

Callahan repousse son fauteuil et se lève pour montrer qu'il garde le contrôle de la situation.

– À la prochaine fois, donc.

– À la prochaine fois.

Solomon prend délibérément son temps pour se lever et hoche la tête en guise d'au revoir.

– Au fait, Gia m'a demandé de vous saluer de sa part.

Callahan se fige. Sa réaction est ténue et passerait probablement inaperçue aux yeux de quelqu'un d'autre, mais elle est incontestable.

– Elle dit qu'elle espère bien avoir l'occasion de vous revoir pendant votre séjour parmi nous.

L'air faux jeton de Solomon donne l'impression qu'il sait quelque chose que Callahan ignore. Mais il quitte la pièce sans lui laisser le temps de dire quoi que ce soit.

– Quel con ! marmonne Callahan dans sa barbe.

– Gia, hein ? (Je croise les bras et hausse un sourcil moqueur.) Tu vois ? Je ne me trompais pas. Tu as des aventures galantes torrides à travers toute l'île avec des femmes mystérieuses.

– J'ai des réunions, Sutton. Des dîners d'affaires. Des rendez-vous avec des clients. Toutes sortes de putains de réunions tellement emmerdantes que j'en ai les oreilles qui saignent.

Il me fait un signe de la main comme pour me dire que je peux disposer. Je reste plantée là, sidérée. *C'est quoi, ça ?* Et pourquoi la simple mention du nom d'une autre femme me fait-elle réagir ?

– Parfois, il y a des femmes dans ces réunions. Parfois, non. Je ne vois pas pourquoi je devrais me justifier.

– Personne n'a dit que tu devais, dis-je, étonnée par son comportement qui, en soi, me précipite à toute vitesse vers une image où « Gia » et Callahan s'éloignent dans le soleil couchant vers un avenir éternellement sans nuage. C'est juste que...

– Oui, je sais.

Il empile ses papiers et les glisse sous son bras.

– J'ai des rendez-vous, dit-il en évitant mon regard, et il sort sans un mot de plus.

Je regarde la porte par laquelle il vient de sortir et je soupire.

D'accooord. Finalement, je ne me faisais peut-être pas des idées en le trouvant distant ces derniers jours. Il regrette peut-être de s'être dévoilé l'autre soir. *Qu'est-ce que je m'étais imaginé ? Que nous allions... aller de l'avant ?*

Et vers quoi irions-nous ?

26

Sutton

– NON. C'EST, GENRE, ON A PASSÉ UNE SUPER SOIRÉE à s'embrasser, et puis on a eu cette réunion bizarre où il a plus ou moins pété les plombs contre moi et maintenant... Maintenant c'est, genre, on se retrouve aux mêmes endroits en même temps, mais on ne se voit pas vraiment.

– Mais comment vous faites ? Vous êtes censés travailler ensemble non ?

– C'est ce qu'on fait... mais en réalité, on n'aborde aucun autre sujet que ce qui concerne l'hôtel. Il passe beaucoup de temps dans son bureau avec la porte fermée, à parler avec des personnes de sa famille de questions financières, de budgets et je ne sais quoi. Des discussions dont seules les conclusions me seront communiquées. Je veux dire, il ne reste plus que quelques semaines donc... je ne sais pas. Peut-être qu'au-delà de ça, il a abandonné la partie.

– Ça m'étonnerait. Si c'était le cas, il serait sur la plage avec un verre de punch à la main comme tu devrais le faire plus souvent.

– Justement, j'en ai un dans la main en ce moment même. Tu es contente ?

– Donc si je comprends bien, vous travaillez côte à côte sans vraiment vous parler et le soir vous ne vous voyez pas.

– C'est ça. Le soir, il a généralement des dîners d'affaires ailleurs dans l'île avec je ne sais qui.

– Ah, c'est là que la fameuse Gia intervient.

– Oh là là. Je parle comme une garce jalouse alors que je n'ai aucun droit de l'être. Je veux dire, peut-être que j'ai trop joué à me faire désirer et que donc il est passé à autre chose. Peut-être que je...

– Peut-être que tu devrais arrêter de pleurnicher comme une petite amie éconduite pour qu'on puisse analyser la situation calmement, dit Lizzy sur un ton qui n'admet pas de contestation.

Et c'est pour cette franchise que je l'aime.

– Oui. Tu as raison. Vas-y, analyse pendant que je bois une autre gorgée de mon punch.

Elle rigole.

– C'est ça. Bois. Donc, clairement, Callahan est un homme très occupé.

– Oui.

– Et tu as le sentiment que depuis l'autre soir – le baiser et basta – il a pris ses distances avec toi.

– C'est ça, mais peut-être que c'est moi qui réfléchis trop et qui interprète tout.

– Ce qui est fort probable, parce que, *après tout*, nous sommes des femmes !

– C'est vrai. Oui. Je ne sais pas. C'est genre, on a eu cette super soirée où on a vraiment fait connaissance, où on a pris du plaisir à être ensemble sans cette tension qui te met toujours mal à l'aise. Je pensais qu'on avait peut-être franchi un cap et que... je ne sais pas quoi, mais...

– Mais tu le ressens et donc ça existe puisque tu le ressens, dit-elle, et j'acquiesce d'un signe de tête bien qu'elle ne me voie pas. Et il s'est dévoilé, et tu t'es dévoilée, et en quelque sorte vous êtes devenus vulnérables l'un et l'autre.

– J'imagine.

– Eh bien, c'est normal pour un mec de se rétracter et de se sentir un peu con après un truc comme ça. Du moins, d'après mon expérience.

– Donc c'est plutôt positif... mais...

– Qu'est-ce que tu ne me dis pas, Sutt ?

– On s'est embrassés, et puis ça s'est arrêté là.

– C'est bien ce que tu voulais, non ? Donc un type qui a respecté ta volonté, dit-elle comme si c'était étonnant. Alors pourquoi as-tu l'air de trouver ça négatif ?

J'ai du mal à dire des choses qui semblent tout à fait justes en pensée mais qui paraissent soudain idiotes lorsque je les mets en mots.

– *Mais pourquoi ?* S'il me désire tellement, pourquoi s'arrêter là ? Il n'a même pas essayé de me persuader d'aller plus loin comme il l'avait fait auparavant. Est-ce que c'est simplement pour me rassurer, pour ne pas me vexer alors qu'en réalité il est passé à autre chose et baise une autre femme, ici ?

« *Elle dit qu'elle espère bien avoir l'occasion de vous revoir pendant votre séjour parmi nous.* »

Gia.

Ce nom se balade dans ma tête et ça m'énerve. Il était tellement sur la défensive l'autre jour à son sujet. Est-ce qu'il la baise déjà ? Ça expliquerait pourquoi il s'est contenté de m'embrasser. Il trouve ce qu'il veut ailleurs maintenant. Sans restrictions. Pourquoi est-ce que je fais une fixation sur ce... soupçon au lieu de laisser tomber ?

– Holà. Revenons un peu en arrière, tu veux ?

Elle rigole, ce qui me conforte dans mon idée, je suis zinzin.

– Excuse-moi. Je n'arrête pas de tourner ça en rond dans ma tête et c'est pire que tout et...

– Et c'est pour ça que tu m'as appelée ?

– Oui.

– Personnellement, je pense que le type est toujours dingue de toi. Je pense qu'il a rencontré un adversaire à sa taille qui ne va pas lui tomber dans les bras au premier sourire – enfin, si on oublie cette première fois bien sûr. Et si on considère la façon dont tu l'as allumé, je suis plutôt impressionnée par la maîtrise dont il fait preuve.

– Je ne l'ai pas allumé.

Je dis ça pour faire bonne mesure. Parce que j'ai l'impression que le simple fait de côtoyer ce mec est une provocation ininterrompue en soi.

– Tu es gonflée de dire ça. Bien sûr que tu l'as allumé avec ton numéro de « Et qu'est-ce que j'y gagne, moi ? ».

– Ce n'est pas un numéro. C'est...

– C'est sérieux. Oui je sais. (Elle soupire.) Je suis d'accord avec toi. Je suis même d'accord qu'il doit comprendre que si tu couches avec lui, c'est toi qui prends tous les risques... mais c'est peut-être justement ce qui s'est passé. Peut-être que jusque-là il t'a vue comme Sexy Sutton qui vient quand on la siffle, et que maintenant après votre discussion de l'autre soir, à présent qu'il sait qui tu es vraiment, il te voit comme Sensible-Sensée Sutton avec des problèmes de la vraie vie, et, surprise des surprises, des sentiments.

– C'est lui qui a magouillé pour partager le même bungalow que moi. Il devait bien se douter que nous aurions de vraies conversations pendant la période où nous serions ici. Des conversations où on dit autre chose que *quelle position tu veux qu'on essaie maintenant ?*

– T'as raison. Mais c'est un mec, un joueur si je comprends bien, donc en dehors de la chambre à coucher, je ne pense pas qu'il place tes besoins très haut sur la liste de ses priorités.

J'ouvre la bouche pour prendre sa défense, mais je me ravise. Pourquoi est-ce que j'ai l'impression que peut-être si, ils sont haut sur sa liste. Qu'il voit en moi plus qu'un objet sexuel, alors qu'il y a trois semaines j'aurais été totalement d'accord avec elle et que cela m'aurait fait rire ?

– Peut-être, je murmure finalement.

– J'essaie seulement de comprendre comment il fonctionne. Tu l'intrigues, ce mec, ça ne fait aucun doute. Je veux dire, cela doit être plus qu'un simple défi pour lui parce que, pour être honnête, il peut avoir qui il veut sur un simple claquement de doigts.

– Et tu crois que je ne le sais pas ?

Je ris en me balançant dans mon hamac.

– Cela ne veut pas dire que tu doives changer de tactique, Sutt. Au contraire, tu restes ferme sur tes positions.

– On voit bien que tu n'as pas couché avec lui. C'est une drogue puissante à laquelle il est difficile de résister.

– Je veux bien te croire, mais tu as bien résisté l'autre soir, non ? Vous vous êtes embrassés et câlinés, ce qui n'est pas négligeable. L'intimité. La vulnérabilité. Alors considère ça comme une petite victoire et si tu veux un conseil : oblige-le à continuer de faire des efforts pour obtenir d'autres moments comme celui-là. Fais en sorte qu'il te considère comme une drogue puissante, toi aussi. Pour tout dire, je pense que c'est déjà le cas.

– Je ne crois pas, non.

– Il est resté, Sutton. Alors que d'autres seraient partis depuis longtemps. Franchement, dans un laps de temps aussi court, il t'a redonné une confiance en toi que je n'avais pas vue depuis une éternité. Ça vaut la peine de le mentionner. Donc ne te laisse pas décourager par l'impression qu'il fait marche arrière. Tu dois garder cette assurance. Tu dois continuer de le chauffer et de flirter et il est indispensable que tu sois profondément convaincue que, même s'il est très doué, tu mérites toujours mieux.

– Lizzy...

Elle a raison. Je sais qu'elle a raison, et pourtant je suis perturbée par ce sentiment soudain de doute, comme si j'étais dépassée par les événements.

– La frustration sexuelle, c'est le meilleur des préliminaires. Oblige-le à penser à toi, à rêver de toi, à être fou de toi.

– Est-ce que ça ne revient pas à jouer à un jeu gagné d'avance ?

– Vous y jouiez déjà, alors qu'est-ce que ça change ? Moi, je dis que c'est plutôt pour qu'il prenne conscience de ta valeur.

– Où est passée Madame Je-Suis-Pour-Le-Sexe-Sans-Attaches ?

– Elle est toujours là. C'est toujours une bonne option. Mais ça ne veut pas dire qu'il ne doive pas apprécier l'expérience. (Elle se tait.) D'ailleurs, il n'y a pas de mal à le chauffer pour que tu voies comment il se comporte avec d'autres là-bas. C'est le meilleur moyen pour toi de juger s'il est capable de garder le secret sur vos escapades sexuelles.

Je ferme les yeux et savoure la petite brise qui me caresse la joue tout en pensant à Lizzy et à ses conseils et à mon désir de coucher de nouveau avec Callahan. Le silence s'étire pendant que je réfléchis à tout ce qu'elle vient de me dire. À la vérité contenue dans son analyse. Une vérité que je dois bien admettre.

– Tu es sous le charme, hein ? dit-elle doucement.

Je ris jaune.

– C'est vrai, Lizzy. Plus que je n'aurais cru et je me demande si c'est pas trop tôt après Clint ou si c'est simplement parce qu'il est si différent de lui... mais c'est vrai et...

Et j'ai peur que Callahan Sharpe ne risque de me faire souffrir émotionnellement plus que Clint ne l'a jamais fait.

Comment est-ce possible ?

C'est peut-être mon indécision.

– Je sais qu'il te plaît. Je l'ai perçu dans tes SMS. Je l'entends dans ta voix. Et je veux que tu m'entendes lorsque je te dis qu'il n'y a pas de mal à ça. Aucun. Parfois, c'est justement lorsque tu en as le plus besoin que tu rencontres les bonnes personnes. Peut-être Callahan est-il cette personne ?

– Je me sens vraiment idiote, tu sais ? D'être tombée sous le charme de mon plan cul d'un soir censé m'aider à rebondir.

– Ça pourrait être pire. Tu aurais pu tomber sous le charme au départ pour découvrir ensuite qu'il était nul au pieu. (Elle rit.) Ça, pour le coup, ce serait la cata.

– C'est vrai. Tu as raison. (Je pousse un profond soupir.) Alors qu'est-ce que je fais ? Est-ce que je laisse tomber tout ce truc de *qu'est-ce que j'y gagne ?*

Je me sens tout à coup idiote et puérile de l'avoir ne serait-ce que suggéré à Callahan. Je sais que je paniquais et que j'essayais de garder le contrôle de ma moralité.

– *Certainement pas.* Il doit répondre à la question parce qu'il doit réfléchir à ce que cela implique. Et, franchement, on s'en fiche qu'il trouve ou ne trouve pas la réponse. Ce qui compte, c'est que toi tu la trouves, Sutton. Parce que c'est une question que tu devrais te poser à propos de toutes les situations, toutes les relations, toutes les choses dans lesquelles tu t'engages. Même si la réponse est simplement *de me sentir bien.*

– Mais...

– Il n'y a pas de mais qui tienne. La réponse va probablement changer en plus, et c'est normal. Ce que tu recherches un jour peut être différent de ce que tu voudras retirer de quelque chose dans deux semaines. Tu es la gardienne de cette réponse secrète et c'est toi qui décides où tu places la barre, donc personne n'a besoin de savoir si tu la déplaces, tu vois ?

Je suis étourdie par la pertinence de sa remarque et par mon désir de retrouver la belle assurance que j'éprouvais en arrivant ici. J'ai déjà laissé à un homme la possibilité de m'en priver. Je ne vais pas recommencer avec un autre, simplement parce que je lui ai communiqué trop d'informations sur mon passé. *Est-ce ce qui se passe, là ?* Est-ce que j'entends la voix de Clint dans mon oreille, me provoquant, me suggérant qu'aucun autre homme ne voudra jamais de moi à cause de mon histoire familiale ? Et de qui je suis ? Non. Lizzy a raison. Même si Callahan est passé à autre chose, je ne vais pas croire que c'est parce que je ne mérite pas qu'il s'intéresse à moi. *Tant pis pour lui.* Et s'il est toujours intéressé ? Je vais continuer à flirter, parce que, pourquoi pas bon sang ?

– Merci pour cette discussion qui m'a remonté le moral, pour ton soutien et pour tes conseils.

– C'est quand tu veux. Tu le sais.

L'affection que je perçois dans sa voix me donne la sensation d'être aimée.

– Mais tu veux bien me rendre un service ?

– Bien sûr. Quoi ?

– Ne sors pas de ce hamac dans lequel tu te balances avant d'avoir trouvé la réponse à ta question et décidé à quel niveau tu vas placer cette barre. N'oublie pas que ce n'est pas un problème de la déplacer à ta guise.

– D'accord.

– Et ensuite surtout, quand le moment viendra, quand tu auras décidé qu'il a atteint cette barre, quand tu te seras envoyée en l'air comme une folle avec lui, tu m'appelles et tu me racontes à quel point c'était incroyable. Quand je la ramène, j'ai besoin de savoir que j'avais raison.

– Ça fait deux services ?

Je l'entends rire lorsqu'elle raccroche. Le sourire sur mes lèvres perdure un petit moment alors que je repense à cette conversation et à ses conseils.

Il y a un peu plus d'un mois, j'étais malheureuse dans mon couple, je filais droit et je ne vivais pas vraiment. Aujourd'hui, je suis au paradis, je suis en passe d'obtenir une promotion et je suis attirée par un homme qu'il faudrait être folle pour ne pas désirer.

Et cette attraction est mutuelle.

Admets-le, Sutton. *Crois-le.* Et laisse-le prendre de la distance s'il en éprouve le besoin sans imaginer le pire.

Je me pousse du pied pour relancer le balancement du hamac, je ferme les yeux en me laissant aller dans la brise et je récapitule.

Premièrement, à quoi ressemble ma vie ?

Deuxièmement, comment en suis-je arrivée là ?

Accomplis une chose pour toi-même.

C'est ce que j'ai fait, et regardez où ça m'a menée. Mais maintenant, je pense que je vais remonter un peu la barre parce que je vais faire plusieurs choses pour moi.

La brise emporte mon rire et je pousse du pied un peu plus fort sur le sol si bien que le hamac bascule et se tord.

J'ai tout à fait le droit de continuer à faire des choses pour moi et tant pis si cela implique que Callahan doive faire un peu plus d'efforts pour me mériter.

Il me veut encore. *Exact ?* Ou bien l'ai-je poussé un peu trop loin, au point de le décourager ?

Je repense aux dernières semaines. On ne peut pas nier que les rires et la tension sexuelle dépassent largement les silences gênés entre nous.

Lizzy a peut-être raison. Peut-être qu'il a seulement besoin d'un peu d'espace pour se faire à l'idée de s'ouvrir davantage ?

Ça doit être cela.

Je reste assise à me balancer, savourant le soleil sur mon visage, la brise océanique qui m'enveloppe, et quand je décide finalement de rentrer, je connais la réponse à ma question.

Je ne sais pas si Callahan la trouvera un jour, mais j'ai bien l'intention de m'amuser s'il essaie.

27

Callahan

AVEC LA CAPUCHE DE MON SWEAT BAISSÉE SUR LE FRONT, je me tiens à l'écart dans un coin de l'espace sportif de l'hôtel. Les coachs s'agitent en attendant l'arrivée de clients potentiels, mais il n'est pas question pour moi d'avoir recours à leurs services.

Ni qu'ils viennent me faire de la lèche lorsqu'ils se rendront compte de qui je suis.

Donc je reste dans mon coin, j'essuie le banc de muscu et je remets les haltères à leur place après chaque utilisation. Mes épaules me font souffrir et mes pectoraux brûlent avec la satisfaction d'un entraînement productif.

Je me suis poussé plus que d'habitude. Frustré après un appel de Ford dans lequel il remettait en question la moindre de mes actions. Agacé après que Solomon a mentionné Gia l'autre jour. C'était comme un coup de poing porté à l'estomac pour me rappeler l'homme que je suis en réalité. Celui qui fait passer la chatte avant la famille, le sexe anonyme avant l'intégrité et le plaisir avant le travail. C'était un rappel criant du fait que Sutton n'a rien à faire d'un mec comme moi. *Elle a eu raison d'exiger davantage qu'une nouvelle nuit de baise écervelée.*

Et puis il y a Sutton elle-même. Comment j'ai baissé la garde l'autre soir alors que ce n'est pas mon genre de le faire. Jamais. Et pourtant, je me suis retrouvé là, allongé à côté d'elle sur son lit, à lui raconter des trucs que je verrouille au fond de moi depuis des années.

Des trucs qui ne regardent personne, et surtout pas une femme que j'essaie de choper.

Et pourtant, je lui en ai raconté la plus grande partie, putain.

On serait en droit d'espérer que j'aie au moins tiré mon coup en guise de récompense. Je veux dire, un mec a le droit d'avoir ses limites, quand même, non ?

Mais non. Je ne l'ai pas fait.

On ne l'a pas fait.

Et il doit y avoir quelque chose qui cloche chez moi parce que, malgré toute cette frustration, je reconnais que cette femme sait embrasser. Embrasser d'une façon qui me donne totalement envie de la posséder mais, en même temps, qui me satisfait suffisamment pour m'en contenter.

Cela devient un problème.

Un énorme problème, putain.

Et non pas parce qu'elle ne cède pas mais parce que moi, je n'ai envie de personne d'autre. Bon Dieu, encore hier soir, je me suis fait draguer après ma réunion avec un distributeur, mais cela ne m'a pas du tout intéressé.

Absolument pas.

J'ai regardé froidement la femme extrêmement attirante et son évidente invitation à la baiser, et je lui ai dit que je ne mélangeais pas les affaires et le plaisir.

Quelle ironie !

Parce que je ne pensais qu'à une chose, retourner au bungalow et faire justement ça. Mais en rentrant, j'ai trouvé Sutton profondément endormie sur le canapé. Elle était étalée, la bouche ouverte, le pyjama en désordre, les cheveux tout emmêlés, et je suis resté planté là à la regarder. À l'observer, à la désirer et à me poser des questions.

Je n'ai éprouvé aucun regret d'avoir préféré rentrer pour trouver ça plutôt que d'accepter l'offre d'une femme dont je ne me rappelais même pas le nom.

Sutton a mis ma libido en berne.

À tel point que je ne désire plus qu'elle.

C'est pas juste, putain.

D'avoir envie d'une femme que je ne mérite pas, mais dont je ne peux pas me passer malgré tout.

Les semaines à venir vont être longues. Une véritable torture, putain.

Je saisis un haltère plus lourd. N'importe quoi pourvu que j'arrive à me la sortir de la tête pour quelques instants, bordel.

– T'as vu la nouvelle meuf ?

En levant les yeux, je vois entrer deux des membres du personnel. Ils apportent des piles de serviettes propres.

– Laquelle ? demande le type blond.

– Cheveux noirs. Bien foutue. Des jambes qui n'en finissent pas, dit le brun.

– Il faudrait que tu sois un peu plus précis que ça, dit le blond en riant.

– Je pense qu'elle fait partie de la direction. Elle est là pour un mois ou deux pour régler les problèmes et virer des gens, dit le brun.

Je m'arrête au milieu de ma flexion de biceps. *Sutton.*

Elle est partout, bordel.

– C'est sûr qu'on aurait bien besoin que certains problèmes soient réglés et ça ne me déplairait pas de voir dégager quelques emmerdeurs, rigole le blond.

– En ce qui me concerne, elle peut bien me virer du moment qu'elle me file quelques petits cadeaux d'adieu en me mettant à la porte.

– Je parie qu'elle est super chaude au pieu, dit le blond. C'est toujours comme ça avec ces nanas réservées et coincées.

Le brun pousse le blond d'un coup de coude et dit :

– Je te dirai ça quand j'en aurai fini avec elle.

Je laisse tomber l'haltère qui fait un bruit sourd sur le tapis, les deux employés regardent dans ma direction, mais continuent à évoquer les choses qu'ils veulent faire à Sutton.

Mon sang ne fait qu'un tour.

Je repousse ma capuche et me dirige vers eux. Le brun me voit en premier, et le commentaire grossier qu'il s'apprêtait à faire reste figé sur sa langue lorsque nos regards se croisent et que je lui décoche le meilleur sourire *je t'emmerde* que ma rage me permet.

– Je peux vous aider ? me demande-t-il alors que le blond se retourne et tressaille en reprenant son souffle.

Donc il y en a au moins un qui a été attentif au cours de la réunion plénière que nous avons tenue l'autre jour.

– Messieurs.

Je croise leur regard, mais le coup de coude que le blond donne au brun ne m'échappe pas.

– Monsieur Sharpe. Bonjour. Nous... nous étions juste...

– En train de faire des commentaires inappropriés en présence de votre patron, sans parler des clients qui aimeraient bien profiter tranquillement de leurs vacances. Ce n'est pas très professionnel, vous en conviendrez.

Je croise les bras sur ma poitrine pour me retenir de leur tordre le cou.

– Nous ne... vous avez mal interprété nos...

– Non. Je sais très bien ce que j'ai entendu.

– Désolé, mais vous savez ce que c'est quand on déconne entre mecs, dit le brun.

Apparemment, il se dit qu'au nom de la solidarité masculine, je vais trouver normal qu'il se vante de vouloir sauter Sutton.

Jamais de la vie.

– Quand on déconne entre mecs, hein ?

J'incline la tête sur le côté et le fusille du regard pour lui faire regretter ses paroles.

– Parce que c'était ça ? Deux mecs qui déconnaient à propos de leur envie de baiser leur supérieure hiérarchique ? (Je hausse un sourcil.) Pour moi, ça ressemble plutôt à deux mecs sur le point de se faire virer.

– Putain, gémit le brun, comme le petit con immature qu'il est sûrement.

– Sérieusement ? demande le blond.

Mon regard va de l'un à l'autre et je repense au nombre de fois où Ford, Ledge et moi avons parlé comme ça – et même encore maintenant parfois –, mais je ne sais pas pourquoi, cette fois, cela me paraît différent.

– Bien que cela ne vous concerne en aucune façon, sachez qu'elle est déjà engagée dans une relation avec une personne bien plus haut placée que vous. D'autre part, les conversations détaillées sur la manière dont vous aimeriez *la sauter* – elle ou n'importe quelle autre femme, d'ailleurs – surtout pendant votre temps de travail, seront immédiatement sanctionnées par un renvoi. Me suis-je bien fait comprendre ?

Je sors à grandes enjambées sans me retourner parce que je suis fier de moi d'avoir su me contenir alors que ces deux petits cons ne le méritent pas.

Oser parler comme ça de Sutton. Putain.

C'est comme si, depuis l'autre soir, je ressentais un étrange besoin de la protéger, maintenant. Je ne sais pas pourquoi ni comment, ni ce qui cloche chez moi, mais c'est comme ça.

Et ça ne me plaît pas du tout, bordel.

Je ne me reconnais plus depuis quelque temps.

Tu fais passer le temps, Callahan, c'est tout.

Tu n'as fait que défendre un autre être humain, ce que tout être humain qui se respecte aurait fait, peut-être parce qu'après toute cette merde avec tes frères, tu en ressens le besoin.

Tu plies, Cal, tu ne mendies pas.

Ça ne me plaît pas du tout. Mais alors pas du tout.

Bien que cela ne vous concerne en aucune façon, sachez qu'elle est déjà engagée dans une relation avec une personne bien plus haut placée que vous.

Seigneur Dieu !

J'emprunte un petit sentier qui mène à la plage, et puis je retourne vers les bungalows avant de rebrousser chemin en direction du bureau, incapable soudain de prendre la moindre décision, alors que ce n'est pas mon genre d'être indécis. *Je ne l'ai jamais été.*

Mon instinct me dit de faire mes valises et de foutre le camp. De reprendre la vie de nomade que j'ai menée pendant les six mois qui ont suivi le décès de mon père. C'était une vie libre. Simple.

Alors qu'aujourd'hui tout me paraît si compliqué.

– Putain !

J'aboie dans le vide.

Je ne peux pas partir.

Je dois rester pour terminer la tâche que j'ai commencée pour honorer mon père. Quel homme est-ce que je suis si je suis incapable de faire au moins ça pour l'homme qui m'a tout donné ?

Putains de sentiments.

Ceux que je ressens comme restés irrésolus concernant la mort de mon père et ceux provoqués par la proximité de Sutton.

Il faudrait que j'aille au bureau pour travailler. Passer en revue les dernières estimations dont les chiffres sont tombés cet après-midi, pour voir si toutes ces conneries de dîners d'affaires servent à quelque chose.

Agité, je prends cette direction, mais lorsque j'arrive à destination et que je vois que toutes les lampes sont éteintes, l'idée de la solitude que pourtant j'adore d'habitude ne me paraît soudain plus aussi attrayante.

T'es complètement à côté de tes pompes, Sharpe. Depuis quand ne chéris-tu plus ta solitude ?

Je connais la réponse, mais je refuse de l'admettre.

Depuis que je partage mon espace avec Sutton. Le fredonnement discret dans sa chambre lorsqu'elle écoute de la musique avec ses écouteurs. Le tintement léger des assiettes dans l'évier tard le soir. Le son assourdi de la télévision alors qu'elle rit les rares fois où elle la regarde.

C'est complètement con. Comment peux-tu t'être *habitué* à des choses auxquelles tu n'es pas associé, Cal ? *Hein ?*

Keone.

C'est lui la réponse. Je vais aller le voir, montrer de l'intérêt pour ses blagues. Il va me servir verre sur verre jusqu'à ce que ce putain de bruit dans ma tête diminue et que je puisse de nouveau penser clairement.

En soupirant, je tourne à l'angle du chemin qui mène vers le bar et tombe nez à nez avec Sutton. Nous poussons tous les deux un petit cri étranglé. Mais c'est seulement quand elle fait un pas en arrière que je remarque sa jupe trop courte et son tee-shirt trop moulant, et punaise, ça me plaît beaucoup.

C'est pas ça qui va me la sortir de la tête.

– Et tu vas où, comme ça ?

– Au numéro huit sur ma liste.

Son sourire est vif et désarmant.

– C'est quoi, le numéro huit ?

Le sourire s'élargit sur ses lèvres.

– La nuit des célibataires à Isla del Mar.

Dans *cette* tenue ? Plutôt mourir que de la laisser faire.

– Je suis pratiquement certain de vous avoir dit de ne pas y aller.

– Et je suis pratiquement certaine de vous avoir dit que personne ne me dit ce que j'ai à faire. (Elle hausse les épaules d'un air arrogant, et me reviennent à l'esprit les commentaires des entraîneurs au gymnase tout à l'heure.) De plus, pour une raison qui m'échappe, vous m'évitez. *Vous avez le bonjour de Gia,* dit-elle en imitant Solomon, ce qui me prend totalement au dépourvu. Qu'est-ce que ça peut vous faire que j aille danser et m'amuser ?

– Tu es jalouse ?

– Pas du tout. C'est toi qui n'es qu'un crétin.

– Tu n'iras pas, Sutton.

Elle avance vers moi, jetant un regard alentour alors que l'obscurité dessine un jeu d'ombres sur son visage.

– Le grand jeu de la domination ? Avec moi, ça ne marche pas en dehors de la chambre. (Elle me pointe son index dans la poitrine et je me mets à rire, trouvant sa détermination et sa colère hautement sexy.) Et puisqu'il est évident que nous n'en sommes pas là et pas près d'y être, il me semble que tu es mal placé pour me dire ce que je peux ou ne peux pas faire.

Elle a du cran et j'adore ça. Bon Dieu, ça me fait bander.

– *Je suis votre patron.*

– Pardon. Je suis votre consultante. Nous travaillons l'un pour l'autre, l'un avec l'autre et...

– C'est n'importe quoi.

– Pardon ?

– Toute cette théorie du patron, de l'employée, que nous ne pouvons pas coucher ensemble. Tu viens de le dire toi-même. Nous bossons l'un avec l'autre, pas toi pour moi. Alors si ça ne tient pas la route, le *qu'est-ce que j'ai à y gagner* ? ne tient pas la route non plus. (Je croise les bras en souriant lentement.) J'ai l'impression que tu joues seulement à te faire désirer.

– Et moi, j'ai l'impression que tu n'as toujours pas trouvé la réponse à la question.

J'ai envie de l'embrasser. J'ai envie de la prendre par la nuque et de l'attirer contre moi pour déguster ses lèvres. Mais les nombreux clients et employés qui circulent dans le coin me disent que je ne peux pas.

Elle soutient mon regard et je vois bien qu'elle sait exactement à quoi je pense.

– Tu n'iras pas. Cela te va comme réponse ?

– Et pourquoi pas ? Parce que tu sais très bien à quoi tu penses lorsque tu entres dans un club ? Les choses que tu aimerais faire à la première femme sur laquelle tu jettes ton dévolu et le but que tu veux atteindre ? J'ai fini mon service, Sharpe. Et en dehors de mes heures de travail, tu n'as aucun droit de me dire ce que je peux faire ou pas.

Enfoirée.

Elle ira de toute façon. Elle va y aller et tous les hommes sur place auront envie de ce que je ne peux pas avoir.

Est-ce que je peux espérer qu'elle a gardé au moins une de ces culottes de grand-mère et qu'elle a décidé de la mettre ce soir ? Est-ce que je peux au moins avoir ça ?

Mais un regard supplémentaire à sa minuscule jupe moulante me dit tout de suite que c'est impossible.

Seigneur. Il ne me reste plus qu'à prier qu'elle soit revenue à la raison et qu'elle porte quelque chose dessous.

– T'aimerais bien savoir, hein ? demande-t-elle avec un sourire moqueur, son regard suivant le mien qui visiblement ne dissimule pas mes pensées.

– Je te les ai rendues.

– C'est vrai. Je te l'acccrde, mais moi, je t'ai dit que je ne les mettrais pas, rien que pour te rendre dingue.

– Sutton, je grogne, les mâchoires serrées de frustration.

– Alors, oui ou non ? C'est la grande question.

– Ce n'est pas drôle.

Je tends le bras pour la toucher, mais elle recule, un sourcil levé, et elle regarde alentour pour voir si on nous regarde.

– Ce que tu ressens s'appelle de la frustration sexuelle, Callahan. Cela se manifeste par des poussées soudaines ou par des prétentions sur une personne que tu n'es nullement en droit d'avoir. (Elle s'avance jusqu'à moi et murmure.) C'est aussi terriblement excitant. À plus tard.

Elle lève la main et agite ses doigts en commençant à s'éloigner.

– Un rencard.

Pourquoi n'y ai-je pas pensé plus tôt ?

– Pardon ?

Elle regarde par-dessus son épaule

– Un rendez-vous. C'est ça la réponse, non ? Tu veux l'invitation au resto et le dîner avant la partie de jambes en l'air ?

– Ça ne nuit jamais – faire ressentir à une femme qu'elle n'est pas qu'un *objet sexuel* à vos yeux est toujours une bonne chose, mais, désolée, ce n'est pas la réponse. Vous feriez bien de faire attention à ça. (Elle montre le renflement qui appuie sur la couture de mon pantalon.) N'attendez pas trop.

Sur ce, elle tourne les talons et s'éloigne dans la pénombre

Oh oui, elle joue avec le feu, ça, on peut le dire.

28

Sutton

LES BOÎTES DE NUIT, ÇA N'A JAMAIS ÉTÉ MON TRUC.

D'accord, j'ai accepté d'y aller avec Lizzy ce fameux soir parce que j'avais besoin de me sentir un peu vivante – et, punaise, avec *lui* on peut dire que je me suis sentie vivante. Mais aujourd'hui, si je suis honnête avec moi-même, j'y suis surtout parce qu'il est hors de question pour moi de laisser Callahan me dicter mes actions. Particulièrement depuis qu'il m'ignore – et *d'ailleurs* pourquoi le fait-il ? Parce que nous avons parlé ? Parce que nos baisers nous ont davantage rapprochés que tout ce que nous avons fait auparavant ?

Et encore moins après qu'il a joué les Néandertal tout à l'heure.

D'autre part, je ne serais pas étonnée de le voir débouler.

Un homme aussi possessif et exigeant que lui ne doit pas apprécier de m'imaginer ici toute seule. Surtout qu'il est bien placé pour savoir ce qui m'est arrivé la dernière fois que je me suis retrouvée dans cette situation.

Je parie qu'il fait les cent pas au bungalow.

Ou qu'il est tapi dans l'ombre en train de m'observer en ce moment.

Je mise tout sur la deuxième proposition.

Je ferais bien de danser comme une folle pour qu'il sache que je n'attends pas qu'il revienne à la raison.

Pour dire la vérité, j'aimerais mieux être au bungalow en train de me détendre. Cela fait une semaine que je me prends la tête, alors franchement, je suis épuisée. Cependant, c'est effectivement pertinent de voir ce que propose la concurrence pour rendre notre offre plus alléchante. Et c'est ce que je fais en réalité. Je prends des notes dans ma tête et il y a une bonne douzaine de photos dans mon téléphone de certains détails spécifiques que j'aimerais soumettre à un décorateur pour qu'il les adapte au club d'Ocean's Edge en les améliorant.

Notre établissement est globalement nettement plus sympa, donc la transition et la modernisation ne devraient pas être trop compliquées ni onéreuses.

Je bois une gorgée de mon deuxième verre et regarde alentour, mal à l'aise. Ça fait bizarre de se retrouver dans un club toute seule, sans son groupe de copines avec qui rigoler. Et même de faire preuve de suffisamment d'assurance pour le faire.

Et franchement, je n'ai pas cette assurance en ce moment. C'est une chose de l'avoir quand je suis en tête à tête avec Callahan – il y a quelque chose chez lui qui me donne un sentiment de puissance. De confiance en moi. Cela m'ennuie de me l'avouer, mais je sors d'une relation avec un homme à qui je laissais le pouvoir sur mes émotions. Plus jamais ça.

Et pourtant, le pouvoir que Callahan me donne est totalement différent, en mieux.

– Tu pourrais aussi bien t'amuser au lieu de rester plantée à faire tapisserie en sirotant ton verre, Sutton.

– Brady ! Tu as pu venir !

Je suis incroyablement soulagée d'avoir un ami avec moi.

– Je n'allais pas te laisser t'aventurer toute seule dans ces eaux infestées de requins. Je veux dire, à moins que ce ne soit ce que tu veux, bien sûr.

– Non merci. Seigneur, je me sentais tellement nulle d'être là toute seule.

– Plus maintenant. (Il tape son verre contre le mien et me fait un sourire sardonique.) Je suis venu avec des renforts. (Il se tourne et désigne de la main plusieurs visages familiers.) J'ai pensé, qui d'autre inviter que le personnel qui pourrait être amené à travailler dans ce club une fois relooké ?

– C'est super. Génial, je crie pour couvrir la musique.

Pourquoi n'y ai-je pas pensé ? Parce que j'étais trop occupée à penser à Callahan et à me demander ce qui lui arrivait.

– Je me suis dit que ça pourrait aider que le personnel te voie ici, sur le terrain et impliquée, plutôt que de te représenter comme la sorcière capitaliste qu'ils ressentent comme une menace.

– Une menace ? Je suis ici pour les aider.

– Toi, tu le sais. Moi, je le sais. Mais le changement fait peur à beaucoup et jusqu'à maintenant, avec les nouveaux patrons, il ne s'est pas passé grand-chose. Alors ta présence ici en même temps qu'eux pourrait te faire paraître un peu plus humaine à leurs yeux.

J'attrape le bras de Brady et je le serre.

– Merci. Vraiment. Ça me touche beaucoup.

– De rien. Allez, on reprend un verre et on danse ?

Et nous nous en donnons à cœur joie. Jusqu'à ce que, crevant de chaud et couverts de sueur, nous nous extirpions avec difficulté de tous ces gens agglutinés sur la piste de danse, parce que nous avons besoin d'air et d'espace.

– Je vais nous chercher à boire, dit Brady. Va te rafraîchir et je te retrouve là-bas.

– Bonne idée.

Je traverse la foule avec un sourire artificiel. Cet endroit est dingue. Plus de gens beaux qu'il ne devrait être permis de réunir dans un même lieu. Mais il n'y a pas d'espace VIP, pas d'endroit spécial qui requiert un effort particulier pour y avoir accès.

C'est incontestablement une chose à ajouter sur la liste des choses à défendre – à négocier – pour Ocean's Edge.

Et un bon point supplémentaire dans tout ça, c'est que c'est justement ce que le médecin m'a ordonné après la semaine que je viens de passer. De me détendre avec Brady et le reste du personnel et d'oublier tout pendant un moment.

Je suis presque arrivée aux toilettes lorsque quelqu'un me saisit par le bras et m'entraîne dans un couloir ouvert. Mon glapissement est couvert par la pulsation des basses dans les haut-parleurs et j'atterris violemment contre un torse masculin.

– Callahan, dis-je en gloussant tout en essayant de retrouver mon équilibre, l'alcool me montant à la tête.

– Saoule ?

Ses lèvres sont si près de ma bouche, je les fixe. Je les veux. Désespérément.

– Heureuse. Qu'est-ce que vous faites là ?

– Je suis là pour vous rappeler tout ce que vous désirez encore mais que vous vous refusez.

Et sans plus d'avertissement il pose ses lèvres sur les miennes. Pour y déposer sa marque. *Pour me marquer.* C'est un baiser affamé et désespéré qui fait flageoler mes jambes. Sa langue entre en collision avec la mienne et me donne le tournis. Je m'accroche à sa chemise et il prend mes seins dans ses mains et les presse.

Mon gémissement est étouffé par le baiser et la musique alors que tout mon corps supplie et réclame de le sentir contre moi. Sur moi. En moi.

Il empoigne ma queue-de-cheval comme il l'avait fait cette première nuit, et tire pour éloigner sa bouche de la mienne et reprendre son souffle.

– Et pour me rappeler à moi-même pourquoi cet état de confusion en vaut la peine, murmure-t-il alors que nos regards se croisent.

– Callahan.

Je ne sais pas si c'est une mise en garde ou si je le supplie de rester.

Mais une chose est claire – le doute que j'ai pu ressentir au cours des derniers jours est bien dissipé. *Il me désire toujours.*

– Allez viens, je t'emmène loin d'ici.

– Ce serait une erreur.

– Ce ne serait pas la première que je commets.

Il me décoche un sourire arrogant et mon estomac fait des saltos une fois de plus.

– Non, je veux dire… Brady est là et…

Il jette un coup d'œil vers la foule derrière nous et secoue brièvement la tête avant de dire :

– Nos retrouvailles n'en seront que meilleures.

Il pose un dernier baiser sur mes lèvres et ajoute : Retourne voir tes amis, avant de s'éloigner à grandes enjambées.

– Callahan. (Je dis son nom dans un cri étranglé cette fois.) *S'il te plaît, reste.*

Mais mes mots sont noyés par la musique, et après son départ, je me sens soudain seule. *Vide.*

Ça doit être l'alcool.

Est-ce que je le poursuis ? Est-ce que je lui cours après et…

– Ah, Sutton, tu es là ? dit Brady en m'attrapant par le bras et en me mettant un verre dans la main. Je pensais t'avoir perdue.

– Non, excuse-moi. J'étais…

– C'était qui ? (Il regarde dans la direction vers laquelle Callahan vient de s'éloigner.) Un rencard sexy pour tout à l'heure, j'espère.

– Qui était qui ? (Je demande avant de vider mon verre cul sec.) Oh, ce mec ! (Je fais un signe de la main dans la direction du regard de Brady.) Il m'a bousculée en passant et j'ai renversé son verre. C'est tout, rien de plus.

Les mensonges.

Rien que des mensonges. J'avais envie de continuer à l'embrasser. J'ai envie de retourner au bungalow et d'aller plus loin.

Mais je ne peux pas. Je ne le ferai pas.

Je vais vraiment avoir besoin d'autres verres pour me venir en aide.

29

Callahan

ÇA A ÉTÉ DUR DE LA FUIR AU CLUB.

La désirer est encore plus dur.

Et c'est pour mes burnes qui font les frais de ce jeu que ce va-et-vient est le plus dur.

Mais j'ai tenu bon. Je ne l'ai pas collée contre le mur pour la prendre comme j'en mourais d'envie au club. Et cela mérite d'être noté parce que la retenue, ce n'est pas mon point fort.

C'est ce qu'elle veut, non ? Que je prouve que je suis incapable de me contrôler ? Que je ne pense qu'à mes désirs et pas aux siens ni aux conséquences et aux retombées négatives possibles pour elle ?

Alors j'ai fait l'impensable, une chose que celui que j'étais avant n'aurait jamais faite – *je suis parti, putain. Je n'ai pas insisté.*

Et maintenant que la pendule égrène le temps qui passe, je suis assis dans la pénombre de notre bungalow à remettre mes décisions en question.

La prochaine fois, je ne ferai pas ça.

La prochaine fois, je dirai *eh merde pour ce jeu à la con* et je prendrai exactement ce que je veux parce que, tout ça, elle, nous, ça me rend complètement dingue, bordel.

Donc je bois une nouvelle gorgée de mon whisky et j'attends, les yeux fermés et la tête débordant d'idées qui tournent en boucle.

Deux heures du matin. C'est à ce moment-là que j'entends le tâtonnement à la porte d'entrée et le juron amusé lorsque la serrure émet un bip annonçant que sa carte-clé n'est pas bien positionnée.

Puis, la porte s'ouvre et Sutton entre en titubant.

– Whoops.

Elle laisse tomber son sac sur le plan de travail avec un bruit sourd et ensuite enlève maladroitement ses chaussures l'une après l'autre avant de les jeter au petit bonheur la chance à travers la pièce.

Elle glousse de nouveau – c'est la deuxième fois ce soir. C'est tellement étrange d'entendre ce son venant d'une femme si maîtrisée, si volontaire, mais cela me fait sourire. Elle avance en ondulant pour aller prendre une bouteille d'eau sur la table et en avale une longue gorgée assoiffée avant de rester là debout sans rien faire, les yeux fermés et un sourire niais sur le visage.

Sa jupe est froissée et son top descend sur une de ses épaules. Elle a l'air dans un sale état, pourtant cela ne l'empêche pas d'être adorable, alors qu'avant je la trouvais seulement sexy.

Arrête, Callahan. Laisse-la aller se coucher sans savoir que tu es assis là.

Je ne peux pas résister.

– C'était bien ?

Elle fait un bond en entendant ma voix, mais se détend visiblement en me voyant assis dans l'obscurité de l'autre côté de la pièce.

– Tu es resté debout pour m'attendre ? (Elle traverse la pièce dans ma direction.) C'est mignon.

– Je me détends.

J'incline la tête pour la regarder, debout devant moi.

– Dans le noir, à cette heure de la nuit ?

– Hum. J'aime bien ce moment où tout le monde dort et où on n'entend que le silence.

– Je croyais que tu étais du matin.

– Je suis beaucoup de choses, Sutton.

Elle m'observe, la tête inclinée en arrière, en se mordillant la lèvre inférieure. *Putain, elle est trop mignonne.*

– Que dit le silence ? murmure-t-elle en prenant l'initiative de s'avancer entre mes jambes pour venir s'asseoir sur un de mes genoux.

Je pose une main sur sa taille pour l'aider à se stabiliser. Son regard vitreux croise le mien et elle plisse les yeux en attendant ma réponse.

– Que tu vas avoir un mal de tête carabiné demain matin.

Je retire ma main de sa taille et je joue avec une boucle qui s'est échappée de sa queue-de-cheval, en la caressant entre mes doigts.

– Peut-être. Peut-être que non.

Elle bâille et me regarde à travers ses paupières mi-closes.

– Est-ce que j'ai une date de péremption, Johnnie ?

– Une quoi ? dis-je en riant.

– Brady dit que tu es le genre d'homme à donner aux femmes une date d'expiration – que tu ne joues avec elles que pendant un temps déterminé – alors je me demandais si moi, j'en avais une ?

Il y a tellement de candeur dans son regard que je suis bouleversé comme je ne l'ai jamais été jusqu'ici.

Est-ce une manière pour elle de me demander si elle ne m'intéresse plus ?

Ne voit-elle pas qu'on ne peut pas être plus loin de la vérité ?

– Sutton...

– Je m'endors, murmure-t-elle et, sans prévenir, elle se penche en avant et pose la tête sur ma poitrine.

Elle se pelotonne contre moi, sa joue sur mon épaule et le bout de son nez juste sous ma mâchoire.

J'hésite. Je ne sais pas pourquoi, nous avons bien dormi ensemble dans son lit l'autre soir, mais pourtant c'est le cas.

En fait si, je sais pourquoi j'hésite. C'est parce que depuis cette soirée, les choses ont changé entre nous et peut-être que je voudrais à tout prix revenir à notre état antérieur. Lorsque je ne faisais pas de câlins et que je m'en fichais. Quand je couchais pour ensuite partir de mon côté sans me retourner. Revenir à l'époque où il n'y avait pas de conversations profondes et où on savait sans ambiguïté qu'aller *plus loin* n'était même pas envisageable.

Retourner au moment où je pensais que c'était bien pour elle de me connaître alors que maintenant j'ai peur que ce soit le contraire.

Et pourtant... je l'entoure de mon bras, la serre contre moi et respire son odeur.

– Tu y as déjà pensé, Cal ? (Elle pousse un petit gloussement pâteux.) Ça t'embête que je t'appelle Cal ?

– Oui. Ça m'embête. Mes frères m'appellent comme ça et seulement lorsqu'ils veulent me foutre en rogne. (Je passe la main le long de son dos en y réfléchissant.) Ces derniers temps, on dirait qu'ils m'appellent comme ça tout le temps.

– Mmm, dit-elle sans poursuivre.

Je me dis qu'elle s'est endormie sur moi mais, en fait, elle poursuit d'une voix douce.

– Je sais ce que c'est. D'être celui ou celle qui se fait toujours engueuler. (Elle rigole doucement.) Il trouvait toujours à redire à ce que je faisais. Il me piégeait pour le plaisir. Il me posait des questions devant ses amis simplement pour me coincer et dire que mes réponses étaient fausses. Il m'a encouragée lorsque j'ai eu envie de prendre des cours de peinture, tout ça pour se moquer de mes créations à l'exposition des travaux de la classe. Je pensais que si je l'aimais, c'était normal de lui donner ce dont il avait besoin, mais... il m'a pris des parties de moi que je lui ai abandonnées sans même m'en rendre compte, avant qu'il ne soit trop tard.

– Sutton...

Je ne sais pas si j'essaie de l'avertir pour qu'elle réalise à quel point elle se confie quand elle a trop bu ou pour me sentir mieux de l'avoir fait, tout en souhaitant qu'elle continue.

– Sa carrière passait avant tout. Son bonheur. Son... *plaisir*. (Elle pousse un grognement.) C'est pour ça que je suis ici. C'est pour ça que Lizzy m'a dit de faire une chose pour moi. (*Lizzy ? Une chose ?*) Quelle personne refuse des promotions parce que l'ego de son petit ami supporte mal qu'elle puisse avancer plus rapidement que lui ? Celle qui te parle. (Elle lève une main et la laisse retomber lourdement sur ma poitrine.) Quelle personne a tellement honte de l'avoir laissé lui voler des jours, des années et des heures de sa vie quand elle se croyait forte mais qu'elle ne l'était pas en réalité ? Celle qui te parle.

– Tu es forte, Collins, je murmure en l'embrassant sur le sommet du crâne alors qu'une rage inexpliquée s'empare de moi.

Elle se met à rire comme si elle ne croyait pas un mot de ce que je dis.

– C'est ce que tu crois. (Un autre grognement méprisant. Elle frotte le bout de son nez sur ma mâchoire.) Ne sois pas trop sexy. Ne te fais pas remarquer. Parler aux autres hommes ou flirter, c'est pareil à mes yeux, dit-elle en imitant une voix d'homme. Et tout ça, tout ce qui aurait pu m'aider à me sentir vivante m'était interdit. (Elle secoue la tête.) *Moi, ce que je voulais, c'était me sentir vivante.*

– Il n'est plus là, maintenant.

– *Clint.* Il s'appelait Clint.

Elle fait un doigt d'honneur, et cela me fait sourire.

– Je n'ai jamais aimé ce nom.

– Moi non plus.

– Va te faire foutre, Clint !

Je lève mon verre pour porter un toast et je bois un coup.

Elle se met à rire, glisse la main entre les boutons de ma chemise et pose les doigts sur la peau nue de mon torse. Réalise-t-elle au moins à quel point je désire cette caresse ?

– Avec toi, je me sens vivante, Callahan.

– Sutton...

Cette femme me laisse sans voix, plus que n'importe qui d'autre dans ma vie.

– Tu savais que la fille qui te parle ignorait totalement qu'on pouvait avoir des orgasmes multiples en faisant l'amour, parce que son petit ami était égoïste et se fichait pas mal de son plaisir à elle ? Je ne le savais pas jusqu'à... *toi.*

Quelque chose qui ressemble à de l'émotion vient se loger dans ma gorge et y forme une boule. Le besoin de soulever son menton et de l'embrasser sur la bouche est pressant. L'envie de glisser la main le long de ses cuisses et de plonger dans le paradis qui se trouve entre elles est encore plus forte.

Mais là, tout de suite, rien ne s'y prête. Ni sa confession. Ni l'effet que ça me fait. Ni que cela me suffise d'avoir une femme pratiquement couchée sur moi sans chercher à aller plus loin.

– Pourquoi tu ne peux pas être ce qu'il me faut ? murmure-t-elle d'une voix endormie, absente, comme si elle rêvait déjà.

– Je ne suis nécessaire à personne, Collins. (*Il faut avoir de la valeur pour être nécessaire.*) Jamais.

– Je ne suis pas d'accord, dit-elle d'une voix enfantine. Pourquoi t'as pas cherché à recoucher avec moi ? C'est parce que ma date de péremption est dépassée ? C'est parce que tu es passé à autre chose ?

– Ce n'est rien de tout ça, je murmure, entendant ma propre réponse sans savoir exactement ce que je veux dire.

– Alors, baise-moi, Johnnie, chuchote-t-elle.

Les mêmes mots qu'elle a chuchotés cette première nuit, et tout mon être doit lutter contre mon désir pour ne pas céder.

– Pas comme ça, Collins. (Je pose un autre baiser absent sur ses cheveux.) Pas quand tu es dans cet état.

– Pourquoi ?

Parce que je veux que tu t'en souviennes. Parce que je veux savoir que chaque sensation, tu la partages avec moi.

– Parce que tu mérites mieux que ça.

– Un mec bien. Tu le sais, hein ? Tu sais que tu es un mec bien ? C'est pour ça que je suis tombée amoureuse de toi.

Elle pousse un petit gloussement qui s'éteint et sa respiration devient régulière.

J'en ai le souffle coupé. Elle est saoule. C'est l'effet de l'alcool, et je me montre simplement sympa, donc elle prend cette sensation réconfortante pour autre chose.

Tu peux essayer de te persuader du contraire, Callahan, mais ces mots viennent bien de lui échapper. Des mots qui viennent à la suite de tant de franchise évidente, c'est plutôt difficile de les ignorer.

Pas plus que mon pouls qui bat à plein tube et ma bouche qui se dessèche tout à coup.

– Merci, Callahan, dit-elle d'une voix pâteuse en déposant un doux baiser dans mon cou. De m'avoir fait comprendre l'importance de ne plus accepter l'inacceptable.

J'ouvre la bouche pour parler, mais putain. Les émotions, les pensées me submergent avec tant de violence que je reste sans voix. Et alors que je lutte pour trouver quoi répondre, un léger ronflement s'échappe de ses lèvres et me sauve la mise.

C'est difficile de balayer ça sous le tapis à la manière typique d'un Sharpe alors que son corps chaud est toujours posé sur moi et que ses paroles résonnent encore dans mes oreilles.

De m'avoir fait comprendre l'importance de ne plus accepter l'inacceptable.

Sutton Pierce.

C'est pour ça que je suis tombée amoureuse de toi.

Elle parle d'elle-même comme d'une femme faible, mais elle ne m'a montré que sa force. On peut dire que c'est la reine de la contradiction. Sexy et provocante, mais un peu brisée en dessous.

Comme tout le monde, non, Cal ? Tu ne l'es pas, toi ?

Je pousse un soupir lourd parce que la réponse est si, mais ma blessure, je me la suis infligée moi-même alors que la sienne est venue de la main de quelqu'un d'autre.

Alors, c'est de ça qu'il s'agit ? Ce jeu ? Avant de donner plus d'elle-même, elle a besoin de savoir qu'elle ne va pas se faire avoir par un autre ?

Bon Dieu. C'est ça que je fais ? Je bousille des femmes en les faisant douter de leur valeur, comme l'a fait ce putain d'enfoiré de Clint ?

Je me passe la main sur le visage avant de la poser sur sa cuisse nue qui repose sur la mienne.

Non. Absolument pas, putain. Moi, je ne promets rien – pas de happy end, pas de pour toujours – rien de la sorte. Je ne rabaisse pas. Je ne dévalorise pas. Je donne du plaisir. *Je fous le camp.*

Et pourtant, ce qu'elle a dit me pousse à remettre mon comportement en question, une chose que je n'ai jamais faite jusque-là.

Qu'est-ce que j'y gagne ?

Est-ce un moyen pour elle de regagner certains aspects d'elle-même ? Ceux qu'il a volés et détruits ? D'affirmer qui elle est et la sexualité pour laquelle il lui a fait honte ?

C'est ça, la réponse à sa question ?

Qu'est-ce que j'y gagne ?

Est-ce que la réponse, c'est *elle ?* Qu'elle se retrouve elle-même ?

Je mâchonne l'intérieur de ma joue et j'écoute le silence qui crie.

Mes pensées qui murmurent tout bas à l'intérieur de ce cri.

Et je sais que je n'ai pas envie que ce soit ça la bonne réponse.

Que ça ne peut pas être ça.

Parce que je suis pratiquement certain qu'une fois que Sutton Pierce se sera retrouvée elle-même, elle sera perdue pour moi.

Elle connaîtra sa valeur, elle l'affirmera, et elle saura sans l'ombre d'un doute qu'un type comme moi, qui ne fait pas de promesses, ne la mérite pas.

Elle veut... *elle mérite* un homme qui reste. Qui sait comment s'engager avec tout son cœur. *Et cet homme, ce n'est pas moi.* Je ne peux pas laisser croire à Sutton que je suis prêt à relever le défi.

Le jeu a changé.

Et en bon connard égoïste, je n'ai plus envie de jouer.

30

Callahan

Onze mois plus tôt

LE VOILIER TANGUE DOUCEMENT ALORS QUE JE FIXE L'HORIZON, avec des kilomètres et des kilomètres d'eau bleue devant nous.

J'aimerais dire que le parfum iodé qui pénètre dans mes narines et le soleil sur mon visage suffisent à effacer ce qui s'est dit tout à l'heure – mais ce serait mentir.

Un putain de mensonge.

– Où est papa ? je demande en entrant dans la salle de conférences où se trouvent Ford assis dans un fauteuil et Ledger debout dos à la fenêtre et les bras croisés sur la poitrine.

Merde. Ils sont au courant.

– Papa n'est plus compétent pour ce qui nous intéresse, dit Ledger d'un ton grinçant, les mâchoires serrées et la voix glaciale.

– La société lui appartient et, par conséquent, il devrait être ici pour...

– Pour quoi ? demande Ledger dont la voix monte sur chaque syllabe. Il ne pourra pas te protéger cette fois, Cal.

– De quoi est-ce que tu parles ?

– Ne commence pas à nous jouer ton refrain habituel de l'innocence. Sharpe International est devenue la risée de tout le monde parce que tu as conclu un accord pour acheter un complexe hôtelier dans le seul but de niquer la fille du propriétaire.

C'est quoi ces conneries ?

– Tout le monde est au courant, Cal. Grâce à ta proposition de chiottes, la rumeur selon laquelle tu nous as bradés en échange d'une chatte renommée a fait le tour de cette putain de ville.

Je jette un coup d'œil à mon père. Un léger sourire plane sur ses lèvres, il tient un verre de scotch à la main et je me demande ce que me diraient ses yeux s'ils n'étaient pas dissimulés derrière ses lunettes de soleil ? Est-il présent ? Son esprit s'est-il échappé de nouveau ? Se souvient-il même de ce qui s'est passé tout à l'heure ?

Pour son bien, j'espère que non.

– Je n'ai pas couché avec elle, dis-je en affrontant leur regard à tous les deux.

– Nom de Dieu de merde, beugle Ledger. N'oublie pas qu'on te connaît.

– Papa peut tout vous expliquer. Il veut acquérir cet hôtel en hommage à maman. Il lui avait promis qu'il lui achèterait un bout de terrain là-bas un jour. Comment…

– Oui, et hier soir il m'a dit qu'il a vécu à Ibiza entre ses trente et ses quarante ans. Nous savons tous que ce n'est pas vrai puisqu'il était ici avec nous, dit Ledger, l'œil plissé et suspicieux.

– Il devrait être présent, dis-je en criant et en frappant de la main sur la table.

Je refuse de croire qu'il n'a pas eu ce moment de lucidité. Je refuse de croire que ce moment n'était qu'un effet de la maladie qui me jouait un putain de tour une fois de plus. Je refuse d'accepter d'avoir été crédule *à ce point.*

– Il est chez lui, Callahan, dit Ford. Il a été relevé de ses fonctions actives dans la société.

– Quoi ?

Je hurle pratiquement, ma langue est devenue soudain sèche dans ma bouche.

– C'est mieux pour tout le monde en ce moment, dit Ledger doucement.

Un moment de panique me traverse.

– Ça va le tuer. De ne plus venir ici. De ne plus faire partie de la société et…

– Alors, c'est lequel de vous deux, Cal ?

Ledger s'écarte du mur et vient vers moi.

– La signature du contrat ? Parce que si la décision vient de papa, ça veut dire qu'il nous fait plus de tort qu'autre chose maintenant, mais si ça vient de toi… alors il pourra rester à la barre un peu plus longtemps.

****

– Ça va, Cal ? demande mon père en me ramenant au moment présent.

– Oui. Je réfléchissais, c'est tout.

Je jette un coup d'œil par-dessus mon épaule vers le capitaine qui dit quelque chose à un membre de l'équipage à propos du foc, puis je reporte mon attention sur mon père.

– Tes frères s'en remettront. Comme toujours.

Je fais oui de la tête, prends une profonde inspiration et je mens.

– Oui, bien sûr.

– Nous sommes des Sharpe. (Il rigole.) On s'engueule, mais on s'adore.

– Je sais papa. (Je tends le bras et lui tapote la main.) Je sais.

– Tu vois ce point là-bas ?

Il lève la main qui tient son verre en direction de la côte de Long Island.

– Oui, et alors ?

Il fronce les sourcils et, malgré ses lunettes, je vois la confusion qui s'affiche sur son visage.

– Papa ?

– Juste au-delà du récif, là-bas.

Je regarde mon père, puis la côte où il n'y a pas le moindre récif, sur des kilomètres à la ronde. J'hésite entre le lui dire ou le laisser continuer à parler. Je n'ai pas envie de le contrarier lorsqu'il est dans le seul endroit qu'il aime plus que son bureau.

– Oui, je le vois.

– Un jour peut-être tu tomberas amoureux et tu l'amèneras ici, toi aussi, Callahan. C'est ta mère qui serait contente.

Je lui fais un sourire rassurant puis je secoue la tête.

– Cela m'étonnerait que ça se produise de sitôt, papa.

J'ai encore trop d'endroits à voir. Trop de choses à faire. Tout sauf être assis dans un bureau pendant des heures.

– Surtout quand je suis coincé dans ce bureau...

– Tu n'es pas coincé, là. Tu as le privilège d'y être. (Il pousse un soupir satisfait.) Les seuls moments où je me sens vraiment moi-même, c'est quand je suis assis dans ce bureau et que je contemple tout ce que j'ai bâti. Le reste du temps, je ne me rappelle rien du tout. Mais ce bureau, cet endroit, vous les garçons, c'est ce qui m'aide à rester sain d'esprit.

Cet endroit l'aide à rester sain d'esprit.

Justement maintenant ? C'est pour ça que tout à l'heure au cours de notre dispute, je me suis contenté de hocher la tête tandis que Ledger et Ford me ressortaient des années de rancœur. C'est pour cela que j'ai assumé la responsabilité de la transaction de façon que mon père puisse rester à la barre et conserver les quelques résidus de santé mentale qui lui restent.

J'ai fait beaucoup de bêtises qu'il m'a pardonnées.

C'est bien le moins aujourd'hui pour moi de faire en sorte qu'il puisse se raccrocher encore un peu à ce qui lui donne du bonheur, même si cela implique de subir les foudres de mes frères.

Même si ne nous réconcilions jamais.

– Tu as raison, papa. C'est un privilège.

Je cligne des yeux pour repousser les larmes qui montent. J'ai besoin de retenir ce moment avec lui en dépit du fait que son esprit est visiblement ailleurs.

– Parle-moi de la fois où tu es venu ici avec maman.

31

Sutton

IL SE POURRAIT BIEN QUE JE N'AIE JAMAIS EU UNE GUEULE DE BOIS qui dure aussi longtemps. Je suis très reconnaissante à Callahan d'avoir laissé sur la table de nuit de l'aspirine et de l'eau que j'ai trouvées en me réveillant, mais cela n'a pas fait grand-chose pour diminuer le martèlement dans ma tête.

Et peut-être que j'attache plus d'importance à mes symptômes que je ne le ferais habituellement en ayant décidé de rester travailler au bungalow plutôt qu'au bureau parce que j'ai trop peur de me retrouver face à Callahan après ce que je lui ai dit hier soir. Même si mes souvenirs sont un peu embrouillés, je suis pratiquement sûre d'avoir balancé certains trucs qu'il aurait mieux valu passer sous silence.

S'il a voulu prendre ses distances après que nous avons parlé de nos familles et de notre passé et que nous nous sommes embrassés, alors c'est évident qu'il va probablement déménager aujourd'hui – s'il ne l'a pas déjà fait – pour s'éloigner le plus possible de moi.

Je gémis en pressant mes doigts sur mes yeux.

Il faut que je corrige le tir.

Je dois lui parler et lui dire que c'était l'effet de l'alcool. Que j'ai l'alcool sentimental et joyeux. Peut-être acceptera-t-il ça pour ce que ça vaut, et avec un peu de chance nous pourrons revenir à nos rapports habituels, quels qu'ils soient.

Avec un peu de chance.

Il suffit qu'on couche ensemble et qu'on n'en parle plus. Peut-être que ça aidera à remettre les choses à leur place ? Peut-être que si on cède tous les deux à notre attraction physique, on pourra... d'une certaine façon revenir à une relation que j'ai probablement bousillée hier soir.

Ce n'est pas en me terrant ici dans ce bungalow que je vais régler le problème.

Je suis habillée et je passe la porte pour chercher Callahan lorsque je reçois un texto de Brady me disant de le retrouver au Cove. Que ma présence y est requise.

Voyant que mes textos restent sans réponse au bout d'un moment, je décide d'aller le rejoindre.

L'hôtel bruisse d'activité ce soir. C'est notre deuxième soirée Vendredi Sur La Plage et les clients s'affairent pour aller voir ce que tous les préparatifs et l'affichage annoncent.

Je souris en constatant qu'il y a déjà une différence entre mon premier jour ici et ce que je pense être mon quarantième et quelque. J'ai l'impression que les clients préfèrent rester à l'hôtel et profiter des animations proposées plutôt que de sortir vers d'autres établissements.

Il y a encore beaucoup de progrès à faire, mais la nouvelle signalisation a incontestablement donné la note pour les choses à venir et les améliorations qu'on peut attendre. De nouveaux uniformes pour le personnel ont été commandés, qui ne font qu'ajouter à l'esthétique sophistiquée que les établissements Sharpe dégagent.

Et les dîners d'affaire de Callahan ont porté leurs fruits. Nous avons obtenu une réduction de dix pour cent de notre fournisseur de linge ainsi qu'un rabais de douze pour cent de notre fournisseur d'alcool. Ajouté à cela, il a trouvé une société d'aménagement paysager plus professionnelle qui en fera plus pour moins cher. *En d'autres termes, Ocean's Edge se faisait escroquer.*

Les choses vont incontestablement dans la bonne direction.

Et c'est exactement ce que j'ai dit à Roz tout à l'heure quand on s'est parlé au téléphone. Malgré le pilonnage continu dans ma tête, j'ai réussi à la mettre au courant des avancées de la semaine. Je me la représentais cochant les cases sur la fiche de situation des travaux en cours qu'elle tient pour chaque projet.

– C'est le début du succès, Sutton, a-t-elle dit avant de raccrocher.

Et elle a raison. C'est comme ça que le succès commence.

Une brique après l'autre.

Et maintenant que Callahan m'a raconté le contexte de l'acquisition et les retours négatifs de ses frères, je suis encore plus déterminée à réhabiliter cet endroit. Pas seulement pour moi mais pour qu'il puisse leur prouver qu'il est capable de faire son travail.

Et puis, il ne faut pas se mentir. C'est excitant de voir les changements se produire si vite.

Peut-être que ses frères feront machine arrière et le complimenteront pour avoir fait ce qu'il avait dit.

Mais l'idée qu'il lâche tout dès que ce sera achevé me serre le cœur. Avoir une dynamique familiale qui paraît réparable et ne pas vouloir y travailler, ça me tue.

Mais encore une fois, je ne connais peut-être pas toute l'histoire.

Je vais en flânant vers le bar et je souris en voyant Keone. Cet homme est un puits de science quand il s'agit du personnel, de l'île et des rumeurs que personne n'est censé entendre. Sérieusement, j'aimerais sincèrement que nous puissions en avoir deux comme lui.

– Salut, Keone. Ça s'annonce bien cette soirée ?

– C'est tout bon pour nous, Madame Sutton. Cette idée nouvelle du Vendredi Soir sur la Plage que vous avez eue est indéniablement bonne pour les affaires.

– C'est super.

– Et vous, ça va ? Je vous sers quelque chose ?

Je fais la grimace à l'idée de boire de l'alcool. Combattre le mal par le mal, très peu pour moi.

– Non merci, c'est bon. Brady m'attend au Cove, mais j'essayais de trouver Callahan avant.

– Ce mec est très demandé ce soir, je vous dis pas.

Il se met à rire, me tirant du texto de Brady que je viens de recevoir et qui me dit qu'il a résolu le truc pour lequel il avait besoin de moi.

– Très demandé ? Il a encore des réunions ?

Keone secoue la tête et désigne du menton l'espace derrière moi. Je suis son regard.

La vache ! La femme qui se tient là est superbe et pourtant, en même temps, elle ne semble pas à sa place. Bien sûr, elle a l'allure des habitués de Sharpe International – attirant l'attention sur elle et se comportant comme si elle était propriétaire des lieux –, mais quelque chose chez elle me pousse à redresser les épaules.

– Keone, qui est-ce ?

– Gia Diamante, dit-il. Justement elle cherchait Callahan, elle aussi. Mais à mon avis, ce n'est pas pour une « réunion de travail » !

Son rire résonne tandis que mon estomac se serre.

C'est Gia ?

La même Gia qui, d'après Solomon, avait hâte de revoir Callahan ?

Je recule en bredouillant au revoir à Keone, il faut que je sorte de là avant qu'il ne voie sur mon visage ce qui y est certainement plus que visible, *la jalousie.*

Est-ce pour cela que je n'arrivais pas à trouver Callahan ? Est-ce qu'il a rendez-vous avec Gia ce soir ?

– Ça va, Madame Sutton ? Vous voulez que je dise à Monsieur Sharpe que vous le cherchez ?

Surtout pas.

– Non. C'est bon. Je le verrai demain.

Et me voilà partie, nauséeuse, frustrée et en colère. On peut dire que quand Callahan fiche le camp, il ne traîne pas.

Il faut que je lui parle. *Pour ce que ça vaut.* Il faut que je sache ce qu'il y a, ou pas, entre nous pour que je puisse soit monter soit descendre totalement de ce manège.

Avec cette pensée présente à l'esprit, je me précipite vers nos bureaux, mais la lumière est éteinte dans le sien.

C'est seulement en revenant vers le Cove que je finis par l'apercevoir. *Callahan.* Il est debout à l'entrée du restaurant. Les mains enfoncées dans les poches, il me tourne le dos.

Ma poitrine se serre lorsque je le vois, ses larges épaules et sa silhouette élancée qui se découpent sur le soleil couchant.

Si jamais je m'interrogeais sur la possibilité d'une date de péremption de notre histoire, la vue de Gia là-bas et de lui ici, vraisemblablement en train de l'attendre, m'apporte un début de réponse.

Qu'est-ce que je fais ?

Comment est-ce que je gère cette situation ?

Est-ce que je lui dis que j'ai toujours envie de lui ?

Est-ce que je le lâche dès maintenant en m'épargnant le risque de souffrir avant d'être encore plus impliquée ?

Dis quelque chose, Sutton. *N'importe quoi.*

– Ah, vous êtes là, je réussis finalement à dire en m'approchant de lui. (Joue-la simple. Détachée. Professionnelle.) Je voulais vous remercier pour... *l'aspirine que tu as laissée sur ma table de nuit.* Mais les mots ne sortent pas, parce que Ledger avait raison la première fois que je les ai rencontrés. *Plus vous nous connaîtrez, plus il vous sera facile de nous différencier.*

– Ledger ? À moins que vous ne soyez Ford ? je demande, prise de court et un peu étonnée de le voir ici.

Et consciente que j'ai bien failli révéler le degré d'intimité qui existe entre Callahan et moi.

Son sourire s'élargit.

– Vous êtes très observatrice, Madame Pierce. C'est Ledger. Ravi de vous revoir.

– Appelez-moi Sutton, je vous en prie. Et nous sommes heureux de vous voir ici de façon si... inespérée.

– Beau rétablissement

Son rire est communicatif, et je dois reculer d'un pas pour me rappeler que c'est Ledger et pas Callahan.

– Mais je viens en ami. (Il lève les mains.) Je voulais juste voir comment les choses se passent et me rendre compte par moi-même d'où va tout notre argent.

Ces mots prennent un éclairage différent maintenant, mais je ne me dépars pas de mon sourire accueillant.

– Vous comptez rester longtemps avec nous ?

– Seulement cette nuit et demain matin.

– Un bref séjour, alors ?

Et je ne sais pas pourquoi je pousse un soupir de soulagement. Presque comme si je craignais que Callahan et lui n'en viennent aux mains s'il s'attardait trop longtemps.

– Oui. Je dois me rendre au Texas pour régler certaines affaires et donc je me suis dit que c'était un bon endroit pour faire escale cette nuit.

Pas vraiment la porte à côté, mais...

– Ce n'est pas mal en effet.

Je désigne de la main la beauté du paysage qui nous entoure.

– Dans ce cas, je ne vais pas vous retarder. Je suis sûre que vous avez des tas de choses à discuter avec votre frère pendant que vous êtes là.

– En fait, c'était vous que je voulais voir. C'est pour cela que j'ai demandé à Brady de vous faire appeler.

Son sourire est chaleureux, ses yeux ambrés persuasifs.

– Ah. Bien sûr. Oui.

Brady savait qu'il était là et ne m'a pas prévenue ? *Sympa.*

– En quoi puis-je vous aider ?

– J'aimerais passer en revue certaines des modifications et entendre votre version des choses. Vous avez des projets pour le dîner ? Le Cove a mis une table à notre disposition.

– Bien sûr, mais je ne suis pas vraiment habillée pour un dîner. Je peux aller me changer, je n'en ai pas pour longtemps.

– Sutton, je vous en prie. (Il lève les mains en riant.) Je n'ai aucune arrière-pensée. Je vous le jure. Ma présence ici ne doit pas vous rendre nerveuse.

– Je ne suis pas nerveuse, mais je ne vous attendais pas et je ne voudrais pas vous faire mauvaise impression avec ma tenue décontractée de tous les jours.

– Vous êtes très bien comme ça. Je vous assure. (Il jette un coup d'œil autour de lui comme pour se faire une idée de l'endroit – ou pour chercher son frère – avant de tendre la main pour que j'ouvre la marche.) J'ai hâte de tout savoir.

Mon cœur bat la chamade alors que nous entrons dans le restaurant.

Je ne sais pas pourquoi je suis si agitée par sa présence.

Cet hôtel est à lui au même titre qu'à Callahan.

Mais je n'ai pas couché avec Ledger.

Et j'ai peur, d'une façon ou d'une autre, de me couper et de laisser filtrer que je l'ai fait avec son frère. *Qui a peut-être, ou pas, rendez-vous avec une autre femme ce soir.*

32

Callahan

– OH, MAIS NE SERAIT-CE PAS L'INSAISISSABLE CALLAHAN SHARPE en chair et en os ?

Tout mon être se fige au son de cette voix. Keone hausse les sourcils et je me retourne lentement pour faire face à la femme qui se tient derrière moi.

– Gia.

– Tu n'as pas oublié mon nom, alors. C'est dommage que tu aies oublié le numéro de ma chambre, en revanche.

Ses lèvres maquillées de rouge s'incurvent en un sourire provocant tandis qu'elle me dévore des yeux.

– Il y a certaines choses qu'il vaut mieux oublier.

Je réussis un sourire pas trop aimable.

Tout le monde est au courant, Cal. Grâce à ta proposition de chiottes, la rumeur selon laquelle tu nous as bradés en échange d'une chatte renommée a fait le tour de cette putain de ville.

Gia adorerait savoir que ses agissements ont provoqué un conflit majeur entre les frères Sharpe. *Quelque chose dont nous ne nous sommes toujours pas remis.* Elle s'en délecterait.

– Ce n'est pas gentil de dire ça.

Elle fait une moue théâtrale, sachant que tous les yeux sont tournés vers cette femme magnifique.

Une femme qui ne présente aucun intérêt pour moi.

– Eh bien, tu m'as trouvé, et donc qu'est-ce que tu attends de moi, exactement, Gia ?

Son rire de gorge se répercute en moi.

– Oh, ça, c'est une question tendancieuse, ou je ne m'y connais pas.

Je lui fais un sourire qui, d'après moi, n'atteint pas mes yeux.

– Si tu es venue avec en tête ce que je crois, je ne suis pas intéressé.

– Nous avons des sujets... en suspens, pourtant.

– Je ne crois pas, non.

J'observe cette femme. Il n'y a pas si longtemps, j'aurais donné n'importe quoi pour la sauter. N'importe quoi. Et aujourd'hui, lorsque je la regarde, je la trouve physiquement séduisante, mais sans plus.

– Callahan. Nous savons toi et moi que ce n'est pas vrai.

Elle ronronne et passe le bout de son doigt sur mon épaule.

Je m'écarte de son contact et me lève de mon siège.

– Tu n'en as pas marre de ce petit jeu ?

– De quel jeu parles-tu ?

Et c'est à ce moment que je vois la vérité. Sutton, elle, ne joue pas. Elle ne l'a jamais fait. *Elle attend sincèrement plus que ça pour elle-même. Et elle a raison.* Alors que Gia...

– Celui de la petite fille riche, un petit jeu au cours duquel tu arrives quelque part, tu attires l'attention et tu espères ensuite te faire sauter ?

Son sourire revient malgré l'insulte.

– Là, c'est l'hôpital qui se fout de la charité, Callahan. Il fut un temps où ce que tu viens de dire aurait pu s'appliquer à toi aussi.

Touché, putain.

Je la regarde, bouche bée. Il y a du vrai dans ce qu'elle dit, je suis bien obligé de l'admettre.

Lorsque Solomon a mentionné son nom, j'ai su qu'elle allait chercher à me revoir. Qu'elle allait venir ici pour me voir et essayer d'effacer l'affront que j'avais fait à son ego. Personne n'a jamais dit non à une femme comme elle.

Je devrais le savoir. C'était pareil pour moi... avant Sutton.

Je regarde Gia et je vois tout ce que je voulais avant.

Qu'est-ce que j'ai à y gagner ? Si c'était Gia qui prononçait ces mots, je la considérerais comme une garce manipulatrice.

Mais Sutton mérite de poser la question.

Elle n'a aucune raison d'être jalouse de Gia, et il faut qu'elle le sache. Il faut que je la trouve. Parce que lorsque je pense à Sutton, je vois tout ce dont je pense avoir besoin.

Bon Dieu.

Quand est-ce que c'est arrivé ?

Quand est-ce que c'est arrivé, bordel ?

– Qu'est-ce que tu veux, Gia ?

J'en ai déjà marre de cette conversation, avant même qu'elle ne commence.

– Toi.

Aucune hésitation. Aucune honte.

Je pince les lèvres et je fais un petit signe de tête.

– Désolé. Je ne suis pas libre.

Et sur ce, je jette un coup d'œil à Keone qui ouvre des yeux ronds comme des soucoupes, jugeant sans doute que je suis idiot de laisser passer une occasion pareille.

Je me dirige vers le bungalow. L'agitation qui m'a conduit vers le bar sait maintenant que c'est le seul endroit où elle veut me mener.

Il faut que je trouve Sutton. Il faut qu'on parle, et il faut que je sache si tout ce qu'elle a dit hier soir n'était pas inspiré seulement par l'alcool, mais que c'était la vérité.

Particulièrement la dernière partie.

Et il faut que j'arrive à analyser ce que je ressens à ce sujet.

– Callahan. Qu'est-ce... (Brady regarde par-dessus son épaule avant de me regarder de nouveau avec une perplexité évidente.) Je veux dire... comment ?

Il secoue la tête.

– Comment quoi ? je demande avec impatience.

– Je viens juste de vous voir attablé avec Sutton. Comment avez-vous...

– Où ça ?

Mais je connais déjà la réponse.

– Au Cove.

Je cours vers le restaurant en me demandant pourquoi je me sens si paniqué à l'idée que Ledger, ou Ford, ou les deux, soient là.

Pourtant, c'est un fait.

Je panique.

Ledger.

Un sentiment de jalousie, jamais éprouvé jusqu'ici, me submerge lorsque je parcours le restaurant des yeux et que je les vois assis à côté de la fenêtre, riant par-dessus un verre de vin.

Les voir ensemble tous les deux me bouleverse. Je serre les poings et la colère monte en moi. Toute pensée d'aller les rejoindre et de m'asseoir à table avec eux s'évanouit.

Mon frère me connaît mieux que quiconque. Il comprendrait d'un simple regard qu'il y a quelque chose entre Sutton et moi. Il en serait certain et en un instant, l'intégrité de Sutton, ses connaissances, sa place ici seraient remises en question. Parce que si elle pense du bien de moi, alors il mettra automatiquement en doute sa capacité à prendre des décisions et sa valeur morale.

Putain.

Putain !

Je bats en retraite vers le fond du restaurant, pour éviter de courir le risque que quelqu'un m'appelle et qu'il me voie. Pas avant d'avoir maîtrisé ma colère. Pas avant...

Je sors mon téléphone et j'envoie un texto lapidaire.

Moi : VA AUX LAVABOS. TOUT DE SUITE.

Je surveille de loin. Je la vois regarder son téléphone lorsque l'écran s'allume et le reposer rapidement en le retournant. Elle rit à quelque chose que mon frère lui dit.

Je serre les poings en le voyant. Une autre gorgée de vin. Un lent recul de sa chaise tandis qu'elle s'excuse de quitter la table. Ledger qui se lève lorsqu'elle le fait comme on nous a appris à le faire.

Les bruits du restaurant résonnent dans le couloir. Le cliquetis des verres. Les couverts sur les assiettes. Les rires en portant un toast. Je tends l'oreille pour entendre le claquement de ses talons dans le couloir.

La voilà. Lorsqu'elle passe devant la porte d'un local à balais dans lequel je me suis réfugié, je tends la main, l'attrape par le bras et je pose l'autre main sur sa bouche pour étouffer son cri avant de fermer la porte à clé derrière elle.

– Callahan. Qu'est-ce que...

Aussitôt ma bouche est sur la sienne. Mon désir me submerge avec une violence nouvelle pour moi.

J'emmerde les règles.

J'emmerde l'attente.

J'emmerde les bavardages.

Elle est à moi. Rien qu'à moi. Je me suis retenu, j'ai respecté nos accords, j'ai fait ce qu'on attendait de moi et maintenant je vais la posséder, bordel.

Il faut qu'elle sache.

Elle est à moi.

Elle se fige un quart de seconde, sidérée que je sois là, que je fasse ça.

– Callahan. Qu'est-ce que tu... ton frère...

– J'emmerde mon frère. Il s'agit de nous, là. De ce que tu as dit hier soir. À propos de nous deux. Que tu veux que *nous deux*, ça signifie quelque chose.

– Mais Gia ? Elle est ici. Elle te cherche. Je pensais...

– Gia n'est rien pour moi. Tu es la seule femme avec qui je veux être, Collins. *Aucune autre.* Et je veux te prendre là, tout de suite, bordel.

– Oui, Seigneur. Oui, crie-t-elle alors que je l'attire vers moi pour l'embrasser.

La frénésie commence. Nos bouches. Nous en prenons possession, nous goûtons, nous mordillons comme si nous ne pouvions jamais être rassasiés l'un de l'autre. Nos mains.

Je baisse la fermeture de ma braguette. Elle relève sa jupe. Je sors ma queue. Elle baisse sa culotte.

Plus vite.

Dépêche-toi.

S'il te plaît.

Chut.

Dans une succession de mouvements précipités, je la soulève pour poser ses fesses sur le bord d'une petite table dans le coin et je m'avance entre ses jambes écartées. Nos bouches restent rivées l'une à l'autre, nos corps réclament toujours plus.

Elle porte ma main comme un collier autour de sa gorge alors que je l'immobilise contre le mur derrière elle et la pénètre d'un seul coup puissant. Elle pousse un cri et j'espère que les bruits du restaurant de l'autre côté de la porte couvrent le son parce qu'il n'y a rien qui puisse m'arrêter maintenant, putain.

Rien.

– Bon Dieu, Collins, je gémis, bouleversé par la chaleur humide et serrée de sa chatte.

C'est le paradis qui m'obsédait et l'enfer que je suis prêt à traverser rien que pour le sentir de nouveau.

Son pouls gronde sous mes doigts posés sur sa gorge. Je me penche et l'embrasse de nouveau en commençant à me mouvoir. Elle gémit des mots sur ma bouche. *Oh mon Dieu. Oui. Callahan. C'est trop bon. S'il te plaît. Plus profond.*

Chacun de ses mots me stimule alors que nos fronts se pressent l'un contre l'autre et que nos corps entrent en fusion et ne font plus qu'un.

Je la baise.

Oubliées les politesses. Les ordres. Les mots doux. Seuls restent le désir, l'avidité et une nécessité que je n'avais jamais ressentie jusque-là.

Ses ongles se plantent dans le poignet de la main qui la tient à la gorge et sa chatte se resserre sur ma bite à chaque poussée.

– Collins, je grogne alors que mes burnes se rétractent et que ma queue devient encore plus dure.

– Jouis pour moi, exige-t-elle d'une voix rauque.

Ces trois mots m'anéantissent. Je perds le pouvoir de penser, le sens de l'endroit où je me trouve. Je ne vois plus qu'elle. Je ne ressens que la folie qu'elle instille en moi. Tout ce que je sais c'est que je meurs d'envie de recommencer.

– Tu es à moi, je murmure contre ses lèvres en inspirant son souffle. À moi, putain.

33

Sutton

J'AI LA TÊTE QUI TOURNE EN REPARTANT m'asseoir à table et j'essaie d'analyser ce qui vient de se produire.

La nécessité. La possessivité. L'excitation de l'acte alors qu'on pouvait être découverts.

Mais plus que tout, c'était l'intensité du regard de Callahan et l'émotion dans sa voix.

Je ne suis pas assez naïve pour croire que la jalousie en me voyant avec son frère n'a pas joué un rôle, mais il y avait autre chose. Quelque chose de plus.

Une envie qu'il existe un nous-deux.

Et alors que je croyais avoir tout fichu en l'air hier soir avec mes confidences, je l'accepterai avec joie. Je le prendrai, lui, avec joie.

Je suis sur un petit nuage. Dû au sexe. Dû à son aveu. De savoir enfin qu'il y a effectivement quelque chose entre nous.

Maintenant, si j'arrive seulement à aller au bout de ce dîner avec Ledger sans qu'il ait connaissance de ce qui s'est produit au cours des sept dernières minutes.

– Désolée. Un membre du personnel m'a interceptée en chemin pour me poser une question.

Je souris poliment en m'asseyant, les jambes encore flageolantes après ce qui s'est passé avec Callahan.

– Rien de grave, j'espère ?

– Rien que je ne pouvais régler.

– Vous êtes sûre ? Vous paraissez agitée.

Mon rire est un peu forcé. Bien la peine d'essayer de le cacher.

– Non, tout va bien. Il a fallu que j'aille en vitesse à mon bureau chercher une clé. Quelqu'un avait perdu la sienne et... (Je secoue la tête.) Vous savez quoi ? C'est sans importance. C'est réglé et je suis revenue.

Je souris et j'espère que cela semble sincère. Il m'observe un instant, puis hoche la tête.

– D'accord. Alors, où en étions-nous ? Nous avons passé en revue les nouvelles offres que vous voulez ajouter au programme, les modifications dans le marketing qui me semblent épatantes, soit dit en passant.

– Merci. (Mon sourire s'élargit en entendant cet éloge.) Nous avons aussi signé un contrat aujourd'hui avec la société qui doit lancer la rénovation du décor.

– J'approuve votre choix. Leurs idées de design sont classiques, mais novatrices en même temps. Cela va incontestablement apporter un plus à l'esthétique générale de l'hôtel, une fois les travaux terminés.

– Je suis d'accord. Quoi d'autre ? Le personnel. Les employés. La question des rémunérations et les contrats.

– Et c'est réglé ?

– Votre équipe juridique nous a fourni une première mouture de contrat pour les employés, et c'est en cours de négociation. C'est l'une des dernières tâches qui restent à mener à bien avant notre départ du site.

– Et c'est en bonne voie ? Les négociations et tout ça ?

– Rien que je ne puisse gérer.

– Parfait. Ça fait plaisir à entendre. Roz avait raison, donc. Nous avons effectivement engagé la bonne personne pour ce job.

Si tu savais...

34

Callahan

LES PAS DERRIÈRE MOI S'APPROCHENT PUIS S'ARRÊTENT. Je ne me retourne pas pour lui dire bonjour. Au lieu de ça, je continue de fixer le reflet de la lune sur la mer tout en écoutant le bruit des vagues venant mourir sur la plage.

– Alors, laisse-moi deviner. Tu t'es dit qu'en te pointant comme ça sans prévenir, tu allais me pincer en train de faire quelque chose que je ne devrais pas.

– C'était une décision de dernière minute, dit Ledger sans plus d'explications.

– Comment savais-tu que tu me trouverais ici ?

Il ricane et vient se poster près de moi si bien que ses orteils sont dans le sable à côté de là où je suis assis, une bière à la main.

– Je me suis demandé quel était l'endroit le plus excentré de l'hôtel, et j'y suis allé.

Je hoche la tête et je bois une longue gorgée de ma bière.

– Ça t'embête que je m'asseye ?

– Oui.

– Callahan.

Il prononce mon nom en soupirant et je n'ai pas envie de l'entendre. Pas après être redescendu de mon petit nuage après ce qui s'est passé avec Sutton il y a moins de deux heures.

Ça ne m'a pas suffi.

Si je dis ça, est-ce que ça fait de moi un connard égoïste ?

Depuis deux mois, je n'ai qu'une chose en tête, être avec elle, et un petit coup à la sauvette dans un placard est loin de satisfaire mon envie d'elle.

Mon besoin d'elle.

Et cela devrait me flanquer une trouille bleue.

Mais bizarrement, ce n'est pas le cas. Cela ne fait qu'accroître mon désir pour elle. Et pas seulement pour le sexe. Et c'est justement là que je devrais flipper, putain.

Mais non.

Parce que c'est tout chez elle dont je veux davantage. Le soupir à son bureau lorsqu'elle n'obtient pas la réponse qu'elle veut de la personne à l'autre bout du fil. La façon dont elle balance ses hanches en passant devant mon bureau pour m'obliger à me poser la question de la culotte. Sa manière de continuer à m'appeler Johnnie.

Et pourtant... nous venons de deux univers différents. Deux existences différentes.

Elle et sa question de la date de péremption.

C'est ça que je veux ? Qu'on s'amuse un temps tous les deux jusqu'à la date d'expiration.

N'est-ce pas tout ce que j'ai toujours connu ?

Alors pourquoi est-ce que je veux qu'il y ait un *nous-deux.*

Est-ce la raison pour laquelle je suis ici à essayer de m'éclaircir les idées, de comprendre ce que je veux avant de me retrouver de nouveau face à Sutton ?

Ledger danse d'un pied sur l'autre à côté de moi, me tirant de mes pensées pour revenir à la raison de sa présence ici.

– Tu es venu inspecter mon travail.

– Nan.

– Alors c'est juste pour la forme que tu as soumis Sutton à un interrogatoire en règle pendant le dîner pour savoir si je ne tire pas au flanc et si je fais ma part du job, c'est ça ?

– Callah...

– Reconnais-le. Tu es venu dans l'idée de me faire honte en me prenant en défaut, mais une fois sur place, tu ne trouves rien à critiquer. Alors tu es paumé, tu ne sais plus comment réagir.

– Je n'ai rien dit.

– Ce n'était pas la peine, dis-je d'un ton rageur. Oh, au fait, il se trouve justement que Gia est là ce soir, quelque part par là. C'est bien pratique, au cas où tu tomberais sur elle.

Il pousse un profond soupir.

– Et juste comme ça, tu...

– Je quoi ? Je te préviens qu'elle est là pour que, si tu la vois, tu ne portes pas des accusations fausses, comme la dernière fois. En même temps, je ne vois pas en quoi ça te regarde.

– Des accusations ?

– Oui. Des *accusations*. Ford et toi, vous êtes tellement bornés, putain. Vous voulez tellement penser le pire de moi. Vous aviez déjà pris votre décision avant même de me parler.

– Callahan. On ne peut pas laisser tomber ? Tourner la page ?

– Non, on ne peut pas. Et tu sais pourquoi on ne peut pas ? Parce que pas une seule fois vous ne vous êtes demandé, lui et toi, où j'étais cette nuit-là.

Je lève les yeux vers mon frère. Dans le temps, je l'estimais à plus d'un titre, et cela me désole que ce désaccord entre nous ait détruit une partie de ce respect. Désormais, notre père ne peut plus s'interposer entre nous, le favoritisme qui a rongé notre lien fraternel n'existe plus, mais je ne sais pas si ce lien peut être réparé.

– Laisse tomber, Cal.

– Ah ça non, putain !

Je ne peux pas contenir ma colère plus longtemps. Je me lève et je marche de long en large afin d'essayer de la freiner.

– C'est important pour moi parce que vous m'avez accusé de l'impardonnable. D'avoir fait passer la baise avant notre famille. D'avoir fait passer mes envies avant l'intérêt de la société. Vous...

– Nom de Dieu, Callahan ! Arrête tes conneries. Ça n'aurait pas été la première fois. Et il est probable que ça t'arrivera encore. Pourquoi devrions-nous croire autre chose ?

– Demande-moi où j'étais, putain, dis-je en criant. *Demande-le-moi.*

Ledger soupire et tend les mains d'un air de dire, *vas-y, dis-moi.*

– J'ai passé toute cette foutue nuit dans la chambre de papa. Dans ce fauteuil en cuir gris, tu vois duquel je parle ?

Notre père adorait ce fauteuil. Il le tournait vers la baie vitrée dans son appart en haut du gratte-ciel pour regarder la ville qu'il adorait. Il y passait des heures à envisager de *dominer le monde,* comme il disait. Cette pensée fait monter un sourire sur mes lèvres.

– Je l'ai tourné face à son lit de façon à pouvoir le surveiller. Pour m'assurer que sa poitrine continuait à se soulever à chaque respiration. Pour, au cas où elle ne le ferait pas, pouvoir... je ne sais pas, moi.

Le sauver. M'assurer qu'il ne soit pas seul. Je ne sais pas, putain, mais je savais que je devais être là.

– Ah, le bon fils, dévoué, c'est ça ?

Je lui saute dessus. Je l'attrape par le col de sa chemise et je lui crie à la figure :

– Je dis la vérité.

Nous nous jaugeons du regard pendant un moment, mes muscles se tendent, mes yeux le supplient de me croire.

– Callahan.

C'est mon nom. Ce n'est que ça, mais rien dans sa façon de le prononcer ni dans son regard ne me dit que peut-être il me croit vraiment.

– Il a dit des choses au dîner ce soir-là, Ledge. M'a fait part de certaines réflexions. Par exemple, qu'il voulait rentrer à la maison. Voir maman. Qu'il était fatigué. J'ai pensé qu'il me disait adieu.

Ma voix se brise et je lâche sa chemise, puis je recule d'un pas. J'ai passé des mois à essayer de me faire à l'idée de sa mort. Des mois. Et, bizarrement, c'est en prononçant ces mots à voix haute, devant mon frère qui les entend, que je réalise.

Il est vraiment parti. Je n'entendrai plus jamais sa voix. Je ne sentirai plus jamais la chaleur incroyable d'une de ses embrassades. Son rire ne retentira plus jamais dans ma vie. *Il ne connaîtra jamais Sutton. Ne saura jamais ce qu'elle en est venue à représenter pour moi.*

Bon Dieu, ce qu'il me manque !

Je me déplace de nouveau. Incapable de rester en place. Je marche jusqu'au bord de l'eau, les yeux dans le vide. J'ai besoin d'une minute pour moi. J'ai besoin de temps pour réfléchir.

Ledger vient à côté de moi de sa manière silencieuse, maîtrisée, mais je vois qu'il est aussi affecté que moi. Nous sommes des Sharpe. Nous balayons la merde sous le tapis, donc lorsqu'on est obligés de l'en sortir pour y faire face, ce n'est pas tâche aisée pour nous.

Je me passe la main sur le visage. Cette conversation n'était pas censée prendre cette tournure. Moi, j'étais censé crier, vociférer et continuer à vivre avec la colère qui me consume depuis des mois, et lui était censé m'accuser et me faire des reproches et continuer à penser les pires choses de moi.

Mais voilà.

Il ne manque plus que Ford.

– L'acquisition, je murmure. Il m'a supplié de le laisser signer le contrat. Il m'a fait promettre de faire de cet endroit tout ce que maman avait voulu. De le faire scintiller et de le rendre digne du nom des Sharpe. (Je secoue la tête, toujours incapable de le regarder.) Je voulais désespérément croire que ce n'était pas la démence qui s'exprimait. M'accrocher à ce moment de lucidité et croire que je faisais ce qu'il fallait.

– Et donc tu en as assumé la responsabilité, tu nous as fait croire que tu avais couché avec Gia pour qu'il puisse rester aux commandes, au moins en apparence.

– Je ne pouvais pas vous laisser lui enlever ça. J'ai enfreint beaucoup de promesses dans ma vie, Ledge. Et je n'en suis pas fier, mais je me devais de respecter celle-là.

– Je comprends.

Il soupire. Son hochement de tête dit qu'il comprend.

– La dernière fois que nous nous sommes parlé en face, tu m'as menacé de me virer de l'affaire familiale.

– Je sais.

Il dit cela de façon calme, pas du tout sur le ton acrimonieux auquel je m'attendais.

– Et c'est pour ça que tu es venu ? Pour mettre cette menace à exécution ?

– Il y a beaucoup de choses qui ont été dites et sur lesquelles on ne peut pas revenir.

– Tout comme il y a beaucoup de choses que j'ai faites, des choses pour lesquelles Ford et toi avez été traités selon des critères différents de ceux qui m'étaient appliqués, qu'on ne peut ni effacer ni réparer, je l'admets.

– C'est comme ça, Callahan.

– J'ai l'impression d'entendre papa. (Un sourire doux-amer effleure mes lèvres. Je lui jette un coup d'œil et je vois les larmes lui monter aux yeux avant qu'il ne cligne des paupières pour les chasser et faire comme si de rien n'était.) Je vous en ai voulu à tous les deux, tu sais. Nous étions tous occupés à essayer d'être à la hauteur du nom des Sharpe, à la hauteur des attentes qu'il avait mises en place, mais tous les deux vous y parveniez toujours mieux que moi, à l'époque et encore maintenant.

– Et nous, on t'en voulait parce que tu n'en faisais qu'à ta tête et on avait toujours l'impression qu'il t'aimait plus que nous à cause de ça.

Il me regarde et je vois dans ses yeux une sincérité en partie due à la vérité et en partie une forme d'excuse.

– Je lui faisais penser à elle. Ce n'était rien de plus que ça, Ledger. Je lui faisais penser à maman, et c'était sa manière à lui d'être près d'elle.

Il hoche la tête.

– Ce n'est pas moins injuste pour autant.

– Tu as raison. C'est vrai. Mais, en même temps, je comprends parce que chaque fois que je suis avec Ford et toi, je ne vois que lui. Dans vos manières, dans les choses que vous dites, dans la déception que vous me manifestez d'un seul regard. (J'avale une nouvelle gorgée de bière.) C'est pas facile d'être avec vous, parfois. Vous êtes les enfants prodiges alors que moi je suis constamment ramené au fait que je suis le raté de la famille.

– C'est pour ça que tu as disparu de la circulation après sa mort ?

– Pour ça et pour de nombreuses autres raisons. À cause des reproches que vous me faisiez, parce que je ne supporte pas de pénétrer dans ce bureau en m'attendant à le voir tout en sachant que je ne le reverrai jamais. À cause de la culpabilité de ne pas être ce qu'il voulait que je sois... parce que ce travail, ce n'est pas moi.

– Pourtant tu es doué pour ça.

Je le regarde, étonné, et j'accepte ce compliment rare d'un hochement de tête.

– Merci.

– Tu arrêtes après ça, c'est ça ?

Je lève les yeux et fais un signe de tête mesuré.

– C'était l'idée.

– Pour aller où ?

– Partout. Quelque part. Je ne sais pas encore très bien. Quelque part où je pourrais me sentir vivant. Tu me connais, j'ai des fourmis dans les jambes si je reste trop longtemps au même endroit.

Nous nous taisons et je me rassieds dans le sable en baissant la tête, les yeux fermés.

– On a eu besoin de toi, tu sais. Quand il est mort. Et c'est toujours le cas.

Je hoche la tête, mais je ne dis rien, parce que je ne sais pas quoi penser de cet aveu. Je me sens mieux parce que notre désaccord est plus ou moins réparé, ou plus mal parce que maintenant qu'il l'est, je vais partir.

– Putain, mec. C'est beaucoup plus facile pour toi d'être en colère contre moi que de gérer les sentiments et tout ce merdier.

Le rire de Ledger résonne dans la nuit.

– Dans ce cas, j'imagine que je vais en rajouter une couche pendant qu'on y est.

– Oh non, sérieux ?

– Il m'a fait promettre des choses à moi aussi, tu sais. Il n'y a pas qu'à toi.

Il dit ça calmement et, curieusement, mon cœur vient se loger dans ma gorge.

– Ledge...

– Il m'a fait promettre de t'obliger à finir ce que tu avais commencé avec Ocean's Edge. *Cet endroit où nous sommes.* Il voulait que j'emploie tous les moyens possibles pour te faire venir ici, que j'insiste pour que tu fasses les modifications nécessaires... pas seulement pour le bénéfice de la société mais pour que tu saches que tu es capable de le faire sans lui. Que tu saches que tu es digne du nom de Sharpe. (Il secoue la tête alors que les larmes me brûlent les paupières.) Il a dit quelque chose comme quoi il s'était complètement trompé dans ton éducation. Que tu étais celui qui avait besoin de mettre les mains dans le cambouis pour savoir que ta contribution avait été utile.

J'expire bruyamment en absorbant tout ce que mon frère vient de dire. On peut compter sur mon père pour faire une déclaration forte dans la mort comme il le faisait dans la vie.

– Je ne sais même pas quoi dire. (Je me penche en arrière pour le regarder.) Je suis désolé que tu te sois trouvé confronté à cette situation. Ça n'a pas dû être facile.

– Il souriait en me le demandant. Il m'a dit qu'il avait été trop faible toutes ces années, mais que s'il y avait une personne capable de t'apprendre ta valeur, ce serait moi. (Il lève les yeux vers le ciel et marque une pause.) Je l'ai détesté longtemps pour avoir fait ça. Je t'ai détesté de m'avoir mis dans la position où je devais être cette personne... mais en venant ici, en voyant que tu as réussi, je ne regrette rien. Tu as fait du bon boulot ici.

– Merci. Putain. On pourrait... on peut s'arrêter là ?

Je me lève de nouveau. Je bouge. C'est trop de psychologie, pour moi.

– Je sais. (Il rigole.) Tu as besoin d'aller réfléchir en paix.

– Oui. Non. (Je lève les bras.) Quelque chose comme ça.

Il vient vers moi et, à ma grande surprise, il m'attrape par le bras et m'attire contre lui pour une accolade virile.

Et je m'accroche à lui avec autant de force avant de reculer d'un pas et de lui sourire.

– Merci... j'imagine.

– Toujours le petit malin qui sort une blague quand les choses deviennent trop graves.

– Tu me connais bien, frangin.

– C'est vrai. (Il sourit avant que je tourne les talons.) Hé, Callahan.

– Ouais.

Je m'arrête et je regarde par-dessus mon épaule.

– Pour ta gouverne, sache que tu étais exactement tel qu'il voulait que tu sois. Ne pense jamais autre chose.

35

Sutton

– ET TU NE TE DOUTAIS PAS QU'ILS FAISAIENT ÇA à cause d'une promesse faite à votre père ?

Callahan secoue la tête.

– Pas le moins du monde.

Il a l'air perdu. C'est la réflexion qui ne me quitte pas depuis qu'il est arrivé, désemparé, il y a une demi-heure environ.

Il est assis là sur le canapé en face de moi, les yeux rouges, vraisemblablement parce qu'il a pleuré, en proie à un calme apparent que j'attribue à une volonté de digérer tout ce qu'il vient de me raconter.

Si je ne le connaissais pas, je dirais qu'il a l'air d'un homme brisé, mais ce n'est pas ça. Pas après avoir finalement mis les choses à plat avec son frère. Peut-être est-ce le fait d'avoir enfin admis la réalité du décès de son père ? Peut-être est-ce la combinaison de tout ce qui le hantait depuis si longtemps enfin mis au jour et réglé ?

– Ce que Ledger a dit... ça ne règle pas tout, je le sais, mais au moins je vais pouvoir partir avec la conscience tranquille.

Je hoche la tête, je n'ose pas parler parce que cette pensée me serre la poitrine.

Il va partir, Sutton. Tu le sais depuis le début. Et pourtant, au fond de moi, j'avais éprouvé une sorte de soulagement lorsqu'il m'avait dit ce soir qu'il s'était rabiboché avec son frère. Une petite partie de moi croyait que, dans ce cas-là, il pourrait peut-être décider de rester.

– C'est quoi ce regard ? me demande-t-il en inclinant la tête sur le côté.

Son regard scrute le mien depuis l'autre côté de la pièce plongée dans la pénombre.

– Rien. (Je lui fais un petit sourire que j'espère le plus sincère possible.) Tu me dis que tu es content que ça se soit passé comme ça, que vous vous êtes parlé finalement, mais je te connais suffisamment pour savoir que quelque chose te tracasse.

Les ombres jouent sur son visage, le temps qu'il trouve les mots pour exprimer ce qu'il a sur le cœur.

– Je n'arrête pas de me demander quel genre d'homme met sa famille dans une situation telle qu'elle doive le menacer pour qu'il s'acquitte de sa part du boulot. Quel genre de fils déconne tellement que son père est obligé de charger son autre fils de régler le problème ?

La détresse qui perce dans sa voix me fait mal au ventre. Il n'y a pas de bonne réponse à sa question, mais j'essaie malgré tout d'en apporter une.

– Le genre d'homme qui essaie de se trouver lui-même. Le genre d'homme qui essaie de trouver sa place.

– J'ai fait tant de choses dont je ne suis pas fier. Je suis loin d'être parfait, Sutton.

– Personne ne te demande de l'être.

Le silence s'installe et je regarde fixement cet homme qui aurait des raisons d'être brisé, mais qui ne l'est pas. Un homme qui a vécu l'enfer et qui s'interroge sur sa part de responsabilité dans cet état de fait. J'ai envie de le prendre dans mes bras et de l'aimer. J'ai envie de le soutenir et de lui faire savoir.

– Tu m'as demandé un jour ce que tu y gagnerais. Pourquoi nous devrions faire ça...

Il regarde le plafond et sa voix s'interrompt.

– Non. Dis-moi, Callahan.

– Il ne reste qu'une réponse à laquelle je pense, mais je ne crois pas qu'elle soit à la hauteur de ce que tu mérites.

– Quoi ?

Mon pouls s'accélère.

– *Moi.*

Il hausse les épaules, le regard grave mais sombre.

– Je suis un raté qui a plus souvent tort que raison, mais qui ne l'admettra jamais. Je suis un gosse de riches, pourri gâté, qui ne connaît rien de la vie que tu as menée, mais qui veut savoir. Je suis un type qui a besoin de prendre ses distances après avoir trop parlé de lui-même et qui ne sait pas comment t'affronter le lendemain. Je ne suis qu'un homme, Collins. Un homme qui ne te mérite pas, mais qui te veut quand même. (Il hausse les épaules.) La réponse, c'est *moi.*

Mon cœur se serre et les larmes me montent aux yeux lorsqu'il me donne la réponse que je ne m'étais pas rendu compte que je voulais. La seule réponse, je comprends maintenant, que je pouvais accepter.

Je me lève de mon fauteuil et me dirige vers lui, ses yeux ne quittent pas les miens. Sans un mot et avec un sourire timide, je monte sur le canapé et m'assieds à califourchon sur ses jambes.

– Sutton.

Il prononce mon nom dans un souffle pendant que je passe les mains de son torse à son visage.

– Callahan, je réponds dans un murmure avant de poser délicatement mes lèvres sur les siennes.

C'est presque comme si j'avais peur de l'embrasser, peur d'accepter la puissance de l'émotion qui se répand entre nous.

Ses mains s'attardent sur mes côtes tandis que j'approfondis mon baiser. Alors que tout à l'heure nous éprouvions la nécessité de laisser notre marque et de prendre, il n'y a plus rien de cela à présent. Il n'y a que lui et moi dans cette pièce plongée dans la pénombre et une compréhension silencieuse entre nous – nous franchissons volontairement la ligne que nous ne faisions qu'effleurer.

Et je ne parle pas d'attirance physique. Je parle d'émotions.

Nous nous exprimons par gestes. Son poing qui se serre, nos langues qui s'explorent. Le frottement de ses hanches. Accompagnés de doux gémissements et de suppliques muettes. Dans le silence qui ne hurle plus autour de nous.

En chemin, nous perdons nos chemises. Mon soutien-gorge. Son pantalon baissé, ma jupe relevée, passée par-dessus ma tête.

Il y a à présent dans nos mouvements une urgence implicite. De savoir ce qui va advenir et d'anticiper cette félicité.

– Seigneur, tu es belle, dit Callahan en déposant une ligne de baisers le long de mon cou avant de prendre un de mes tétons dans sa bouche. Te toucher. Te sentir. Te prendre...

Son dernier mot se perd dans un grognement étranglé lorsque je me coule sur lui, centimètre après centimètre, jusqu'à ce qu'il soit entièrement installé en moi.

– Regarde-moi, murmure-t-il.

Mes yeux se lèvent pour plonger dans les siens. Pour absorber l'expression de son visage. Le plaisir douloureux. Le désir désespéré. Le désir irrépressible qui devient nécessité.

Je me mets en mouvement. Je balance mes hanches d'avant en arrière au-dessus des siennes. Je garde les yeux rivés sur les siens même quand j'ai envie de les fermer et de me laisser aller au plaisir qui surgit en moi.

– Est-ce que tu imagines à quel point j'ai eu envie de ça ? dit-il en se penchant vers moi pour poser ses lèvres sur les miennes de nouveau. À quel point tu m'as manqué ?

J'ai envie de lui dire que j'étais là, tout le temps, mais ce n'est pas vrai. Il a raison. Cette fois, c'est différent. *Ce moment est différent.* Nous sommes différents et c'est la chose la plus enivrante que j'aie jamais éprouvée.

Nous bougeons sur un rythme lent et synchronisé. Nos hanches se pressent, nos langues se mélangent et nos corps sont secoués d'une vague de plaisir en même temps.

Il me laisse le contrôle du rythme. Du baiser que j'amplifie tout en allant et venant lentement sur sa queue. Je me presse sur ses hanches, pour le laisser sentir comme je mouille grâce à lui. Pour qu'il sache à quel point il m'excite.

Il prend mes fesses dans ses mains et me guide pour remonter. Je resserre mes muscles presque comme si mon corps refusait que nous nous séparions. Son gémissement à cette sensation est un préliminaire sensuel. Un ronronnement sexy qui se transforme en un soupir grondant lorsque je redescends le long de son membre.

Nous bougeons comme ça quelque temps. Sans un mot. Sans promesses chuchotées. Seulement son désir et mon envie.

J'ai l'impression de ne pas pouvoir me rassasier de ses caresses. De sa présence. De ses gémissements qui se répandent en moi. De l'extase lorsqu'il va et vient en moi.

Lui, c'est tout ce que je veux. Encore et encore. En totalité. Infiniment.

Il n'y a pas d'urgence lorsque nos corps s'élèvent et franchissent les sommets. Son grognement guttural lorsque je palpite autour de lui et qu'il décharge en moi.

Et lorsque nous nous dirigeons vers son lit après, nous savons sans prononcer le moindre mot que les choses ont changé irrévocablement entre nous.

Faire l'amour une deuxième fois ne fait que cimenter cet état de fait. Sa façon d'adorer mon corps et de se soucier de mon plaisir me laisse sans voix.

Et lorsque je m'endors, pelotonnée contre lui au petit matin, une seule pensée agite mon esprit.

Le regret.

D'avoir attendu si longtemps pour faire ça avec lui.

De notre temps limité.

D'être... tombée amoureuse de lui alors que je sais que nous n'avons pas d'avenir.

Que nous avons une date de péremption.

36

Sutton

– RESTE COUCHÉE, MURMURE CALLAHAN sur le sommet de mon crâne quand je me réveille en sursaut.

– Il est tôt. Où sont...

– Je vais conduire mon frère à l'aéroport. (Un petit baiser sur mes lèvres.) À mon retour, je veux te retrouver exactement à la même place.

– Callahan.

Je m'assieds pour regarder sa silhouette qui se profile dans l'embrasure de la porte. Il se retourne pour me faire un sourire tendre. Ses cheveux sont mouillés et ondulés après la douche.

Il hoche imperceptiblement la tête comme pour me dire que, oui, il va revenir.

Et même si je sais que c'est vrai, je continue à fixer l'ouverture de la porte longtemps après avoir entendu la porte d'entrée se refermer.

Je porte mes doigts à mes lèvres comme pour sentir encore son baiser. Mais je n'ai pas besoin de les toucher pour le sentir.

Je pense que je ne l'oublierai jamais. *Lui non plus,* d'ailleurs.

Avec un soupir, je me laisse retomber sur le lit et m'enveloppe dans les draps qui gardent son odeur.

Tu as une heure pour t'apitoyer sur ton sort, Sutton. Une heure pour t'en vouloir d'avoir attendu si longtemps avant de laisser les choses se produire. Une heure pour pleurer sur ce qui n'aura jamais lieu.

Tu le savais avant.

Tu savais qu'il n'allait pas rester.

Tu savais que tu ne pourrais pas le garder.

Alors pourquoi cette petite voix dans ma tête me ditelle : « Mais ça, c'était avant de le connaître vraiment… »

37

Callahan

ASSIS DANS LA VOITURE, JE REGARDE DÉCOLLER L'AVION de Ledger et je le suis des yeux jusqu'à ce qu'il ne soit plus qu'un point argenté perdu dans les teintes roses et orangées du soleil levant.

La main sur le volant, la tête appuyée contre le dossier de mon siège, j'essaie de dérouler les dernières vingt-quatre heures.

Mais comment faire ?

Comment analyse-t-on le bouleversement de son univers ? Comment déposer la colère qu'on a portée comme une armure depuis un an sans avoir une sensation de manque ? Et comment envisager de rentrer à la maison pour se glisser dans son lit avec une femme lorsqu'on a l'habitude de partir en douce pour éviter les complications.

– Putain !

Je me mâchouille l'intérieur de la joue. Est-ce que c'est ça la normalité ? Une famille qui se remet en question, une femme que l'on a hâte de retrouver et un boulot qui occupe l'espace entre les deux ?

Le soleil se lève. Lentement. Avec constance. Il se lève au-dessus de l'horizon avec une beauté tranquille comme toujours.

Quel horizon contemplerai-je dans les semaines à venir ? Depuis quelle plage, quel pays, quel sommet montagneux l'admirerai-je ?

Dans les premiers temps de cette aventure, cette pensée m'apaisait. C'était mon ultime recours pour m'aider à la mener à bien.

Alors pourquoi n'est-elle plus aussi séduisante aujourd'hui ?

Pourquoi me semble-t-elle moins… tout ?

38

Sutton

– C'EST À CAUSE DE TOUT CE SEXE ÉBLOUISSANT auquel tu t'adonnes.

Je lève les yeux et souris à Callahan debout au pied du canapé sur lequel je suis roulée en boule dans une couverture malgré un temps splendide à l'extérieur.

– Ah bon, vraiment ?

– Ouaip.

Il s'assied sur le bord et me tapote la cuisse.

– Tu as dépensé tellement d'énergie ces derniers jours que tu fais une crise de *sex-ite.*

Je me sens affreusement mal, mais je rigole.

– J'ai des courbatures.

– C'est à cause de toutes les nouvelles positions que nous avons essayées.

– Et de la fièvre.

– J'ai toujours trouvé que tu étais chaude.

Il hausse les épaules sans vergogne.

– Et j'ai mal à la gorge.

– La prochaine fois, ne me prends pas si profondément. Je sais que j'en ai une grosse. (Il réprime un sourire.)

Je m'excuse si elle t'a trop écartelée et que tes amygdales m'en veulent.

Je lève les yeux au ciel.

– Je t'assure que ça n'a rien à voir.

– Tu as d'autres symptômes que je pourrais diagnostiquer ?

– Je me sens juste *mal foutue*. C'est quoi ton diagnostic pour ça, gros malin ?

Il repousse mes cheveux qui tombent sur mon front.

– Mal foutue, ça décrit un ensemble de symptômes fabriqués lorsque la patiente se plaint d'un mal-être...

– Mal-être ? (Je hausse les épaules.) Je suis impressionnée.

– Tu peux. Mais, s'il te plaît, laisse-moi aller au bout de mon diagnostic.

Il se penche sur moi et m'embrasse sur le front.

– Les plaintes à propos d'un mal-être ne sont qu'un stratagème parce que la patiente est trop embarrassée pour admettre que son homme a plus d'énergie qu'elle.

– Mon homme ? dis-je en riant.

– Oui. Ça doit être moi.

– Et le traitement ?

– Le sexe.

J'éclate de rire.

– Alors, voyons si j'ai bien compris. La maladie est provoquée par trop de sexe et le traitement, c'est encore plus de sexe ?

– Exact. En tout cas, c'est ce que j'ai appris au cours de mes études.

Il incline la tête et m'observe.

– Non, plus sérieusement, tu as besoin de te reposer.

– Je culpabilise. Je devrais être là-bas. Solomon...

– Peut être retors, oui. Mais je t'assure, je ne suis pas inquiet.

– Tu es sûr ? Je veux dire...

– Sutton. Je suis un grand garçon. Je gère.

– Ok. Bon. Je vais essayer de réprimer mes tendances de maniaque du contrôle.

Il borde la couverture autour de mes pieds.

– Repose-toi. Je viendrai t'annoncer la bonne nouvelle.

Je le regarde prendre son ordi et des dossiers pleins de documents et je me demande comment diable nous sommes passés d'une rencontre dans un bar à ça.

Comment c'est possible, en fait ?

Je pousse un long soupir et je me pelotonne un peu plus dans la couverture, l'esprit embrumé (Callahan dirait que c'est à cause des pensées de sexe qui l'encombrent.) passant en revue le tourbillon des derniers jours, depuis A. L. – Après Ledger.

Parce que c'est à ce moment-là que tout a changé. D'accord, nous gardons toujours notre relation secrète et nous nous faisons discrets, mais il n'y a plus de stratégie volontaire d'évitement quand l'autre est au bungalow. Nous nous envoyons des SMS sexy quand je suis assise à mon bureau et qu'il est dans le sien. Il y a les dîners de travail tardifs qu'on se fait livrer par le Cove directement au bungalow pour pouvoir rire et parler et flirter tranquillement hors de la vue de tout le monde.

Et puis, il y a le manque de sommeil. Tant d'heures de sommeil perdues... mais la fille qui vous parle ne s'en plaint pas, c'est sûr.

Pas du tout.

Mais le compte à rebours a commencé, les jours ici sont comptés et j'ai beau essayer de ne pas y penser, j'y pense quand même.

Arrête, Sutton.

Pas d'apitoiement.

Profite.

39

Callahan

IL Y A UNE CERTAINE JUBILATION DANS L'ART de la négociation. En étant assis en face d'un bâtard prétentieux comme Solomon, de le mettre au défi de façon répétée de légitimer les exigences qu'il défend.

Keone avait raison, cependant. L'agitation couvait au sein du personnel d'Ocean's Edge. Revendications salariales, protestations au sujet des avantages, et des problèmes en général à propos des horaires et des heures supplémentaires.

En tenant compte des explications de Brady concernant ce qui se fait dans les autres complexes hôteliers et des informations de Keone sur ce qui se disait en privé parmi les membres du personnel, Sutton et moi avons pu proposer ce qui nous semblait être un contrat juste et complet aux employés. Des hausses de salaire, plus d'avantages en nature, un jour de congé pendant le week-end garanti à moins d'un accord préalable, une augmentation de six pour cent du plan retraite, et tout et tout.

Évidemment, *nous* pensions que c'était juste. Solomon, pour sa part, faisait son boulot habilement depuis trois heures, essayant de parlementer pour obtenir plus, plus et encore plus pour le personnel.

Je cédai sur certains points.

Pour d'autres, pas d'un pouce.

Je continue de ne pas être fan de Solomon, mais je crois que nous avons quitté la table sur un accord solide, satisfaisant à la fois pour les employés et pour Sharpe International.

– Patron, rigole Keone. Qu'est-ce que vous faites ici à midi ? Vous passez une si mauvaise journée que vous avez déjà besoin d'un verre ?

– Non merci. Je ne peux pas rester, dis-je en tapant du poing sur le bar. Mais je voulais vous remercier de nous avoir tenus au courant du mécontentement des employés.

– Ah oui ? Moi ? (Keone s'essuie les mains sur un torchon avec un sourire en coin.) Ça vous a aidé ?

– Oui. Et je vous en remercie. Je tenais à vous le dire. De nouveaux contrats et avantages seront proposés avant la fin de la semaine.

– Sans déconner ?

– Sans déconner.

– Vous allez voir votre dame, maintenant ?

Je sursaute en entendant ça. Ma réaction me trahit évidemment. Mais comment est-il au courant ?

– Que voulez-vous dire ? dis-je en feignant l'innocence.

– Vous avez changé depuis quelques jours. Quand on fait ce boulot depuis longtemps, on voit les signes qu'un homme est heureux. (Il pose les mains sur les hanches et sourit.) Ce n'est pas la rousse, si ? Jessica Rabbit ? Celle qui est venue ici et que vous avez snobée ?

Je ris à sa description de Gia Diamante et je secoue la tête.

– Non. Ce n'est pas Jessica Rabbit. Mais c'était bien vu.

– Mec, qui que ce soit, ça doit être un canon pour que vous laissiez passer une occasion pareille.

Je me contente de sourire en lui faisant un clin d'œil.

– À plus, Ke. Encore merci.

Mec, ça doit être un canon pour que vous laissiez passer une occasion pareille.

Il n'en a pas idée.

Et cette pensée se diffuse en moi lorsque j'entre dans le bungalow où je trouve Sutton assise en tailleur sur le canapé et qu'elle me lance un regard impatient.

– Alors ?

Elle tapote le coussin à côté d'elle.

– C'est bon.

Elle hurle de joie.

– C'est bon, c'est-à-dire que l'accord est rédigé ou que l'accord est signé ?

Sutton me regarde d'un air tellement surpris que mon ego enfle comme un ballon.

– Il est signé, signé.

– C'est pas vrai ?

– Je te jure.

Je lève les mains.

– Je m'attendais à entendre des sirènes parce que tu l'avais attrapé au collet par-dessus la table et que tu l'avais étranglé, parce qu'il se comportait comme un con, puis que tu avais culpabilisé et donc que tu avais appelé les pompiers.

Je m'assieds à côté d'elle.

– Je l'ai peut-être fait une ou deux fois en pensée. (Mon sourire s'élargit.) Mais c'est bon, Collins. On s'est mis d'accord sur tout. J'ai cédé un peu de terrain. Il en a cédé beaucoup. L'accord est conclu. En fait, les contrats vont être rédigés pour tous les membres du personnel et Brady les leur fera remettre d'ici à la fin de la semaine.

Elle me regarde bouche bée et les yeux ronds, et cela me donne un sentiment de légitimité dont j'ignorais avoir besoin.

– Je suis si fière de toi. C'est incroyable. On devrait fêter ça... (Elle rit.) Quand j'irai mieux, bien sûr.

– Nan. On n'attend pas. Qui a dit qu'on ne pouvait pas fêter ça quand tu es malade ? (J'entrelace mes doigts avec les siens.) On ne dit pas assez le bien qu'il y a à s'asseoir dans un canapé en posant les pieds sur la table basse pour manger des bonbons directement dans le paquet.

– Tu parles sérieusement, là ?

– Absolument. Tu croyais qu'il y avait quoi dans ces sacs ? dis-je en les désignant d'un geste du pouce par-dessus mon épaule. (Je me lève du canapé.) Choisis un film pendant que je me change.

– Hé ?

Sutton m'attrape par la main avant que je m'éloigne.

– Quoi ?

Elle est moins pâle que quand je l'ai laissée. Ses yeux un peu moins fiévreux. Elle sourit.

– Tu sais que tu es doué pour ça, hein ? Tu ne t'es jamais dit que tu aimes ce boulot, mais pas la partie qu'on t'a confiée ?

Il soupire.

– Sutton.

– Écoute ce que j'ai à te dire et après je n'en reparlerai plus.

Elle hausse les sourcils comme si elle me suppliait d'accepter.

– D'accord. Vas-y.

– Tu as toujours eu à traiter les choses à l'échelon global, mais en étant ici, jour après jour, je t'ai observé travailler à l'échelon local et tu as fait un travail absolument phénoménal. (Elle serre mes doigts.) C'est peut-être ton créneau. Les détails sur place pour faire aboutir un accord et non l'aperçu d'ensemble de cet accord. Le diable se niche dans les détails, Callahan, et apparemment tu sais les gérer.

Je hoche la tête et me dirige vers la chambre.

– C'est dommage que tu tournes le dos à une chose pour laquelle tu es si compétent.

Je l'entends. Mais je ne réponds pas. Je ne peux pas. Parce que je ne suis pas sûr à cent pour cent de l'effet que ses paroles produisent sur moi.

Et ce n'est que plus tard, alors que sa tête repose sur ma poitrine où elle s'est endormie pendant le film, que je m'autorise à y repenser.

Que je m'autorise à me demander s'il se pourrait qu'elle ait raison.

Mais qu'elle ait raison ou non, c'est sans importance parce que j'ai des projets pour dans un peu plus d'une semaine. Je vais fermer les yeux et poser le doigt sur une carte du monde et c'est là que j'irai.

Exactement comme je veux le faire depuis un bon moment. Mais au moins, cette fois, je pourrai le faire sans me sentir coupable de n'avoir pas honoré la promesse faite à mes frères.

Mais qu'advient-il de Sutton ?

Je ferme les yeux, j'écoute sa respiration, et je rationalise.

Tu le sais, hein, que tu es un mec bien ? C'est pour ça que je suis tombée amoureuse de toi.

Je ne risque pas de trahir ma promesse avec elle puisque je ne lui en ai jamais fait.

Continue de te dire ça, Sharpe.

Continue de te dire ça et tu finiras peut-être par croire effectivement que tu n'es pas en train de tomber amoureux toi aussi.

40

Sutton

– OÙ EST-CE QUE TU M'EMMÈNES ?

Je ris alors qu'il gare la Jeep décapotée dans un parking de l'autre côté de l'île.

– Ne t'inquiète pas. (Il me tend la main.) Suis-moi.

Nous marchons sur un chemin où des plantes endémiques s'enroulent autour de nos jambes, que nous devons repousser de la main pour éviter qu'elles nous cinglent le visage. Notre rire est le seul son qu'on entend tandis que je le suis jusqu'au moment où je pousse un « Oh » admiratif lorsque nous atteignons un espace dégagé.

Nous sommes sur une petite plage où un hamac est suspendu entre deux palmiers qui paraissent avoir été plantés là de façon stratégique. Il est installé au-dessus d'une petite dune de sable qui surplombe la mer. Sur la gauche se trouve un empilement de rochers et je dois y regarder à deux fois parce que leur agencement aléatoire donne l'illusion d'un profil humain. Mais le plus beau, c'est la vue que l'on doit avoir du coucher de soleil.

– Callahan... (J'avance de quelques pas pour admirer le paysage.) C'est à couper le souffle.

– Oui, tu as raison. (Il vient à côté de moi.) C'est notre fournisseur de vin qui m'en a parlé, un soir pendant un repas d'affaires. Le terrain appartient à un ami d'un de ses amis, ou un truc du genre.

– Juste quand je me disais que cet endroit ne pouvait pas être plus merveilleux, tu me montres ça.

Un sourire timide effleure ses lèvres et nos regards restent rivés l'un à l'autre.

– C'est un peu compliqué de t'inviter pour un rencard parce qu'on pourrait nous voir – et sur cette île, les rumeurs vont vite –, mais je peux t'offrir ça.

Il lève le sac qu'il tient à la main.

– Du vin. Du fromage et des crackers. Un coucher de soleil. Et de la compagnie avec qui les apprécier.

– Ça me plaît.

Les mots ont du mal à sortir, et je suis contente que ma voix ne transmette pas l'émotion qui me submerge.

Les jours qui nous restent sont comptés. Il le sait, je le sais, mais nous n'avons pas encore évoqué la situation directement. Nous faisons l'autruche et nous éludons la question. Nous bavardons de tout et de rien en sirotant notre vin et en mangeant du fromage et des crackers. Nous échafaudons des théories sur la manière dont ces rochers ont été empilés et nous évoquons le soulagement que Brady va ressentir de ne plus nous avoir sur le dos lorsque nous serons partis. Nous parlons de Keone et de ses intuitions astucieuses. Nous discutons de ma liste des dix choses à faire, et quelles sont mes préférées pour des raisons autres que le business.

Du bavardage.

Insignifiant.

Pour meubler.

Et lorsque le ciel devient rose, violet, orange quand le soleil descend, nous nous laissons aller dans le hamac l'un à côté de l'autre, son bras entourant mes épaules. Nous glissons dans un silence confortable.

La brise passe sur nous alors que Dame Nature fait son show.

– Je suis désolée d'avoir gâché nos derniers jours en étant malade et que tu aies dû prendre soin de moi. Je t'en remercie.

Il dépose un baiser sur mon crâne.

– Pour être honnête, ça m'a fait plaisir de traîner au bungalow avec toi. Nous avions passé tellement de temps depuis notre arrivée à éviter de se trouver au même endroit en même temps que c'était sympa d'être avec toi sans avoir à faire attention au moindre regard que je te lance ou au moindre mot que je te dis. Pas d'interférences. Rien que toi et moi.

– Oui, c'est vrai.

Je profite des battements réguliers de son cœur sous mon oreille posée sur son torse. Le soleil continue de descendre et j'attends toujours de trouver le courage de mettre la question sur le tapis. Il ne reste que cinq jours, et nous n'avons toujours pas dit un mot de ce qui va se passer après. Et bien que je sache que la date d'expiration se rapproche sinistrement, j'ai quand même besoin de l'entendre de sa bouche. J'ai quand même besoin d'entendre l'inflexion de sa voix pour savoir que je compte pour lui. Que ceci est important pour lui. Parce que tout mon être ressent que ça l'est, que je le suis, mais j'ai le sentiment que Callahan fait exprès de ne pas en parler pour ne pas avoir à l'affronter.

Prends le taureau par les cornes, Sutton.

– Alors, tu as décidé où tu vas aller après ?

Ce n'est évidemment pas la question que je voulais poser, mais c'est un début.

– Pas encore.

Il passe un doigt le long de mon bras. Il hésite comme s'il voulait dire autre chose, mais rien ne vient.

– Je suis sûre que, où que tu ailles, tu trouveras ce que tu cherches.

Je m'efforce de ne pas laisser transparaître ma tristesse dans ma voix, d'empêcher les larmes qui me montent aux yeux de couler... de me maîtriser.

– Du vin, dis-je en m'extrayant maladroitement du hamac. Je vais reprendre du vin.

Je me donne une contenance en me resservant un verre de vin sans toutefois y toucher. Il se déplace derrière moi. J'entends ses pas dans le sable, mais je garde les yeux fixés sur le coucher de soleil devant nous.

Demande-moi de partir.

Dis-moi que tu vas rester.

Dis quelque chose.

– Ce n'est pas obligatoirement la fin, Collins, dit-il, alors que mon cœur se serre dans ma poitrine. Je ferai des allers et retours à Manhattan. Aux États-Unis. Si on le veut, ça peut marcher. On peut...

Je me retourne et je pose un doigt sur ses lèvres pour le faire taire. Son regard scrute le mien. Il est chargé d'une franchise, d'une espérance auxquelles je ne m'attendais pas, et qui ne font que me rendre les choses encore plus difficiles. Mais je dois le faire.

Il prononce les mots que je voulais entendre, mais au fond de moi, je sais que ce ne sont que des mots. Au fond, je sais que je mérite plus, mieux... *tout.*

Tant de choses ont changé pour moi en si peu de temps que je n'ai pas peur de mettre la barre plus haut. J'ai passé des années avec Clint, craignant de vouloir davantage, d'aspirer à davantage, parce que j'avais peur de sa réaction.

Mais je regarde cet homme devant moi. L'homme beau et puissant qui se tient là et qui se croit insensible, égoïste, inutile, mais dont je sais qu'il est exactement l'opposé. Il a su me donner de l'assurance et m'encourager, et il m'a aidée à prendre confiance en moi comme jamais auparavant. À faire preuve d'un aplomb dont je n'ai pas honte.

Il m'a montré que c'est légitime de vouloir plus. Qu'il n'y a pas de mal à ça.

Et encore plus important, je sais maintenant que je peux exprimer ouvertement cette assurance sans craindre de me faire rabaisser.

Au fond de moi, je sais qu'il comprendra pourquoi je vais dire les choses que je dois dire.

Même si cela me brise le cœur de le faire.

– Tout va bien, Callahan. Tu n'as pas à faire de promesses que tu n'as pas l'intention de tenir. (*Respire,*

Sutton.) Nous nous sommes engagés dans cette relation, quelle que soit sa nature, en sachant pertinemment qu'elle ne durerait pas, qu'elle avait une date de péremption.

– Quel enfoiré ce Brady, chuchote-t-il avant de se mettre à rire.

– N'empêche, il a raison, et c'est bien comme ça.

Je souris en lui caressant la joue. J'ai l'impression de m'étrangler sur chaque parole que je prononce. Des paroles dont je sais qu'il doit les entendre, que je dois les prononcer, mais qui ne font que dévaster mon cœur.

– Toute ta vie, tu as attendu le moment d'être libre et de déployer tes ailes.

Je me hausse sur la pointe des pieds et j'effleure ses lèvres d'un tendre baiser.

– Alors envole-toi, Callahan.

Il secoue la tête, le regard perplexe soudain.

– Tu pourrais partir avec moi. Nous pourrions voyager et...

– Je ne peux pas, je murmure d'une voix brisée, tiraillée entre le désir de dire oui et la nécessité de dire non.

Mettre mes aspirations en veilleuse et mon bonheur entre les mains de quelqu'un d'autre, j'ai déjà connu cela. Je ne peux pas recommencer cette erreur. Je suis à la veille de réaliser l'objectif pour lequel j'ai tant travaillé, je dois d'abord m'occuper de moi.

Ma première larme se met à couler et, en la voyant, son visage se défait.

– Sutton.

Il prend mon visage entre ses mains et je presse mes lèvres sur sa paume en fermant les yeux un instant.

– Le problème, c'est que je sais que je t'attendrais. Parce que, toi, Callahan Sharpe, tu mérites que l'on t'attende. Je t'attendrais et j'accepterais les bribes que tu me lancerais à chacun de tes retours en ville. Mais je mérite plus que cela. Je mérite les choses que tu n'es pas prêt à me donner pour l'instant et donc... je suis désolée.

– Ne le sois pas.

Il me fait un sourire en coin, fait bonne figure, mais je sais bien qu'il souffre lui aussi.

Il se penche vers moi et me donne le plus doux-amer des baisers avant de me prendre dans ses bras et de me serrer contre lui.

Nous restons comme ça un petit moment.

En accordant nos respirations.

En nous serrant fort.

En profitant de l'instant tout en regrettant ceux que, nous le savons pertinemment, nous allons devoir affronter dans les jours à venir. Je ne le connais pas depuis longtemps, mais je sais qu'il va emporter mon cœur avec lui lorsqu'il partira. Par un hasard ironique de la vie, faire sa connaissance m'a fait suffisamment grandir pour être certaine que dire non est ce qu'il y a de mieux pour moi. À long terme. Et, je l'espère, pour lui aussi.

Il mérite vraiment de prendre son envol.

Et moi, je mérite de prendre mon essor.

41

Callahan

JE LA REGARDE DORMIR. SA POITRINE QUI SE SOULÈVE. Son souffle qui s'échappe doucement. Et ma poitrine me fait mal à un point que je n'ai jamais ressenti jusqu'ici.

Je ferme les yeux et me prépare à mentir.

À me conduire comme le lâche que je suis.

À fuir comme ça, au lieu de lui dire au revoir de façon prolongée, parce que cela me fait trop mal de rester avec elle en sachant que ce n'est plus que pour quelques jours.

Je jette un regard à mes valises bouclées, en attente devant la porte d'entrée, avant de m'asseoir sur le lit à côté d'elle et de repousser une mèche de cheveux de son front.

– Sutton, dis-je d'une voix qui se brise. Sutt.

Elle bat des cils en ouvrant les yeux sur la lumière du petit matin. Un éclair d'inquiétude passe dans son regard.

– Qu'est-ce qui...

– Chut. (Je me penche et l'embrasse sur les lèvres.) Tout va bien. (Je pose mon front contre le sien.) Il faut que je parte. (Son corps se fige.) J'ai reçu un appel. Je dois rentrer pour des réunions. Je...

– Non.

Un soupir incrédule accompagne ses mains qui viennent toucher mon visage.

– Je sais. Je suis désolé.

Et pas seulement pour la façon dont je pars.

Pour n'être pas assez fort pour rester.

Pour n'être pas l'homme qu'elle mérite.

Pour ne pas l'avoir compris plus tôt.

– Callahan, murmure-t-elle en posant ses lèvres sur les miennes. S'il te plaît. (Elle m'embrasse de nouveau.) Reste encore un peu.

Je me redresse et je vois une larme perler au coin de son œil et tomber sur l'oreiller. C'est un coup sur mon cœur qui semble déjà se briser.

– Je sais. (Je presse mes lèvres sur les siennes une fois de plus.) Je sais, je répète entre deux baisers. Je sais, je répète alors que nous retirons nos vêtements dans une urgence muette. Je sais, je murmure en la pénétrant et en initiant la procédure pour se dire adieu.

Ses yeux plongent dans les miens alors que nous bougeons ensemble.

Ses doigts sont entrelacés avec les miens alors que je m'efforce de lui montrer à quel point elle compte pour moi.

Son nom est sur mes lèvres alors que je tente de mémoriser l'expression de son visage.

Nous nous disons adieu dans la lumière du petit matin avec les palmiers qui bruissent dans la brise au-dehors et ce qui semble être un ouragan d'émotions qui fait rage en moi.

Nous nous disons adieu avec des baisers délicats et des soupirs feutrés.

Nous nous disons adieu après que je me suis rhabillé, son corps pressé contre le mien, tandis que je la serre contre moi en embrassant ses cheveux.

Nous nous parlons par des regards, de tendres baisers, par un dernier regard jeté par-dessus mon épaule vers l'endroit où elle se tient dans le couloir avant que je franchisse la porte et que je sorte de sa vie.

Son image persiste dans mon esprit alors que le chauffeur m'emmène vers le tarmac où m'attend le jet privé de Sharpe International.

Je ne vois qu'elle lorsque le jet décolle et qu'Ocean's Edge n'est plus qu'un point qui rétrécit en dessous de moi.

Je suis un enfoiré de faire les choses comme ça.

D'être comme ça.

De lui donner raison.

Elle mérite mieux que moi.

Un jour, peut-être, tu tomberas amoureux à ton tour et tu l'emmèneras là-bas toi aussi, Callahan. Ta mère adorerait ça.

– Je l'ai fait, papa.

Mon murmure est couvert par le bourdonnement des moteurs du jet. J'appuie ma tête sur le dossier du siège et je ferme les yeux.

Mais je n'ai pas su la garder.

42

Sutton

DE LOIN AU-DESSUS DE MA TÊTE me parvient le rugissement d'un jet. Il est trop tôt pour les vols commerciaux, donc je sais que c'est lui. Callahan Sharpe. *Mon Johnnie Walker.*

Je t'aime.

Ces mots se répètent dans ma tête comme ils étaient sur le bout de ma langue lorsqu'il a regardé par-dessus son épaule pour croiser mon regard une dernière fois.

Je sais qu'on ne l'a pas rappelé pour qu'il avance son départ.

Je le sais parce que si c'était le cas, Ledger me l'aurait dit lorsque nous nous sommes parlé au téléphone hier soir. Lorsque j'ai organisé une réunion avec lui dans ses bureaux de Manhattan la semaine prochaine.

Callahan est parti pour rendre les choses plus faciles pour lui... pour moi... pour *quoi* ? Je n'en ai aucune idée.

Bien que cela fasse mal, je lui suis presque reconnaissante d'avoir agi de cette façon. Les adieux qui s'éternisent sont cruels et il nous a épargné ça.

Mais il m'a aussi prouvé que j'avais pris la bonne décision.

Que je dois penser à moi d'abord, parce qu'avec Callahan Sharpe, je serais soumise à son bon plaisir. Je serais celle qu'on abandonne lorsque les choses deviennent trop réelles et qu'il ne saurait pas comment les gérer.

Je prends mon téléphone pour envoyer un texto à Lizzy et lui dire ce qui vient de se passer, mais mes doigts restent immobiles.

Peut-être que je ne veux pas le croire encore. Peut-être ai-je besoin de rester assise dans le silence encore un peu et d'avoir ce moment pour moi, pour me rendre compte que c'est vraiment fini. Qu'il est vraiment parti.

Et que je l'aimais réellement.

– Adieu, Callahan, je murmure dans le silence. Merci de m'avoir aidée à me retrouver. Merci de m'avoir aimée malgré tout.

43

Sutton

– ON SE VOIT DANS QUELQUES HEURES, hurle Lizzy au téléphone, ce qui me fait rire.

Et cela me fait du bien de rire parce que je viens de faire mes adieux à tout le monde à Ocean's Edge. C'était beaucoup plus difficile que je n'aurais cru.

Et peut-être que c'était d'autant plus dur que mon cœur était déjà blessé d'avant.

– Je sais. Tu m'as manqué.

Mon sourire est mitigé dans la voiture qui me conduit à l'aéroport.

– On a tellement de choses à se raconter.

– Tellement.

J'essaie de mettre de la joie dans ma voix, mais punaise, c'est difficile.

– Tu es sûre que tu ne veux pas venir chez moi ?

– Non, c'est gentil, mais les Sharpe m'ont proposé leur suite pour une semaine ou deux, le temps que je me trouve un logement.

Je secoue la tête en essayant de comprendre comment les choses se sont déroulées. L'appel de Ledger me proposant la suite à titre temporaire puisqu'il sait que je suis partie depuis plusieurs mois et que j'ai probablement besoin de temps pour me trouver un nouveau logement.

Et moi qui ai accepté. Même si j'ai hâte de passer du temps avec Lizzy, j'ai aussi besoin de me détendre et de faire le point.

Être seule un moment me permettra de le faire.

– Oh. Ils mettent le paquet pour te corrompre afin que tu quittes Roz et que tu ailles travailler pour eux à plein temps.

– Pas du tout.

– Tu parles. Ça te dirait ?

Sa voix se radoucit. Sachant qu'elle était l'épaule sur laquelle je me suis épanchée depuis quelques jours, elle est au courant de tout.

– Je ne sais pas. Franchement, je n'en sais rien. (Je jette un dernier regard aux plages quand nous passons devant.) Ce n'est pas comme s'il était là. Pendant que je te parle, il est probablement au Tonga ou je ne sais où. C'est juste...

– Donne-toi du temps pour réfléchir.

– Oui. Je te promets que je vais le faire.

J'ai eu trois jours de silence depuis que Callahan est parti. Je ne sais pas très bien pourquoi j'espérais qu'au moins il me laisserait un message ou un texto pour me donner des nouvelles, mais j'aurais dû savoir que non.

Je n'avais jamais été gênée par le calme auparavant, mais le silence qui a suivi son départ est presque insupportable. Et alors que nous avions tous les deux commencé notre mission à Ocean's Edge en territoire inconnu, il était toujours là. Toujours en train de parler. Toujours une présence que je ne pouvais pas ignorer.

Avoir eu un accès illimité à lui une fois que nous étions à l'abri des regards derrière les portes du bungalow, ces dernières semaines, a rendu les choses encore plus difficiles. Son rire. Ses regards lancés à travers la pièce. Son doux sourire. Ses caresses tendres et exigeantes.

Et plus que tout, son amitié.

Je pousse un soupir étouffé pour essayer de retenir les larmes qui me montent aux yeux. Les mêmes larmes que je retiens en permanence depuis son départ.

Je n'imaginais pas qu'il me manquerait autant.

– Nous y sommes, dit le chauffeur.

Lorsque je lève les yeux, la voiture passe entre les grilles de l'aéroport pour se diriger vers un jet privé stationné tout au bout de la piste et sur lequel on peut lire Sharpe International.

Lizzy a raison.

Ils mettent le paquet, c'est évident.

La question qui se pose c'est, qu'est-ce que je vais faire ?

44

Sutton

DÈS MON RETOUR, JE M'ACQUITTE de ce que j'ai à faire au bureau.

Le débriefing avec Roz. La réunion plénière qu'elle convoque au cours de laquelle elle me félicite devant tout le personnel qui m'applaudit. Suivi du tête-à-tête où elle me tapote dans le dos et me propose une promotion.

Je me suis battue pour avoir tout ça et, pourtant, lorsque je me retrouve dans la suite prêtée par Sharpe International à la fin d'une longue journée, je ne ressens qu'un grand vide intérieur.

Oui, il y aura d'autres missions dans lesquelles m'immerger. Oui, il y aura d'autres lieux dont je tomberai amoureuse. Mais je sais que Ocean's Edge occupera toujours une place à part dans mon cœur.

J'ai ce que je voulais, j'ai atteint le but que je m'étais fixé, mais en étant dans cette chambre d'hôtel luxueuse, je ne pense qu'à lui. À cette première nuit. À tout ce qui s'est passé depuis et je me demande *et si*.

Et si j'osais prétendre à plus ?

Et si je ne m'en contentais pas ?

Et si j'avais dit oui à Callahan ?

Mais ça ne sert à rien.

Et tard dans la soirée, lorsque je me roule en boule dans les draps de luxe de ce lit somptueux, je me raconte qu'il est là avec moi.

Et je souris à travers mes larmes

45

Sutton

INSTALLÉE DANS CETTE IMPOSANTE SALLE DE CONFÉRENCES, j'éprouve un sentiment de déjà-vu.

Comme la première fois, je suis stressée et j'ai le cœur qui bat trop vite, mais pour des raisons totalement différentes cette fois.

– Nous vous proposons un poste à plein temps chez Sharpe International, dit Ledger, les mains croisées devant lui.

Ford acquiesce d'un signe de tête en souriant.

– Nous avons été fortement impressionnés par le rôle que vous avez joué dans le sauvetage d'Ocean's Edge. Cela fait quoi ? Onze semaines que vous avez commencé à travailler là-bas et nous constatons déjà une hausse des réservations et des dépenses secondaires pour nos accessoires. Les enquêtes menées auprès du personnel sont positives et nous pensons qu'une fois que la rénovation intérieure qui doit commencer dans quelques semaines sera achevée, nous obtiendrons un retour sur investissement plus important que celui sur lequel nous comptions.

– C'est une bonne nouvelle. (Je souris.) Mais cela n'est pas dû qu'à moi, je vous l'assure. Vous avez un personnel de qualité là-bas, et Callahan était un excellent associé avec qui travailler.

Le coup d'œil que Ledger adresse à Ford ne m'échappe pas. Est-ce qu'ils regrettent son absence au sein de la société ? Ou sont-ils contents qu'il soit parti ? Est-ce qu'ils croient que je le couvre ? Je me tords les mains posées sur mes genoux sous la table.

– C'est ce que nous lui avons dit la dernière fois que nous nous sommes parlé.

Où est-il ?

Qu'est-ce qu'il fait maintenant ?

Je prends une profonde inspiration, mets mes sentiments de côté et fais taire les questions qui me brûlent les lèvres mais qu'il m'est impossible de leur poser.

– Il sera probablement ravi de l'entendre. *Ou furieux.* Avec lui on ne sait jamais.

Ils se mettent à rire tous les deux alors que je marche sur un fil en essayant de savoir comment me comporter.

– Alors cette proposition ? reprend Ledger. Nous savons que Roz vous a offert une promotion, ce qui est normal après l'excellent travail que vous avez fait pour nous, mais nous sommes gourmands. Nous vous voulons toute pour nous. (Il sourit.) Bien évidemment, nous ne sommes pas fermés à l'idée de négocier la compensation et ce qui va avec, mais je peux d'ores et déjà vous assurer qu'elle serait nettement supérieure à celle de Roz.

– Je suis sûre que quelque part dans le contrat que vous avez signé avec elle, il y a une clause de non-concurrence ou quel que soit le terme technique, dis-je, prise complètement au dépourvu et cherchant à gagner du temps pour que mon cerveau puisse analyser la question qu'il vient de me poser.

– En effet, dit Ford en hochant la tête. Mais n'ayez pas d'inquiétude, Roz et sa société seraient gratifiées d'autres projets pour nous afin de compenser la perte que votre départ représenterait.

– C'est de la corruption.

Je rigole nerveusement.

– Une compensation, dit Ford avec un hochement de tête décidé, fait également d'arrogance et de sens de ses privilèges, et qui me fait tellement penser à Callahan que ma poitrine se serre. Nous n'avons pas pour habitude d'arnaquer les gens qui travaillent avec nous, je peux vous l'assurer.

– Et donc... demande Ledger.

Je prends une grande inspiration et je regarde tour à tour Ledger et Ford qui attendent ma réponse. Je ne peux pas faire ça. Je ne pourrais jamais travailler au quotidien avec ces deux hommes qui me rappellent mon amour impossible.

Cela voudrait dire que je continuerais à m'accrocher à l'espoir de voir Callahan. De le voir les quelques fois où le hasard nous mettrait en présence au bureau. Et même de lui parler, si ça se trouve. À espérer qu'il décide de rester pour de bon et d'être avec moi.

Et je ne peux pas faire ça alors que je me suis dit que je ne m'en contenterai plus jamais.

– Messieurs, je vous remercie pour cette offre. J'en suis flattée et abasourdie. (Je garde les yeux baissés sur la table avant de les relever pour regarder les deux frères.) Mais je dois la décliner.

– Pardon ?

Ledger rit. Tout comme son frère, il semble que *non* ne soit pas un mot qu'il a l'habitude d'entendre.

Je repense à mes discussions avec Roz au cours des dernières semaines. Quand je lui ai expliqué mes aspirations à m'installer à mon compte un jour. Son rire nerveux en m'écoutant et ensuite ses yeux ronds en réalisant que j'étais sérieuse.

– Pourquoi me dis-tu ça ? La plupart des gens auraient peur que je les vire en apprenant que leur objectif ultime est de se servir de moi pour se bâtir une réputation pour ensuite me quitter et devenir un concurrent.

Elle me fixe derrière ses lunettes à monture noire.

– Je te le dis parce que tu es une femme d'affaires puissante. Une femme qui a fait le même saut il y a dix ans, et je me suis dit que s'il y avait quelqu'un qui pouvait comprendre mon ambition de réussir, c'était toi.

Roz me lance un regard méfiant que j'ai du mal à interpréter.

– Tu veux faire ça ?

J'acquiesce d'un hochement de tête.

– Cela veut dire beaucoup d'heures de travail ingrat. Des heures passées derrière un bureau plutôt que sur le terrain comme tu viens de le faire.

Je pense à Callahan, difficile de faire autrement, et à son horreur du travail de bureau, mais qui est si bon une fois sur le terrain.

Est-ce que c'est ça que je veux ? Est-ce que je peux m'éclater dans un bureau, à présent que j'ai goûté à autre chose ?

– C'est ce vers quoi je veux me diriger. Apprendre toutes les ficelles du métier au cours de l'année qui vient – si tu acceptes de m'en donner l'occasion, bien sûr – de façon à faire le saut, si c'est toujours ce que je veux faire.

– Tu penses être prête à te lancer au bout d'un an ?

– Personne n'est jamais vraiment prêt, mais parfois il faut se jeter dans le vide et ensuite apprendre à voler.

Le sourire de Roz s'élargit.

– Sutton Pierce. Je ne sais pas ce qui t'est arrivé là-bas dans les îles Vierges – l'assurance, la franchise, l'ambition –, mais j'adore ça. C'est avec plaisir que je te servirai de mentor.

C'est Callahan. C'est ça qui m'est arrivé.

Mais il n'y a qu'à Lizzy que je peux le dire.

– Mon objectif a toujours été de monter ma propre entreprise. De travailler à mon compte. Au cours des semaines qui viennent de s'écouler, et grâce à l'expérience que vous m'avez offerte avec Ocean's Edge, je sais aujourd'hui plus que jamais que c'est ce que je veux accomplir.

Ils échangent un nouveau regard.

– Ça a le mérite d'être clair, dit Ford en riant. Dans ce cas, prenez-nous comme seul et unique client. Soyez notre consultante exclusive. Laissez-nous vous aider à vous constituer un portefeuille solide.

– Je...

Je me mets à rire, débordée. *Ai-je bien entendu ?* Qu'il s'occuperait de Roz et m'engagerait comme entrepreneure indépendante, que je travaillerais pour Sharpe International et seulement pour Sharpe International, tout en constituant mon portefeuille et un réseau de relations pour plus tard ? C'est comme un scénario de rêve.

Où est le piège ?

Il y a forcément un piège.

Et c'est en regardant alternativement Ford et Ledger que je sais exactement où est le piège – *en eux.* J'aurais un rappel quotidien de l'homme que j'aime. L'homme qui a fichu le camp. Ce serait comme l'avoir si près que je pourrais le toucher tout en sachant qu'il ne peut pas être à moi.

– Vous ne dites rien, dit Ledger.

– Pourquoi feriez-vous cela pour moi ?

– Parce que c'est difficile de trouver les bons collaborateurs, Sutton. Et vous avez prouvé au-delà de nos espérances que vous l'êtes, vous êtes bonne dans ce que vous faites... donc tout en étant profitable pour vous, nous serions les premiers à gagner à cette opération.

– Je suis flattée. Et je vous remercie. Je suis un peu débordée aussi. Je veux dire, Roz... Qu'est-ce qu'elle...

– Comme nous vous l'avons dit, nous en faisons notre affaire, dit Ledger.

– N'empêche, je...

– Je reconnais que nous vous avons donné beaucoup de choses à penser, dit Ford avec un sourire compatissant. Voulez-vous que nous vous laissions un peu de temps pour réfléchir à notre proposition ?

– Oui, S'il vous plaît. (J'ai les mains qui tremblent, alors je croise les doigts pour essayer de le leur cacher.) Ce serait bien.

Ils rassemblent leurs ordis et leurs documents et sortent de la salle de conférences en souriant, me laissant plantée là, totalement médusée.

Il faut que je bouge, pour analyser... pour réfléchir. Je me lève de mon siège, me dirige vers la baie vitrée et je regarde la ville en contrebas, mais je ne vois rien en fait. Je suis trop occupée à me rendre compte que tout ce que j'ai toujours voulu pour ma carrière est à portée de main, mais si proche de ce que je ne peux pas avoir, que c'en est terrifiant.

– Nous vous avons laissé assez de temps ? demande Ledger en rentrant dans la salle de conférences après ce qui me semble n'être qu'une poignée de secondes. Ou vous en faut-il davantage ?

Je baisse les yeux sur mes mains et je soupire.

– Je suis désolée. J'apprécie votre offre et votre confiance en moi, mais à ce stade de ma vie, je ne pense pas que ce serait la meilleure décision...

– *Je ne ferais pas ça si j'étais vous.*

Tout mon corps se fige lorsque j'entends ces mots. Des mots que j'ai entendus la première fois où j'ai rencontré Callahan. Je n'ose pas espérer qu'il soit là, j'ai peur de relever les yeux pour voir s'il l'est.

Et si je le fais, et qu'il est là, je vais être parfaitement incapable de dissimuler mon émotion. Parfaitement incapable de cacher à ses frères ce qui s'est passé entre nous.

– Regarde-moi, *Collins*.

Ma poitrine se serre en entendant ce surnom idiot donné par un homme extraordinaire.

Je déglutis pour avaler la boule d'espoir qui palpite dans ma gorge et je m'aventure à lever les yeux. Les larmes montent, il est bien là.

– Callahan.

Je prononce son nom comme un réflexe et un serment que je suis obligée de tenir.

Le regard de Ledger passe de son frère à moi, puis il tapote Callahan dans le dos avant de sortir de la salle en refermant la porte derrière lui.

– Ils savent, dit-il lorsque la panique apparaît sur mon visage.

– Ils savent ?

Il fait un signe de tête affirmatif et avance vers moi.

– Je leur ai tout raconté. En omettant certains détails qu'ils n'ont pas à connaître, bien sûr.

Il me fait un clin d'œil et j'essaie de comprendre pourquoi il a ce sourire sur les lèvres alors que moi j'ai du mal à respirer. À espérer. À ne pas vouloir.

– Mais… *pourquoi* ?

– Pourquoi quoi ?

– Pourquoi leur as-tu raconté ?

– Parce qu'il le fallait. Parce que je me suis dit que si je devais rester ici, il fallait que je sois transparent avec eux. Et…

– Qu'est-ce que tu veux dire par si tu restais ici ?

La première larme s'échappe et je l'essuie promptement.

– J'ai toujours voulu partir d'ici, être libre et quand j'ai eu l'occasion de le faire, je n'ai pas pu, c'est tout.

Mon cœur se met à battre comme un fou. Mes mains à trembler. Mais je pose la question quand même.

– Pourquoi tu n'as pas pu ?

Il couvre la distance qui nous sépare et baisse la tête pour être à ma hauteur en prenant mon visage entre ses mains. Ses yeux, cet ambre liquide, plongent dans les miens et il me sourit avec chaleur.

– Parce que j'avais d'autres choses, plus importantes, à l'esprit.

– Lesquelles ?

– Par exemple, tu as devant toi le nouveau vice-président de transition sur site pour Sharpe International Network. (Son sourire rayonne.) Quelqu'un de fort sage m'a un jour fait remarquer que j'étais bon pour l'aspect micro de ce boulot. J'ai pris ses paroles à cœur et fait une proposition à mes frères.

– Une proposition ?

– Je devrais avoir l'assurance de pouvoir sortir du bureau et travailler sur le terrain. Je devrais voyager. Je devrais pouvoir faire partie de mon patrimoine, mais développer mon propre créneau en le faisant.

– C'est fantastique. Mais que deviennent tes rêves de voyage ? Que devient…

– Ce sont des choses que je continue à vouloir, Collins, mais je te veux, *toi,* encore davantage.

– Pardon ? Qu'est-ce que tu dis ?

– Je dis que Brady a tort.

– Brady ?

Je me mets à rire.

– Je n'aime pas les dates de péremption. Je ne veux pas que toi et moi nous en ayons une.

– Callahan. Ne...

Ses lèvres sont sur les miennes pour le plus doux, le plus tendre des baisers, qui fait l'effet d'une caresse sur chacune de mes terminaisons nerveuses.

– Chut. La réponse à ta question, Collins – qu'est-ce que tu y gagnes ? – c'est *nous deux.*

Un baiser sur ma joue où une nouvelle larme a coulé.

– *Nous deux ?* je demande comme une idiote.

J'ai la tête qui tourne et mon cœur se gonfle de bonheur.

– Nous deux. J'ai une nouvelle proposition pour toi.

Oh Seigneur. Oh non. Pas déjà.

Il doit apercevoir la panique sur mon visage parce qu'il rejette la tête en arrière et éclate de rire.

– Je ne te demande pas de m'épouser, Collins. On ne va pas devenir aussi fous aussi vite.

Je pousse un énorme soupir et me mets à rire jusqu'à ce qu'en levant les yeux, je voie qu'il a les bras croisés et un sourcil levé.

– Où serait le mal ?

Je me penche vers lui et l'embrasse sur la bouche, en posant un grand sourire sur ses lèvres.

– Non. Non, ce n'est pas ça, mais tu ne devrais pas provoquer chez une fille de multiples crises cardiaques le même jour.

Je ris encore et j'appuie mon front contre le sien.

– C'est quoi cette proposition dont tu parles ?

– L'offre de Ledger – notre offre – tient toujours. Tu montes ta propre entreprise, tu es ton propre patron, mais nous sommes ton seul client. Nous t'aidons à constituer ton portefeuille.

– Et...

– Et, en tant que nouveau VP, j'ai quelques sérieuses exigences.

– Ah, vraiment ?

Mes joues me font mal à force de sourire. Du stress aux larmes, des larmes au sourire. Tu parles d'un ascenseur émotionnel imprévu. Ce n'est vraiment pas comme cela que j'avais imaginé cette réunion.

– Et lesquelles ?

– Que tu sois présente sur le terrain avec moi. Que nous travaillions en tant qu'associés. D'égal à égal. Plus besoin de se cacher. Plus de culottes de grand-mère.

Un hoquet me secoue, dû en partie à un sanglot, en partie à un fou rire, et il me regarde d'un air amusé.

Et amoureux.

Je pense que je l'avais vu avant, mais que j'avais peur d'y croire.

Maintenant, je le vois et mon cœur s'arrête de battre.

– Tu es sérieux, je murmure.

– Absolument sérieux. Nous formons une bonne équipe, Collins. Ça, plus le fait que je n'ai pas l'intention de te quitter des yeux de sitôt, donc d'une pierre deux coups !

– Tu t'imagines que tu as tout prévu, c'est ça.

– Je sais que c'est le cas.

– Et où sont passées les bonnes vieilles négociations ? Je hausse un sourcil.

Il part d'un rire grave et profond.

– Il n'y a rien à négocier quand il s'agit de nous deux. Jamais.

– Jamais ?

Il appuie ses lèvres sur les miennes.

– Jamais.

Épilogue 1

Sutton

Un an plus tard

LES RIRES QUI RÉSONNENT DANS LE PATIO EXTÉRIEUR me font sourire. J'ai du mal à distinguer qui rit parce que lorsqu'ils sont ensemble comme ça tous les trois, ils ont la même voix.

Un autre rire retentit et mon cœur se gonfle dans ma poitrine.

Qui aurait dit que ces week-ends passés dans la propriété de leur père à Sag Harbor allaient contribuer à la guérison de leurs blessures et renforcer les liens qu'ils réparent depuis ces douze derniers mois ?

Leur décision commune de se retrouver ici une fois par moi, loin du bureau, avec la promesse de ne pas parler boulot alors qu'ils trient petit à petit les affaires que leur père a laissées derrière lui, n'a pas faibli.

Tous les mois, ils viennent.

Tous les mois, ils passent en revue des morceaux de leur passé et en apprennent un peu plus sur l'histoire de leur père.

Tous les mois, ils deviennent plus proches.

Je jette un coup d'œil par la porte-fenêtre ouverte pour les observer. Callahan est assis, penché en avant, les coudes sur les genoux, une bière dans une main, un large sourire sur son visage. Ledger est assis en face de lui dans une posture similaire, tandis que Ford sort des photos d'une boîte et les pousse vers eux sur la table.

Des photos que leur père a stockées au fil des ans. Des moments capturés qui leur permettent d'évoquer leurs souvenirs ou d'apprendre des choses nouvelles.

C'est la première fois que Callahan m'a demandé de l'accompagner dans l'hélicoptère pour venir ici, comme tous les mois. Je lui ai dit que je ne voulais pas venir. Que le fait qu'il se retrouve ici avec ses frères était plus important que tout.

Il a insisté.

– On a fait l'inventaire de tous les documents administratifs compliqués à gérer. Nous avons réglé tous nos désaccords à ce sujet. Ce week-end, nous allons regarder les photos.

– N'empêche, je ne le sens pas. C'est comme une atteinte à la vie privée.

– J'ai envie que tu sois là, Collins. (Il m'embrasse et m'attire contre lui.) J'ai besoin que tu y sois.

Et alors que je craignais que Ledger et Ford ne m'en veuillent d'être présente, de participer à une chose qui est tellement personnelle pour eux, qui ne me regarde pas, ils m'ont accueillie comme un membre de la famille depuis vingt-quatre heures.

– Vous vous souvenez de ça ? dit Ford qui a du mal à parler tellement il rit.

– Putain. Je me suis fait tellement engueuler pour celle-là, dit Callahan en levant la photo pour la regarder.

– Toi ? (Ledger manque recracher sa bière.) C'est toi qui avais versé l'eau de Javel sur la pelouse pour écrire C-O-N-N-A-R-D, et c'est moi qui me suis fait engueuler alors que j'essayais de l'effacer.

– Je t'avais dit d'utiliser de la peinture en bombe pour le recouvrir, dit Callahan. Ça marche très bien.

– Enfoiré, dit Ledger en riant malgré tout.

L'atmosphère bon enfant qui règne entre eux invite à les rejoindre. J'entre dans la pièce par la porte-fenêtre et je leur souris simplement.

Callahan me voit et me fait signe de venir m'asseoir à côté de lui.

– Viens voir, Sutton, dit Ledger lorsqu'il remarque que son frère regarde dans ma direction. Je suis certain qu'on va trouver des photos embarrassantes de Callahan quand on était petits.

– La coupe au bol et tout ça, dit Ford.

– Eh mec, si j'en avais une, tu en avais une aussi, dit Callahan.

– Des trucs compromettants ? je demande en m'approchant de la table. Ah oui ça m'intéresse.

Je pousse un petit cri quand je m'apprête à m'asseoir et que Callahan m'attrape par la taille pour me faire asseoir sur ses genoux. Il m'embrasse sur la joue et passe ses bras autour de moi.

Naturellement.

C'est comme ça entre nous et cela continue de m'épater chaque fois que nous sommes ensemble. À quel point notre amour est naturel. Nous avons travaillé ensemble pendant un mois à Manhattan, trois mois sur une vieille propriété dans la Napa Valley qui avait besoin d'être restaurée, pour revenir à Manhattan... et alors que cela comportait de longues plages horaires de travail éprouvant, celles-ci étaient entrecoupées de moments fantastiques. À rire, à faire l'amour, et des moments de silence confortables ponctués de nouveaux rires.

Pour un homme qui ne se pensait pas capable d'aimer, il m'a montré jour après jour à quel point il me chérissait, à quel point je compte et je suis vitale pour lui. Il m'a montré ce que ça fait d'être aimée sans réserve.

– Je suis content que tu sois là, murmure-t-il à mon oreille, me donnant un parfait exemple pour illustrer ma pensée.

– Moi aussi.

– Regarde, les coupes au bol, dit Ford en faisant glisser devant moi une photo qui me fait rire si fort que j'en pleure.

Ils me montrent des photos, les unes après les autres. Ils partagent avec moi des moments de leur vie, des anecdotes et des images de leur père que je n'ai jamais rencontré mais qui reste toujours présent. Nous rions. Nos yeux s'embuent. Des regards d'amour fraternels sont échangés.

– Tu vois ? Je te l'avais dit que tu avais choisi le bon frère, dit Callahan après m'avoir montré une photo d'eux lorsqu'ils étaient ados.

Callahan est torse nu et bande ses muscles.

– Fais voir !

Je prends la photo et la regarde de plus près.

– Tu es sûr que c'est toi ? Moi je dirais plutôt que c'est Ford, dis-je pour l'embêter.

Ford rit et me tape dans la main.

Mas c'est seulement lorsque je regarde de nouveau Callahan que je cesse de rire.

– Qu'est-ce qu'il y a ? je demande en voyant l'expression mitigée de son visage.

Je suis son regard vers la photo qui était apparemment collée au dos de celle sur laquelle il pose en athlète, et mon cœur bondit dans ma gorge.

Le cliché est jauni et les bords de la photo sont usés. La couleur a passé en différents endroits. Mais lorsque Callahan la soulève de la table, ce qu'elle représente et l'endroit où elle a été prise ne font aucun doute.

Un jeune Maxton Sharpe se tient debout sur une dune de sable, le soleil au-dessus de sa tête, avec un empilement de rochers particulier mais reconnaissable sur sa droite. La brise fait voler ses cheveux, il sourit, l'air hypnotisé, en regardant la femme qui se tient à côté de lui. Elle porte une robe bain de soleil classique et un chapeau distingué et elle a sur le visage la même expression d'adoration.

– Tu sais où c'est ? murmure Callahan, les yeux pleins de larmes lorsqu'il les relève de la photo de son père et sa mère.

J'acquiesce, les mots me manquent et les larmes me montent aux yeux, à moi aussi.

– Oui.

C'est la fameuse dune dans les îles Vierges. Celle où Callahan m'a emmenée pour notre dernière soirée ensemble, où nous nous sommes balancés dans le hamac, où nous avons bu du vin et nous sommes dit adieu en silence.

– Il y est bien allé. *Il s'en souvenait.*

Et quand Callahan ferme les yeux et pousse un soupir tremblant, je ne peux qu'imaginer ce que cette photo représente pour lui.

Son père s'était souvenu de cette plage. De la promesse faite à la mère de ses fils. *Tout était vrai.* C'était une chose que la démence n'avait pas effacée ni déformée. C'était une dernière vérité que le père avait partagée avec son fils et à laquelle Callahan pouvait se raccrocher, maintenant qu'il avait disparu.

L'acquisition de l'hôtel, les raisons pour lesquelles il avait laissé son père signer le contrat et la raison qui nous avait fait nous rencontrer, elles étaient toutes valides.

– Il avait raison, murmure Callahan en faisant glisser la photo vers ses frères à travers la table. Il n'avait pas oublié.

Épilogue 2

Callahan

– JE NE SAIS PAS CE QUE TU AS EN TÊTE, mais si ça a le moindre rapport avec ce que j'imagine, ceci pourrait t'être utile.

– Qu'est-ce qui pourrait m'être utile ?

Je vois qu'il tient un écrin de velours noir à la main.

– Ford et moi sommes d'accord pour que ça te revienne.

– Ledge. Qu'est-ce...

J'ouvre la boîte et j'écarquille les yeux. Niché dans la doublure matelassée de l'écrin se trouve un diamant taille ovale monté sur un anneau ouvragé. La bague de fiançailles de notre mère. Je regarde mon frère avant de baisser les yeux de nouveau sur la bague.

– Je ne sais pas quoi dire.

– Eh bien, ne dis rien.

Son sourire est aussi bienveillant que la main avec laquelle il me tapote le dos avant de sortir. Je reste seul, les yeux rivés sur cette chose qui était particulièrement chère à ma mère.

Exactement comme Sutton l'est pour moi.

Le soleil se lève lentement sur l'océan. Ses rayons chauds emplissent la pièce où nous nous trouvons dans la maison de Sag Harbor. Je regarde le plafond en repassant dans ma tête tous les événements des dernières quarante-huit heures.

La bague. La photo. Je veux dire... c'est comme si mon père était là, qu'il me parlait, qu'il me faisait un dernier pied de nez.

Un jour peut-être, toi aussi tu tomberas amoureux et tu l'emmèneras là-bas, Callahan. Ta mère adorerait ça.

S'il savait.

En même temps, j'ai le sentiment qu'il sait. Et quelque part, je me demande si, d'une certaine façon, il n'a pas joué un rôle dans tout ça – la réconciliation avec mes frères, le fait d'avoir trouvé ma place dans la société et de me l'être appropriée. *Et d'avoir trouvé Sutton.*

Je me tourne sur le côté en souriant. Elle est allongée à côté de moi, ses cheveux noirs étalés sur les draps blancs dans toute sa beauté naturelle.

Qu'est-ce que j'ai fait pour avoir autant de chance ?

Il y a deux ans, j'étais un homme qui partait à la dérive, qui en voulait à la terre entière. Et aujourd'hui... aujourd'hui, il y a cette femme à mes côtés.

Sutton bat des paupières et ouvre les yeux, et un sourire endormi éclaire son beau visage.

– Bonjour.

– Salut.

– Tu me dévisages, dit-elle, et lorsqu'elle lève la main pour cacher son visage, je l'arrête.

– Non. Tu es très belle.

Oui. Je suis devenu ce genre de ringard. Comme les mecs dont je me moquais avant, mais cela ne me dérange pas du tout, parce que regardez ce que j'y gagne. *Elle.*

– Qu'est-ce qui te rend si intense de si bon matin ?

– Je réfléchissais.

– À tout ce qui s'est passé hier ?

Elle tend le bras et passe une main sur mon biceps avant de la laisser là.

– Entre autres choses.

– Comme quoi ?

– Toi.

– Moi ? dit-elle en riant.

Je hoche la tête, soudain nerveux.

– Mm... mm. Au fait que tu mériterais une demande en mariage en grande pompe. Avec des millions de fleurs et des ballons, et plein de trucs sophistiqués, sur notre dune dans les îles Vierges. (La stupéfaction s'affiche sur son visage, mais pour tout dire, je suis presque aussi ébahi moi-même par ce que je viens de dire.) Mais, franchement, ce serait trop long et je n'ai pas envie d'attendre. Je suis un homme impatient et alors que je pourrais prendre le temps de charger un créateur d'événements à la mode de tout organiser, je n'ai pas envie de perdre un jour de plus. C'est tout de suite que je veux te le demander. Dans la maison où j'ai passé tous mes étés, dans la pièce où j'ai vu ma mère pour la dernière fois, dans un lieu où je n'ai connu que le bonheur.

– Tu le fais, là, dit-elle calmement, sans me quitter des yeux, alors que je m'efforce de prendre la mesure de ce que je suis en train de faire.

Mais je sais.

Je pense qu'au fond de moi, je l'ai toujours su.

Collins est la bonne. *Elle l'a toujours été.*

– *Oui.* C'est aussi simple que ça. Je veux t'épouser, Sutton Pierce. Et au cours de toute ta vie, je te donnerai tout le luxe que tu mérites, toutes les petites culottes sexy que tu voudras, mais là, tout ce que j'ai à t'offrir, c'est *moi.* Le moi têtu et provocateur et parfois un peu intransigeant. Le même moi qui te promet de t'aimer de tout son cœur. (Je rigole.) À vrai dire, la question ne s'est jamais posée en ce qui te concerne.

– Tu es sérieux, là ? demande-t-elle, comprenant tout à coup que je ne joue pas la comédie.

Je m'assieds dans le lit.

– C'est marrant comment ça arrive – comment ça *nous* est arrivé. Un jour, tu n'apparaissais même pas sur mon radar, et le lendemain, tu occupais toutes mes pensées. Et c'est toujours le cas, Collins.

Je tends le bras vers le tiroir de la table de nuit et j'en sors l'écrin que Ledger m'a donné hier.

– Alors oui, tu mériterais de porter une belle robe plutôt que d'être nue sous les couvertures. Oui, tu mériterais d'avoir un dîner fin avant d'entendre ma demande plutôt que l'estomac vide. Oui, tu mérites le monde plutôt que ça se passe dans un lit à sept heures du matin et que tu me regardes les yeux écarquillés.

– C'est parfait. Tu es parfait. (Elle pose un baiser sur mes lèvres.) Tout ça – toi – nous –, c'est tout ce que j'ai toujours voulu. Je n'ai jamais eu besoin d'autre chose. Tout le décorum ne compte pas, Callahan, parce qu'au bout du compte, il s'agit de toi et moi, et la vérité vraie, c'est que je t'aime de toute mon âme et que je serais honorée d'être ta femme et d'entrer dans ta famille.

– C'est vrai ? Tu acceptes ?

Je bégaie les questions comme un écolier nerveux parce que, bien que je n'aie pas d'inquiétude sur la nature de sa réponse, j'avais quand même besoin de l'entendre. J'avais besoin de le savoir.

– C'est vrai et j'accepte, dit-elle en s'asseyant en tailleur dans le lit, ses genoux heurtant les miens alors que le soleil éclaire son visage.

J'ouvre l'écrin et j'en sors la bague.

– Je n'ai jamais aimé que deux femmes dans ma vie, Sutton, toi et ma mère. C'est donc normal que tu aies ce qui lui a appartenu autrefois. Qui a été le symbole d'un amour indéfectible au long des années, au-delà de la maladie et même après la mort.

– Elle est magnifique, dit-elle, et une larme perle au coin de sa paupière avant de rouler sur sa joue.

– Veux-tu m'épouser ?

Elle se penche vers moi et m'embrasse tendrement, encadrant mon visage de ses mains avant de redresser la tête et de me regarder droit dans les yeux.

– Oui. Un million de fois... oui.

À suivre dans la série S.I.N.

Si vous avez aimé suivre Callahan et Sutton au cours de leur voyage vers leur happy end, si vous avez été intrigués à la fois par Ledger et Ford et que vous aimeriez en savoir plus sur eux, la **série S.I.N.** comporte deux autres volumes. (Les livres peuvent être lus dans n'importe quel ordre.)

On One Condition #2
Final Proposal #3

Si vous êtes à la recherche d'un autre riche boyfriend de roman pour réchauffer votre lit métaphorique, pourquoi ne pas faire la connaissance de ces autres héros imaginés pas K. Bromberg :

Faking It (Roman standalone, milliardaire, fausse relation, proximité forcée).

Après un petit mensonge par omission qui part en vrille, le milliardaire Zane Phillips engage Harlow Nicks pour tenir le rôle de sa petite amie, le temps de faire la promotion de son nouveau site de rencontres. Le problème ? Elle ne l'apprécie guère. Mais un boulot, c'est un boulot, et il faut bien payer les factures. Mais au fil du temps, leur passion se déploie… et si Harlow n'y prend pas garde, elle pourrait bien finir par croire que les contes de fées deviennent vraiment réalité.

Wicked Ways Duet

Vous ne résisterez pas à cette série de deux romans (*Resist, Reveal*). Romance taboue. D'ennemis à amants. Mâle Alpha puissant. Une touche de suspense. Vaughn et Ryker sont engagés dans un bras de fer au départ, mais finiront par gagner mutuellement le cœur de l'autre.

Série Play Hard

Quatre sœurs tentent de sauver leur agence de management sportif, et chemin faisant, elles rencontrent leurs âmes sœurs. Histoires d'amour dans le milieu du sport (chaque volume traite d'un sport différent), romance dans l'armée, d'ennemis à amants, proximité forcée, héros britannique, amour d'enfance, etc. Chaque livre se concentre sur une thématique différente.

À propos de l'auteure

Auteure de best-sellers soutenus par le *New York Times,* K. Bromberg écrit des romances contemporaines contenant un savant mélange de douceur, d'émotion, d'une bonne dose de sexe et d'une pointe de réalisme. Elle aime mettre en scène des héroïnes fortes côtoyant des héros abîmés que nous adorons détester mais que nous ne pouvons nous empêcher d'aimer.

Mère de trois enfants, elle concocte ses romans entre deux trajets vers l'école et les entraînements de football, le plus souvent en emportant son ordinateur portable avec elle et avec l'esprit qui part dans toutes les directions.

Depuis la publication sur un coup de tête de son premier roman en 2013, K. a vendu plus de deux millions d'exemplaires de ses livres dans plus de vingt pays et est apparue plus de trente fois sur les listes des best-sellers du *New York Times*, de *USA Today* et du *Wall Street Journal.* Sa trilogie *Driven* (*Driven, Fueled et Crashed*) a été adaptée pour le cinéma et est disponible sur la plateforme de streaming Passionflix ainsi que sur Amazon.

Pour en savoir plus sur elle ou converser avec Kristy, rendez-vous sur tous ses comptes de réseaux sociaux. La façon la plus simple de vous tenir au courant des sorties de ses romans est de vous abonner à sa newsletter ou de la suivre sur Bookbub.

Composition et mise en pages
Nord Compo à Villeneuve-d'Ascq